THE LIFE LIST

by Lori Nelson Spielman

生命清單

羅莉・奈爾森・史皮曼 著　謝靜雯 譯

獻詞

獻給我父母 Frank 跟 Joan Nelson：

向外看的人，做著夢；向內看的人，醒著。

——卡爾．榮格

《生命清單》的靈感來源

羅莉・奈爾森・史皮曼

親愛的台灣讀者，

寫信給「親愛的讀者」，有點超現實的感覺。我一直夢想能成為作家，多年之後，這個美夢終於成真。我出了一本書……也有了讀者！這本書的譯本超過二十五種語言，其中包括繁體中文，這份經驗尤其讓我感到謙卑。

就跟任何作家一樣，常有人問我，這本小說是怎麼發想出來的。我的答案唾手可得：《生命清單》的種子是在一只雪松舊箱子裡發現的。

多年來頭一次打開迷你嫁妝箱（我高中的畢業禮物），雪松的香氣迎面撲來，裡面有我第一本存摺、祖母的玫瑰念珠、幾枚銀幣，還有撕下來的筆記本紙，折成了整齊的小方塊。

我滿心好奇，將泛黃的紙張攤開。紙張頂端以華麗的草寫字體，用鉛筆橫寫著「羅莉的清單」。原來是我拋諸腦後的生命清單。

我當時還算聰明，標出月份跟日期——三月十三日，卻又傻到省略了年份。也許我當時就不打算保留下來。或許我當時並不明白，記憶消逝得有多快；不曉得多年之後，我幾乎不記得那一天，那個女孩兒曾經坐在藍色碎花床單上思索自己的未來。可是，從那些目標的內容以及達成與否的結果來看，我當時應該介於十二到十四歲之間。

那張發皺的紙張揭露了二十七件事，我當時的青春年少之心，想像那些事就足以建構出美好的人生。我還在那份清單旁邊加了「為人處事的法則」的補充資訊，包括「不要論斷別人。歡笑吧。對每個人說『嗨』。」這類的珠璣話語。

我很想說，我所有的目標都是利他無私、深思熟慮的。事實上，有不少目標都任性瑣碎到教人難為情。「有很多衣服」就列在我的生命清單裡，真的！「當啦啦隊長」是另一項崇高的目標（我當時真以為甩動彩球就能改變人生嗎？）啊，不過我的清單上的確有「幫助別人」這一項。「把我的身體獻給科學」這項說來還滿體貼的，對吧？先別管我還加了「也許」來修飾。

對我而言，人際關係至關緊要。我少女時期身材削瘦，牙齒太大、胸部太小，幾乎只有被異性當空氣的份。所以想當然，「受歡迎、有男友」是我清單上的首要項目，後面才是更長期的目標——「美好的婚姻」、「生寶寶」、「感情緊密的家庭」。

即使還是少女，我就熱愛寫作跟講故事，可是我的清單上並沒有「成為作家」這一項。在我成長於中產階級城鎮與鄰里裡，不曾遇過任何一位作家。作家一般都住紐約市，或是俯瞰太平洋的玻璃屋裡。我當時希望成為老師，這種職業感覺比較平易近人，即使不算光鮮亮麗，至少平穩舒適。

三十年後，我站著閱讀那份清單；讓我高興的是，不少目標我真的都完成了。我進入了啦啦隊（讓人鬆了口氣吧？），也交過好些男友，雖然他們出現得比那個少女希望的還晚多了，感謝老天。我順利完成大學學業，學會滑雪，也到歐洲遊歷過。我成為老師，一個我深愛的職業。我有個美好的婚姻，甚至養了隻貓。但我不住湖邊，房子也不是自己設計的。既沒生兩個孩子，沒養馬或狗。

我讀這份清單的時候想到，如果那顆青春之心所渴望的每項目標都實現了，我的人生會有多麼不同。不久，我的心思馳騁起來，一個故事逐漸成形。要是有人被迫完成自己的人生清單——一份他們以為早已過時的清單，會發生什麼事？

幾天之內，我的故事漸漸開展。我最初的構想是，有個母親臨終前想出謎語，想用隱密的線索，引導女兒發掘真正的自我。可是那樣感覺很傻，何必用謎語？她母親為什麼不能直接告訴女兒，她希望女兒完成什麼事情？很重要的是，不能讓那個母親顯得過於嚴厲或是有控制欲。那個母親的意圖必須出自一顆慈愛的心，唯有如此，這個故事才說得過去。我也知道這個故事的風險在於很容易捉摸。我想像讀者翻著白眼，確定布芮特最後會嫁給真命天子、生個寶寶、養隻狗跟一匹馬。她的夢想不能輕輕鬆鬆就達成，也不能用讀者可能料得到的傳統方式。我希望有些目標能以迂迴或偶然的方式，自然導向其他目標。不久，《另一片天》的頁數逐漸增長，成為後來重新命名為《生命清單》的書稿。

就是這樣沒錯：《生命清單》的核心就是我過往的生命清單——羅莉的清單。雖然有些目標沒完成，但我相信那份清單讓我受惠良多。的確，我不會揮手目送孩子離家上大學，可是我可以看著自己的小說，啟程前往世上我只在紙上讀過卻從未到訪的地方，像是台灣！我的書會引介給各式各樣的人，期盼能為大家帶來娛樂，或許還能激發討論。也許，只是也許，我的故事能夠啟發其他住在小鎮的少女，激勵她立定自己的目標、擁有專屬自己的抱負。不管她的野心或謙卑或宏大、有點傻氣或久經深思，都無所謂。重要的是，她擁有夢想。

我自己的夢想依然在持續當中。我的第二本小說《甜美的寬恕》（暫譯）今年六月即將在美國上市。我正忙著寫第三本書。我想要相信，那個多年前寫下生命清單的少女，會對著持續耕耘她夢想——也許甚至是超越她夢想——的成年女人粲然一笑。

我親愛的讀者，我對你生命清單上的每個項目獻上祝福。

非常感謝你成為我旅程的一部分。

CHAPTER

01

模糊的嗡嗡人聲從飯廳闖了過來，順著胡桃木階梯往上飄盪。我抖著手將房門鎖上，世界陷入了靜寂。我把頭靠在門上，深吸口氣。這房間還有她的氣味——Eau d'Hadrien香水加上羊乳皂。我爬上她的鐵床，床鋪嘎吱作響，這種聲響就跟她花園風鈴的叮鈴聲、她說她愛我的柔順聲音一樣撫慰人心。以前她跟父親共用這張床時，我有時會來到床前，抱怨肚子痛或是床下有怪獸。媽每次都會放我上床，緊緊摟住我，撫搓我的頭髮低聲說：「我的小親親，會有另外一片天的，妳等著吧。」接著，我就會奇蹟似地墜入夢鄉，隔天早晨一醒來，迎面就是穿透蕾絲窗簾的一道道琥珀色光線。

我把新的黑色厚底高跟鞋踢掉，如釋重負揉搓雙腳。我往後滑動，靠在變形蟲圖紋的黃枕頭上。我決定要保留這張床；不管是不是有人想要，這張床都是我的。可是我會想念這棟雅緻的老褐石屋的。「這棟房子就跟外婆一樣牢固。」老媽會這樣說她的媽媽。可是對我來說，沒有一棟房子，也沒人可以像外婆的女兒——就是我母親——伊莉莎白．波林格一樣穩固。

我突然靈光一閃，於是眨眼忍淚，從床上彈起身來。她把東西藏在樓上，我知道就是這樣，可是藏在哪呢？我使勁打開她的衣櫥門，雙手在名牌套裝跟洋裝後面盲目摸索。我一扯掛滿絲質女衫的橫架，衣服好似劇場簾幕一樣分開。就在那裡，像個搖籃裡的嬰兒似地窩在鞋架上，就是過去四個月以來禁閉在她衣櫃裡的一瓶庫克香檳。

香檳一入手，罪惡感旋即湧上來。這瓶香檳是媽的，不是我的。她第一次到醫生那邊就診之後，回家途中就砸錢買了這瓶貴到離譜的酒，然後馬上收藏起來，免得跟樓下的一般酒款混在一起。她的想法是：這瓶酒象徵了承諾；等她療程結束，醫生宣布她恢復健康的時候，我跟她就要一起打開這瓶罕有的香檳，作為對生命與奇蹟的慶祝。

我咬緊嘴唇，撥弄瓶口的錫箔紙。我不能喝這瓶酒。本來是要用來慶賀祝頌的，而不是要給脆弱到撐不過葬禮午餐會的悲慟女兒用的。

我的眼角餘光瞥見別的物品，就卡在我找到香檳的地方跟一雙仿麂皮樂福鞋之間。我伸手去拿。是薄薄的紅本子——我猜是日誌——用褪色黃緞帶綁牢，本子的皮面皸裂風化。給布芮特，她在心型的禮物標籤上寫著。**這個東西留待妳覺得堅強一點的日子再看。今天先舉杯向我倆致意，我親愛的。我倆真是好拍檔。愛妳的，媽。**

我用手指撫過她的筆跡；長得這樣美的人，筆跡卻出人意料地凌亂。我的喉嚨發疼。儘管老媽保證會有快樂的結局，卻知道有天我會需要有人拉我一把。她將香檳留給今天，而將她一小片的人生、她的內在思緒跟省思留待明日。

可是我哪能等到明天啊。我往下瞪著那本日誌，迫不及待想馬上讀到她的話語，只要匆匆一瞥就好。不過，就在我拉扯黃緞帶的時候，老媽的影像逐漸浮現。她搖著腦袋，溫柔地責怪我的急躁。我瞥瞥她那張要我等自己堅強一點的紙條，在自己的願望跟她的願望之間舉棋不定。最後，我把日誌擱在一旁。「為了妳，」我低聲說著便往封面送上一吻，「我會等的。」

我的胸膛裡湧出一聲哀鳴，打破那片寂靜。我連忙摀嘴攔住，可是慢了一拍。我彎下身子，緊抓肋骨，因為母親而確實感到痛楚。沒有了她，我要如何在這世上跌撞闖蕩？我還是那麼想當個女兒。

我抓起香檳，用膝蓋夾緊酒瓶，啵地打開軟木塞。酒液噴過房間，打翻老媽床頭桌上的那罐 Kytril。是她的止吐劑！我手忙腳亂趕到床畔，一把把抓起那些三角藥片，想起頭一次把這種藥拿給媽的情景。當時她剛做完第一次化療，為了我而故作勇敢的模樣。「我真的沒事啦。以前經痛還更痛苦。」

可是那天晚上，嘔吐感就像海嘯朝她撲襲。她吞下那顆白藥片，後來又多討一顆。我陪她躺著，直到藥物發揮緩解的效用，讓她得以安眠入睡。我依偎在她身旁，就在這張床上，撫搓著她的頭髮，摟著她，她以前有好多次都這樣對我。接著，我在走投無路的脆弱心情下，閉上眼睛，乞求上帝治癒我的母親。

但祂並未垂聽我的乞求。

藥片從我的掌心流入塑膠處方罐裡。我沒套上罐蓋，就將罐身放在桌子邊緣，靠近她床鋪那側，好讓她可以輕鬆取得。可是，不對……老媽已經走了，永遠不會再吃藥了。

我需要這個香檳。「敬妳，媽」我哽咽低語，「能當妳女兒真是我的榮幸。妳知道吧？」

不久，整個房間都在打轉，可是好在我的痛苦已經舒緩。我把那瓶香檳往下放在地板上，將羽絨被子往後拉開。涼爽的床單散發淡淡的薰衣草味。遠離樓下的那群陌生人，跑來躺在這裡，感覺起來很頹廢。我往被單裡鑽得更深，縱容自己在回到樓下之前，在這片寂靜裡多沉浸一分鐘，再一分鐘就好……

——

響亮的敲門聲將我從恍惚中驚醒。我坐起身，花了片刻才意識到自己身在何方……靠，那場午餐會！我從床上彈起身，踉蹌衝向門口，沿路絆倒香檳酒瓶。

「哎唷！噢，該死！」

「妳還好嗎？布芮特？」嫂嫂凱瑟琳在敞開的門口那裡問。我還來不及回答，她就倒抽一口氣並衝進房裡。她蹲在那片潮濕的地氈前面，提起那只酒瓶。

「我的天啊！妳灑了一九九五年份的 Clos du Mesnil ？」

「我剛剛喝了不少。」我在她旁邊用力坐下，用洋裝下擺抹了抹那張東方地氈。

「老天，布芮特。這瓶酒要七百多塊美金耶。」

「呃哼。」我勉強站起身來，瞇眼瞅著手錶，但上頭的數字糊成一片。「幾點了啊？」

她撫平自己身上的黑色亞麻洋裝。「快兩點了。午餐都上完菜了。」她把我一綹散亂的髮絲塞到耳後。雖然我比她高了五英吋，可是她還是讓我覺得自己像個邋遢的學步兒。我還想她搞不好會用手指沾口水，替我把腦袋瓜上的翹髮撫平。「妳看起來好憔悴，布芮特，」她說，把我的珍珠項鍊扶正，「妳母親會搶著要提醒妳：儘管悲慟，還是要好好保重。」

老媽會這樣說才怪。老媽會跟我說：即使我把妝都哭花了，還是漂亮的。她會堅持說，濕氣會強化我赭色長髮的捲度，而不會弄出毛躁的鳥窩頭；她會堅持說，我眼眶通紅的浮腫眼睛，依然有如詩人的深情棕眸。

我覺得就快淚崩，於是轉開身子。老媽走了，現在誰要替我打氣？我彎身抓取那只空瓶，可是地板搖晃傾斜。噢，天啊！我就像在颶風之中乘著一艘帆船似的。我把床框當成救生索牢牢攀住，等待風暴離去。

凱瑟琳把頭一偏，細細看著我，用她保養完美的指甲輕點下唇。

「聽著，甜心，妳就好好待在這裡吧。我替妳端盤吃的上來。」

待在這裡個鬼啦！這是我母親的午餐會耶，我必須到樓下去。可是整個房間朦朦朧朧的，我找不到鞋子。我繞著圈圈打轉。我剛在找什麼啊？我赤著腳，蹣跚走到門口，接著想了起來。

「對喔，我在找鞋子。不管你們在哪裡，出來，快出來。」我蹲下來往床底瞧。

凱瑟琳抓住我的手臂，把我拉起來。

「布芮特，停。妳醉了，快上床，我幫妳蓋好被子，妳睡完一覺酒就醒了。」

「不要！」我把她的手甩開，「我不可以錯過餐會。」

「可以。妳母親不會希望妳——」

「啊，原來在這裡。」

我抓起新的黑高跟鞋，把雙腳擠進去。老天，我的腳一定在上個鐘頭腫了兩號。

我盡可能撐住身子衝過走廊，腳一半在鞋裡、一半在鞋外。我雙臂往外橫伸、穩住自己，像顆彈球似地在兩面牆壁之間踉踉蹌蹌。凱瑟琳的聲音從我背後傳來，語氣嚴峻，可是壓得好低，彷彿咬緊牙關說話。「布芮特！馬上停下來！」

如果她認為我會蹺掉葬禮午餐會，那她就是瘋了。我必須向我美麗又慈愛的母親致敬……

我現在已經走到階梯那裡了，依然拚命想把腫脹的腳塞進芭比厚底高跟鞋裡。樓梯才走到一半，腳踝猛地一扭。

「哎唷！」

一大群賓客都是來向我母親致意的，他們不約而同轉身看我。我瞥見婦女驚恐地舉手摀嘴，男人則是倒抽一口氣，拔腿衝來要接住我。

我癱倒在大廳裡，黑洋裝往上掀到大腿一半的地方，而且腳上還缺了一隻鞋。

——

碗盤吭啷碰擊的聲音把我吵醒。我把嘴角的口水抹掉，坐起身來，腦袋怦怦抽痛，覺得遲鈍又昏沉。我眨了幾次眼睛，四下張望。我在老媽家，很好，她會有我要的阿斯匹靈。我注意到客廳籠罩在陰影裡，工作人員忙得團團轉，將盤子跟杯子堆進棕色塑膠桶裡。這是怎麼回事？就像猛遭球棒一擊，我全都想起來了。所有的痛楚、每分苦惱跟悲傷再次迎頭襲來。

有人跟我說過，跟癌症的長期抗戰比短期戰役還要悲慘，可是，對倖存者來說，我很難相信這種說法站得住腳。母親的診斷跟死亡來得如此快速，幾乎有種超現實的感覺，彷彿是場我如釋重負大喊一聲之後就會醒來的夢魘。我反倒常常在醒來的時候，忘了那場悲劇，而被迫一次次重溫喪親之痛，就像電影《今天暫時停止》裡的比爾墨瑞。人生裡，失去了無條件愛我的人，我還有可能再覺得好過嗎？我有沒有辦法在想到母親時，胸口不再有絞痛的感覺？

我揉著發疼的太陽穴，模糊的景象片段紛紛湧現，重現我在樓梯上大出洋相的丟臉場面。

我好想死。

「嘿，小睡蟲。」我另一個嫂嫂雪莉抱著三歲的艾瑪走過來。

「噢，天啊！」我哀嘆一聲，雙手抱住低垂的腦袋，「我好白癡。」

「為什麼？妳以為妳是唯一喝到昏頭的人嗎？腳踝還好嗎？」

我把一袋大多融化的冰拿離腳踝，用腳劃圈圈。「不會有事啦。」我搖搖頭。「腳踝會比我的自尊心還快復原。我怎麼可以對老媽那樣？」我把那袋半融的冰丟到地上，勉強從沙發上起身。「如果用一到十來評分，小雪，我當時的狀況有多糟？」

她一手對我揮了揮。「我跟大家說妳累壞了，他們就信了啊，反正妳看起來就像幾個星期沒睡，還蠻有說服力的。」她瞥瞥手錶。「聽著，我跟傑現在準備要離開了，都超過七點了。」

我從大廳瞥見傑正蹲在他們三歲的小崔佛前面，把他的手臂塞進亮黃色雨衣裡，讓他看起來像個迷你消防員。他的水晶藍眼睛跟我對上了，尖著嗓子喊道。

「布『威』特姑姑！」

我的心漏跳一拍，悄悄希望姪子永遠不會學到怎麼發R這個音。我走到他身邊，搓搓他的頭髮。「我的大男孩還好嗎？」

傑把崔佛衣領的金屬鉤扣搭好，然後站起來。「她來了。」我哥露出帶有酒渦的笑容，看起來更像二十六歲而不是三十六歲，只有魚尾紋洩漏了實際年齡。

「真對不起。」我邊說邊把眼睛下方的一小片睫毛膏抹掉。

他往我的額頭送上一吻。「別擔心，我們都知道這種狀況妳最難捱。」

他的意思是，波林格家的三個孩子裡，只有我還單身，沒有自己的家庭。我最依賴媽，我哥替我覺得難過。

「我們大家很悲傷。」我說著便抽開身子。

「可是妳是她女兒。」大哥裘德說。他繞過大廳的轉角，精瘦體格幾乎被巨型花藝作品給遮住了。傑把逐漸稀薄的髮絲往後梳，裘德不一樣，把腦袋剃得光滑如蛋，搭上無框眼鏡，讓他散發著都會藝文氣息。他往旁邊轉頭，在我的臉頰上一啄。「妳們兩個有特殊的羈絆。要是沒有妳，尤其在臨終的時候，我跟傑是應付不來的。」

沒錯。我家母親在春天確診罹患卵巢癌的時候，我說服她說我們要攜手跟病魔奮戰。在術後照料她、每次化療都坐在旁邊陪她、堅持要多看一、兩個醫生的，都是我。當所有的專家都同意她的病情預後不樂觀，她決定終止那些可恨治療的當天，隨侍在側的也是我。

傑掐掐我的手，藍眸淚光閃閃。「我們會給妳支持的，妳知道吧？」

我點點頭，從口袋抽出面紙。

雪莉走進大廳，費勁提著艾瑪的安全座椅，打斷了我們的默哀時刻。她轉向傑。「親愛的，你能不能去拿我爸媽送來的那盆翡翠木？」她先瞥裘德一眼，又看看我。「你們不想要吧？」

裘德朝著捧在懷裡的綜合盆栽點點頭，免得她漏看。「我已經拿了我要的。」

「拿走吧。」我說，想不通老媽才過世，怎會有人在意什麼盆栽。

我的哥哥嫂嫂拖著腳步，離開母親的褐石屋，走進霧氣瀰漫的九月傍晚，我站著撐開紅木大門，就像母親以前那樣。凱瑟琳是最後穿過門口的，邊走邊把愛馬仕絲巾塞進麂皮夾克裡。

「明天見。」她說，一面往我臉頰送上塗了賭場粉紅口紅的吻。

我哀嘆一聲。彷彿決定誰要拿哪個盆栽還不夠好玩似的，明天早上十點半，母親的全部資產都要分給她的孩子，就像要舉行一場波林格頒獎典禮似的。幾個小時之內，我就會成為波林格化妝品公司的總裁，也就是凱瑟琳的老闆——我完全沒信心自己應付得來。

——

那天晚上風雨退散，隔日早晨露出無雲的藍天，我判定這是個好預兆。我從林肯房車的後座往外凝望密西根湖佈滿水沫的岸邊，在心裡預演到時要說的話。「哇，真沒想到，好榮幸啊，我永遠都沒辦法取代母親，可是我會卯盡全力讓公司往前邁進。」

我的腦袋抽痛，再次咒罵自己喝了那瓶該死的香檳。我當時在想些什麼？我覺得噁心——

不只是生理上的反應。我怎麼可以對母親做那種事？我現在又怎麼能希望我哥哥們尊重我？我從包包裡抓出粉餅，在臉頰上輕輕撲粉。我今天一定要端出能幹跟沉著的模樣——就像個總裁。我必須讓哥哥們知道，即使我不見得應付得了酒精，但絕對有能力處理這項事業。他們會不會以自己的小妹為榮？三十四歲的她，即將從廣告主管升任大公司的總裁。儘管經過昨天的大敗筆，我想他們還是會的。他們各有自己的事業，除了握有股份之外，他們跟這項家族事業其實沒什麼關係。雪莉是語言病理師跟忙碌的媽咪，才不在乎由誰來經營婆婆的公司。

我怕的是凱瑟琳。

我嫂嫂畢業自赫赫有名的賓大華頓商學院，一九九二年奧運期間還是美國水上芭蕾團隊的一員。她不僅頭腦很好也很有韌性，具有同時經營三家公司的競爭優勢。

過去十二年來，她一直是波林格化妝品公司的副總裁，扮演母親的左右手。要是沒有凱瑟琳，波林格化妝品公司會一直是小型但興旺的家庭手工業。可是凱瑟琳一加入就說服母親拓展產品線。到了二〇〇二年初，她聽到風聲說歐普拉即將啟動「我最愛的東西」這個節目新單元。凱瑟琳連續二十一個星期，都把波林格的有機香皂跟乳液，經過精緻的包裝，同時附上介紹這家全天然、講環保的公司照片跟文章，送到哈珀傳播公司。就在她準備寄出第二十二份包裹之前，哈珀傳播公司打電話來了。歐普拉將波林格有機紅茶跟葡萄籽面膜選為她的最愛之一。

那個單元播出之後，生意扶搖直上。不久，每家水療中心跟高檔的百貨公司都要波林格的產品。產量在頭半年竄升了四倍。三家大公司開出天價要直接併購這家公司，但凱瑟琳力勸母親不要賣掉，反倒前往紐約、洛杉磯、達拉斯跟邁阿密展店，兩年之後擴展到海外市場。雖然我很想認為這跟我的行銷能力大有關係，不過這家公司之所以變成百萬企業，背後主要推手是凱瑟琳・亨佛瑞斯－波林格。

這點是無法否認的。凱瑟琳有如女王蜂，而身為行銷總監的我，一直是她忠誠的工蜂之一。可是幾分鐘之內，我倆的角色即將對調。我會成為凱瑟琳的老闆——這個想法把我嚇掉半條命。

去年六月，母親還在治療當中痛苦掙扎，很少會到波林格化妝品公司，凱瑟琳把我叫到她辦公室去。

「妳要把營運的重要基礎學起來，這很重要，布芮特，」她說，端坐在櫻桃木辦公桌後方，雙手交疊在前，「儘管我們想要否認，可是我們的生活注定會有變動，妳必須為自己未來的角色做好準備。」

她竟然認為母親會死！她怎麼可以做最壞的打算！不過凱瑟琳這人就是講求實際，而且少有判斷失準的時候。一陣寒意竄過我的身體。

「等妳母親過世，她持有的股份自然全都歸妳。她畢竟只有妳這個女兒，而且家裡的孩子也只有妳參與這個事業。就生意伙伴來說，妳的資歷比其他人都久。」

我的喉嚨湧現某種堵塞感。母親以前老愛吹噓，說我還包著尿布就進了這家公司。當時她用嬰兒後背包把我扛起來，一起出發到當地的商店跟農民市集去推銷肥皂跟乳液。

「身為大股東，」凱瑟琳繼續說，「妳有權接任她的總裁職位。」

她平靜慎重的語氣讓我不禁忖度，這件事會不會讓她忿恨難平。又有誰能怪她？這女人聰明伶俐。而我——只是湊巧是伊莉莎白的女兒。

「我會幫忙妳準備——也不是說妳還沒準備好，」她把電腦上的日曆點開，「我們明天早上八點整開始好了。」這不是在問我意見，而是對我下指令。

於是每天早晨我都會拉張椅子到凱瑟琳身邊，聽她說明海外商務交易、國際稅法以及公司日常營運。她派我到哈佛商業學校參加為期一週的研討會，讓我學習最新管理技巧，也替我報名網路工作坊，主題涵蓋的範圍從精簡預算到員工關係。雖然有好幾次我都覺得應接不暇，但從來不曾考慮認輸退出。要是能戴上曾經屬於我母親的冠冕，是我的榮幸。我只希望每次請嫂嫂幫忙擦亮這頂冠冕的時候，她不會心生怨懟。

母親的司機在E·蘭道夫街兩百號放我下來，我抬頭仰望芝加哥怡安中心這棟以花崗岩跟鋼鐵打造的建物，這種地方的辦公空間一定很嚇人。母親的律師顯然不是個沒用的懶鬼。我搭到三十二樓，迷人的紅髮克蕾兒準時在十點半，領著我走進米達先生的辦公室。我哥哥跟他們的老婆已經聚集在桃花心木長方辦公桌四周。

「要來點咖啡嗎？波林格小姐？」她問，「還是要喝茶？或是罐裝水？」

「不用，謝謝。」我在雪莉旁邊找到座位，然後環顧四周。米達先生的辦公室還蠻搶眼的，是新跟舊的綜合體。這個空間本身瀰漫著現代的氛圍，放眼淨是大理石跟玻璃，但又用東方織毯跟幾件重點古董家具幫忙柔化氣氛，最後的效果明亮清晰，教人舒心。

「好地方。」我說。

「是吧？」凱瑟琳從桌子對面說，「我最愛 Stone[1] 的建築了。」

「我也是，這裡用的花崗岩建材，多到可以開採石場了。」

她咯咯輕笑，彷彿我是個鬧了笑話的幼兒。「我指的是『史東』啦，艾德華・杜瑞・史東，」她說，「他是這棟大樓的建築師。」

「噢，對。」有沒有事情是這女人不曉得的？凱瑟琳的聰慧不是讓我折服，而是讓我覺得自己很無知；她的堅強讓我覺得自己很脆弱；她的能幹讓我覺得自己就像塑身褲對超模維多利亞・貝克漢[2]一樣沒用。我很愛凱瑟琳，可是這種愛同時摻雜著畏懼——這是我缺乏安全感，還是凱瑟琳的傲慢所造成的結果，我不確定。媽曾經告訴我，我的智力跟凱瑟琳不相上下，卻只有對方的一丁點自信心。媽接著低聲說：「感謝老天。」媽講偉哉凱瑟琳的壞話，我就只聽過這麼一次，可是那一次毫無保留的發言，卻為我帶來莫大的安慰。

「原本是為了美孚石油公司建造的，」她繼續說，彷彿我真有興趣似的，「如果我沒弄錯，是一九七三年。」

---

1 Stone 可當姓氏，也有石頭之意。

2 Victoria Beckham 是英國女歌手和時尚設計師、足球金童貝克漢的妻子。

傑把椅子往後一轉，就在凱瑟琳視線的後方，誇張地假裝打個大哈欠。可是裘德似乎全神貫注在老婆的閒談上。

「說的好，親愛的，這是芝加哥第三高的建築。」裘德直視凱瑟琳說，彷彿想得到確認。雖然我大哥是城裡最受敬重的年輕建築師之一，但是我也察覺到，他娶回家的女子的才份，也讓他有點畏懼。

「只有川普大樓跟威利斯大樓超過它。」凱瑟琳看著我。

「威利斯大廈——前身就是希爾斯大廈，妳知道吧？」

「希爾斯大廈？」我問，佯裝不解地搓著下巴，「為什麼百貨公司需要一整棟大廈？」坐在桌子對面的傑咧齒一笑。但凱瑟琳瞅著我，彷彿不大確定我是不是在搞笑，然後才繼續替我們上課。「這個地方在地表上有八十三層，而且——」

門一打開，頂著亂髮的高佻男子衝了進來，有點上氣不接下氣，而這場建築花絮遊戲也隨之結束。他看起來四十歲上下，用手梳理深色頭髮並整了整領帶。「嘿，大家好，」他邊打招呼、邊走向辦公桌，「我是布萊德．米達，抱歉讓你們等候。」他大步繞過辦公桌，在我們自我介紹的時候，輪流跟每個人握手。他的門牙稍微互疊，緩和了炯炯目光，讓他有種值得信賴、男孩般的魅力。我忖度，哥哥嫂嫂是不是也有同樣的想法。母親為什麼要雇用這個年輕人，一個徹底的陌生人，而不找我們家多年以來的律師金布雷特先生？

「我剛才到市區的另一頭開會，」米達說，在辦公桌首坐下，就在我的斜對角上，「沒想到開到這麼晚。」
他把一只檔案夾放在桌上。我朝凱瑟琳瞥一眼，她正拿著記事本跟筆要做筆記，我畏縮一下。我為什麼沒想到要做筆記？要命，我連記事本都不記得帶，要怎樣管一家公司啊？
米達先生清清喉嚨。「首先，我要先向你們痛失至親表達遺憾。我非常喜歡伊莉莎白，我們五月才剛認識，就在她確診之後，可是不知為何，我覺得自己好像認識她很多年了。昨天我沒辦法在午餐會停留太久，但是我去參加她的喪禮了。我是以朋友而不是律師的身份到場，我希望這麼想。」
我立刻喜歡上這個抽空參加我母親喪禮的忙碌律師——他才認識她十六個星期。我想到我生命中的那位律師——我男友安德魯，他跟我母親認識四年了，卻還是沒辦法從工作行程中撥空參加昨天的午餐會。我壓下胸中的痛楚。他手上畢竟有場審訊要忙，而且的確也抽身出席喪禮了。
「不過，」米達先生繼續說，「能夠擔任她遺產的執行者是我的榮幸。我們可以開始了？」
一個小時之後，母親最愛的那些慈善機構，財務狀況得到大幅改善，而傑跟裘德．波林格繼承的錢足以在下半生悠閒度日。母親到底怎樣累積出這樣的財富？
「布芮特．波林格要在之後才能得到遺產，」米達先生摘下眼鏡，朝我看來，「這裡有個星號。針對這點，我稍後會詳細解釋。」
「好吧。」我搔著腦袋說。媽為什麼不要今天就把遺產給我？也許她會在留給我的紅色日誌裡說明。接著我突然想到，我會得到整間公司，目前市值高達幾百萬美金的公司。可是只有老天才知道，這家公司在我的領導之下會有什麼表現。我的太陽穴湧起一陣鈍痛。

「接下來是你們母親的住家。」他把眼鏡搭在鼻子上，在文件上找到要宣布的內容，「北星街一一三號跟屋內所有的物品，在接下來的十二個月都要保留原狀。在這段時間裡，無論是房屋結構本身或屋內物品一概不能販售或出租。我的孩子可以住在這裡，但不能連續超過三十天，也歡迎他們為了個人所需來使用屋內用品。」

「真的假的？」裘德盯著米達先生說，「我們各有自己的家，根本沒必要保留她的住家啊。」我覺得自己滿臉燙熱，於是把注意力轉向指甲肉刺。我哥顯然以為我跟安德魯共同擁有那棟我們合住的無隔間公寓。雖然安德魯三年前買下公寓之後，我就住在那裡，而且購屋的錢出得比他還多，但房子不在我名下。技術上來說，房子是他的。這種狀況我大致還可以接受；我從來沒有金錢方面的困擾，不像安德魯那樣。

「老哥，那是媽的遺囑，」傑用平日的好脾氣語調說，「我們必須尊重她的心願。」

裘德搖搖頭。「唔，太誇張了吧，要付十二個月的高額稅金耶，更不要提那棟老古董的修繕維護了。」裘德繼承了我們父親的情緒化——決斷力、務實、不多愁善感。他那種沉著的本性有時很有用處，比方說安排上星期的喪禮時。可是這種特性在今天感覺起來相當失禮。要是由裘德作主，可能在今天結束以前，就會在母親的院子裡插上待售告示牌，並且在她的車道上擺個大垃圾箱。我們會有時間好好耙梳她的物品，輪流跟代表她的片段好好道別。雖然這對安德魯來說太過傳統，不過我的其中一個哥哥甚至可能決定將她珍視的房產永遠保存下來。

我離家去上西北大學那年，媽在這棟破敗褐石屋遭到法拍時，將它買下。我父親斥責她，說她攬下那樣龐大的修建計畫實在是瘋了。可是他在之前就已經跟她離婚，母親可以自由做出選擇。她在腐朽的天花板跟發臭的地毯背後看到了神奇的東西。經過好幾年的努力付出跟自我犧牲，她的願景跟耐心才終於見效。現在，這棟十九世紀建築成了芝加哥令人欣羨的黃金海岸社區裡的傑出範本。母親身為鋼鐵工人的女兒，過去常常調侃說自己就像露易絲・傑佛森[3]，從她的家鄉印第安納州蓋瑞市「一路往上爬」。我真希望我父親活得夠久，可以見證這棟房子──以及這女人──的驚人轉變。我覺得他向來低估了她的能耐。

「你確定她在立遺囑的時候，心智狀況正常嗎？」裘德問。

我看到律師的笑容流露一絲密謀的意味。

「噢，她當時的心智很正常。我跟你們保證，你們母親很清楚自己在做什麼。事實上，我從沒看過這樣精密的計畫。」

「我們繼續吧，」永遠的主管凱瑟琳說，「我們會照自己的時間來處理那棟房子。」

米達先生清清喉嚨。「好了，現在來談波林格化妝品公司吧？」

我的腦袋怦怦搏動，感覺四雙眼睛都盯著我。昨天的場景再次浮現，我因為焦慮感而動彈

---

3 Louise Jefferson 是美國一九七〇年代電視連續劇《全家福》（All in the Family）的角色。

不得。什麼樣的總裁會在母親喪禮午餐會的時候喝醉？我不配得到這樣的榮耀，可是現在已經太遲。就像榮獲奧斯卡提名的女演員，我努力讓自己臉上的表情模糊難辨。凱瑟琳坐著，正準備下筆，等著把轉交事業的每個細節都記下來。我最好趕快適應，不管是不是部屬，這女人在我後半生的職業生涯裡都會牢牢盯著我。

「我手上所有的波林格化妝品公司股份，還有總裁的職位，都要交給我的——」

擺出自然的樣子，不要一直盯著凱瑟琳看。

「媳婦，」我聽到，彷彿有了幻覺似的，「凱瑟琳·亨佛瑞斯－波林格。」

CHAPTER 02

「搞什麼鬼啊？」我高聲問道。瞬間，我意識到自己失去了該死的奧斯卡獎，我這種毫不雍容大方的反應，嚇到了自己。事實上，我毫不害臊地表達了自己的火大。

米達透過玳瑁鏡框瞅著我。「抱歉？要我再說一遍嗎？」

「呃－對。」我支支吾吾，視線輪流掃過家庭成員，希望能看到對方表示支持。傑露出同情的表情，但裘德看都不肯看我，在自己的記事本上塗鴉，下顎抽搐得很厲害。至於凱瑟琳，唔，她真的很適合當演員，因為她臉上那種驚愕的表情可信度百分百。

米達先生朝我湊得更近，從容不迫地說話，彷彿我是他病殘的老祖母。「你母親手上的波林格化妝品公司股份，會轉到妳嫂嫂凱瑟琳手上。」他把那份正式文件遞過來讓我看。「你們每個人都會得到一份副本，可是妳現在可以先讀我的這份。」

我拉長了臉，揮手趕他，拚命想理順自己的呼吸。「不用，謝謝，」我勉強說，「請繼續，抱歉。」我彎身窩進椅子裡，咬緊嘴唇免得發抖，一定有什麼地方搞錯了。我……我明明工作得那麼賣力，我一直想讓她為我驕傲。難道凱瑟琳擺了我一道？不，她永遠都不會那麼殘忍。

「這部分的程序差不多結束了，」他告訴我們，「我的確有事要私下跟布芮特討論。」他看著我。「妳現在有空嗎？還是要改天再約？」

我彷彿在一團霧裡迷了路，掙扎要找路出去。

「今天沒問題。」有人用聽起來跟我很像的聲音說。

「好吧，」他掃視圍坐桌邊的人臉，「散會之前還有問題嗎？」

「沒問題。」裘德說，從椅子起身找門，像個急著想逃獄的囚犯。

凱瑟琳檢查手機看看有無訊息，傑則是滿懷感激地衝到米達身邊。他瞥了我一眼，但匆匆撇開視線。我哥肯定很窘，我覺得很不舒服。唯一我還覺得熟悉的是雪莉，她不受管束的棕色鬈髮配上柔軟的灰眸。雪莉張開手臂，把我拉進她懷裡，連她也不知道該跟我說什麼。

哥哥嫂嫂輪流跟米達先生握手的同時，我默默坐在椅子裡，像個課後被迫留下的調皮學生。他們一離開，米達就把門關起來。門一關上，房間如此安靜，我都聽得到血液快速流過太陽穴的呼咻聲。他回到桌首的座位，這樣我倆恰好形成直角。他的臉曬成古銅色，膚質平滑，柔和的棕眼跟有稜有角的五官不大搭軋。

「妳還好嗎？」他問我，彷彿真想知道答案似的。我們一定是算鐘點付他費用的。

「還好。」我告訴他。一窮二白、沒了母親、受到屈辱，可是還好。沒事。

「妳母親生前就擔心今天對妳來說會特別難熬。」

「真的嗎？」我苦澀地輕笑一聲並說，

「她覺得把我排除在遺囑之外，可能會讓我難過？」

他輕拍我的手。「也不能這麼說啦。」

「我是她唯一的女兒，卻什麼都拿不到，什麼都沒有，連一件留念用的家具也沒有，我是她的女兒耶，可惡。」

我使勁把手從他那裡抽走，埋進自己的懷裡。我的視線往下遊走，先落在我的那只祖母綠戒指上，接著往上遊移到勞力士手錶，最後停在卡地亞三色金手環上。我抬起頭，看到一抹狀似嫌惡的神情，讓米達先生可愛的臉龐黯淡下來。

「我知道你在想什麼。你認為我很自私、被寵壞了。你認為這跟金錢或是權力有關。」我的喉嚨一緊。「重點是，昨天我一心想要的只有她的床鋪，就這樣而已。我只是想要她的老古董……」我搓著喉嚨的那個結。「床鋪……這樣我就可以蜷起身子，感覺她……」

我竟然哭出來，真嚇人。抽噎一開始很克制，後來變成激烈放肆的醜哭。米達衝到辦公桌找面紙。他遞給我一張，輕拍我的背，我則拚命要冷靜下來。「抱歉，」我啞著嗓子說，「這一切……對我來說都很難熬。」

「我瞭解。」掠過他臉龐的那道陰影，讓我覺得他也許真的能夠瞭解。

我用面紙輕揩眼睛。深吸一口氣。現在再吸一口。「好了，」我說，在平靜的邊緣搖搖晃晃，「你說你有事要討論。」

他從皮製公事包裡抽出第二份檔案夾，放在我眼前的桌上。

「伊莉莎白對妳有不同的打算。」

他打開檔案夾，遞給我一張泛黃的筆記本紙。我瞪著它看。馬賽克般的折痕告訴我，它曾經被緊緊揉成了小球。「這是什麼？」

「願望清單，」他告訴我，「妳的願望清單。」

我花了幾秒鐘才認出這確實是我的筆跡。我十四歲的花俏字跡。看來我是寫了一張願望清單沒錯，雖然早已不復記憶。在某些目標旁邊，我看到母親的手寫評語。

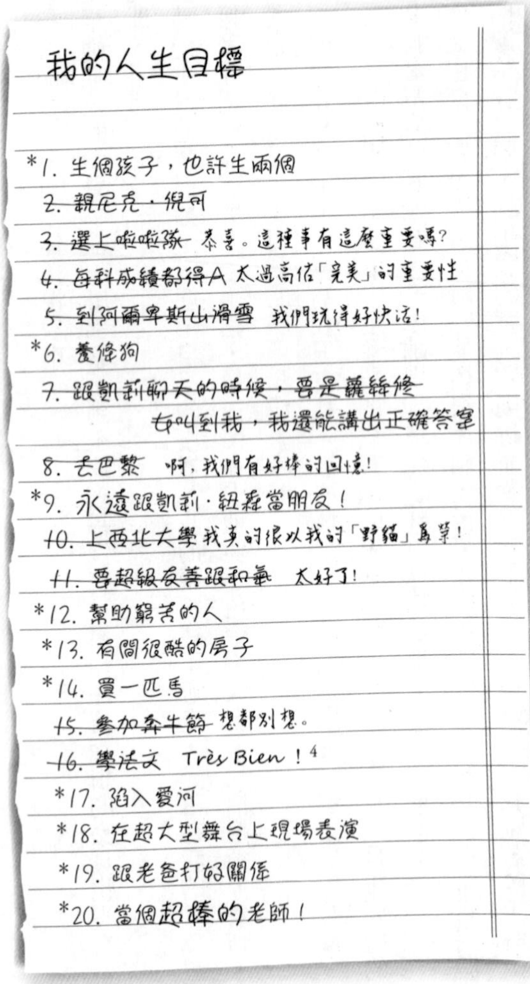
我的人生目標
*1. 生個孩子，也許生兩個
~~2. 親尼克・倪可~~
~~3. 選上啦啦隊~~ 恭喜。這種事有這麼重要嗎？
~~4. 每科成績都得A~~ 太過高估「完美」的重要性
~~5. 到阿爾卑斯山滑雪~~ 我們玩得好快活！
*6. 養條狗
~~7. 跟凱莉聊天的時候，要是蘿絲修女叫到我，我還能講出正確答案~~
~~8. 去巴黎~~ 啊，我們有好棒的回憶！
*9. 永遠跟凱莉・紐森當朋友！
~~10. 上西北大學~~ 我真的很以我的「野貓」為榮！
~~11. 要超級友善跟和氣~~ 太好了！
*12. 幫助窮苦的人
*13. 有間很酷的房子
*14. 買一匹馬
~~15. 參加奔牛節~~ 想都別想。
~~16. 學法文~~ Très Bien！[4]
*17. 陷入愛河
*18. 在超大型舞台上現場表演
*19. 跟老爸打好關係
*20. 當個超棒的老師！

4 是法文的「很好、很棒」。

「呃，」我邊說邊瀏覽那份清單，「親尼克．倪可，當啦啦隊長。」我面帶笑容，把清單推回去給他。「是很可愛沒錯，這東西是你從哪裡弄來的？」

「伊莉莎白，多年以來她都留在身邊。」

我把頭一偏。「那又……怎樣？難道她要留我的舊願望清單給我當遺產？是這樣嗎？」

米達先生毫無笑容。「唔，算是吧。」

「到底怎麼回事？」

他把椅子滑得更靠近我一點。「好吧，情況是這樣的。伊莉莎白好多年前把這張清單從垃圾桶裡撈出來。這麼多年下來，每次只要妳完成一項目標，她就會把它劃掉。」

他指著學法文。「看到了吧？」

母親用條線劃穿了那項目標，在旁邊寫了 Très Bien ！。

「可是清單上有十個目標還沒完成。」

「哎唷，這些目標跟我目前的目標完全不同。」

他搖搖頭。「妳母親認為，即使到了今天，這些目標還是有效力的。」

我拉長了臉，想到她對我的認識還不夠深，心裡便湧起一陣刺痛。「唔，她弄錯了。」

「她希望妳完成這份清單。」

我下巴一掉。「你一定是在開玩笑。」我對著他甩動那張清單。「這是我二十年前寫的耶！我是很想實現母親的心願，可是把這些事情當成目標就是不可能！」

他像交通警察般地伸出雙手。「哎，我只是傳聲筒。」

我深吸一口氣並點點頭。「抱歉。」我往後沉入椅子，搓搓額頭。「她到底在想什麼啊？」

米達先生翻動檔案，拿出一只淡粉紅信封。我馬上認出來了。那是她最愛的 Crane 牌文具用品。「伊莉莎白寫了封信給妳，要我大聲朗讀給妳聽。不要問我為什麼不乾脆把信給妳。是她堅持要我大聲朗讀的。」他給我一抹自作聰明的笑容。「妳識字吧？」

我忍住不笑。「欸，我完全搞不懂母親到底在想什麼。在今天之前，如果她要你大聲朗讀給我聽，我會說那一定有理由。可是到了今天，以前的規則全都不適用了。」

「我猜現在的狀況跟過去一樣，她有她的理由。」

聽到撕開信封的聲音，我的心跳跟著加快。我硬逼自己往後貼著椅子坐，在腿上交疊雙手。

米達把眼鏡架在鼻子上，清清喉嚨。

「『親愛的布芮特，』」

「『一開始，我要先說，我為妳過去四個月必須承受的一切，感到萬分遺憾。妳是我的支柱、我的靈魂，我要謝謝妳。我還不想離開妳。我們本來還有那麼多生活要過、那麼多愛要分享，不是嗎？可是妳很堅強，妳可以承受，甚至會越來越茁壯，雖然妳現在不會相信我的話。我知道妳今天很悲傷，就讓妳稍微沉浸在悲傷裡一下。』」

「『我真希望我也在場，幫妳度過這段哀傷的時光。我想把妳抓進我的懷裡，緊緊摟住，直到妳喘不過氣，就像妳小時候那樣。也許我會帶妳去吃頓中飯，我們會在德雷克飯店找張舒適的桌子，我會花整個下午傾聽妳的恐懼跟憂傷，一面撫搓妳的手臂，讓妳知道我對妳的痛苦感同身受。』」

米達的聲音帶點感情，他朝我看來。「妳還好嗎？」

我點點頭，說不出話。他抓住我的手臂掐了掐之後才繼續唸。

「『妳哥哥今天得到了他們的那份遺產，妳卻沒有，妳一定非常困惑。公司最高的職位給了凱瑟琳，我只能想像妳會有多生氣。相信我，我知道自己在做什麼，而我做的一切都是以妳的最大利益為考量。』」

米達對我微笑。「妳母親很愛妳。」

「我知道。」我低聲說，用手摀住顫抖的下巴。

「『將近二十年前的某一天，我正要倒空妳那個飛越比佛利[5]圖案的垃圾桶時，發現了這團揉皺的紙張。想當然，我這麼愛管閒事的人不會放過它。妳可以想像，當我把紙團攤開，發現妳寫了願望清單時，我有多麼開心。我不確定妳為什麼把它扔掉，因為我覺得這份清單還蠻不錯的。那天晚上我就跟妳問起這張清單的事，妳記得嗎？』」

「不記得。」我大聲說道。

5　《飛越比佛利》是美國一九九〇年代的青春校園電視喜劇。

「『妳跟我說，笨蛋才會有夢想。妳說妳不相信夢想。我認為這件事跟妳的父親有關。他原本應該在那天下午來帶妳出門逛逛，可是他爽約沒來。』」

痛苦揪住我的心一扭，把它慘兮兮地糾成了羞愧跟怒氣的結。我咬住下唇，緊閉雙眼。父親放了我多少次鴿子？我都數不清了。在最初十幾次過後，我早該學到教訓的，可是我太容易上當，竟然相信查爾斯．波林格；以為就像神秘的耶誕老人那樣，只要我全心相信，父親就一定會出現。

「『妳的人生目標深深打動了我。有些很滑稽，比方說第七項。其他相當嚴肅而且慈悲為懷，比方說第十二項：**幫助窮人**。妳向來很樂於付出，布芮特，是妳敏感又體貼。現在看到妳有那麼多人生目標還沒達成，我覺得很心痛。』」

「母親，我不想要這些目標，我已經變了。」

「『妳當然已經變了。』」米達讀道。

我一把搶走他手中的信。「她真的那樣說嗎？」

他指著那行字。「這邊。」

我手臂汗毛直豎。「好怪，繼續吧。」

「『妳當然已經變了，可是親愛的，我怕妳已經捨棄了自己真正的抱負。到了今天，妳還有任何目標嗎？』」

「當然有，」我邊說邊絞盡腦汁想要提出一項，「今天之前，我本來希望能經營波林格化妝品公司的。」

「『那個事業從來就不適合妳。』」

米達先生趕在我伸手去抓信紙以前，就指出了那行字。

「噢，我的天啊，感覺就像她在聽我講話。」

「也許這就是她希望我大聲唸出來的原因，這樣妳們可以有點對話。」

我用面紙擦拭雙眼。「她向來都有第六感，不管我有什麼困擾，不用開口跟她說，她就會主動提起。當我試著說服她說不是這樣，她就會看著我說，『布芮特，妳忘了，妳可是我生的，騙不了我的。』」

「真好，」他說，「那種連結是珍貴無價的。」

我又看到了，他的眼睛閃過一抹痛苦的神色。「你失去父親或母親了嗎？」

「都還健在，住香檳區。」

可是他並沒提到他們身體是否健康。我沒繼續追問。

「『我很後悔讓妳在波林格化妝品公司工作這麼多年——』」

「母親！多謝喔！」

「『妳心思太過敏感，不適合那種環境。妳是天生的老師。』」

「老師？可是我最討厭教書了！」

「『妳從來就沒給這件事一個機會。妳那年在牧草溪谷有個糟糕的經驗，記得嗎？』」

我搖搖頭。「噢，我記得，是我這輩子最漫長的一年。」

「『妳哭著來找我，喪氣又焦慮，於是我歡迎妳加入這個企業，在行銷部門替妳找到職位。只要能把妳美麗臉龐的痛苦跟擔憂抹去，我什麼都願意做。這些年來，我頂多只是堅持妳要保住自己的教師證書，任由妳拋棄自己真正的夢想。我讓妳待在這個高薪的舒適工作裡，而這份工作既挑戰不了也刺激不了妳。』」

「我喜歡我的工作。」我說。

「『害怕改變會讓我們停滯不前。說到這裡就要回到妳的願望清單了。布萊德繼續唸下去的時候，請妳看看自己的目標。』」

他把清單挪到我倆面前，這次我看得比較仔細。

「『原本有二十項目標，我在旁邊標出星號的剩下十項，是我希望妳繼續追求的。我們從第一項開始：**生個孩子，也許生兩個。**』」

我哀嚎。「太扯了！」

「『如果妳的人生當中沒有孩子——至少一個——妳的心會蒙上陰影。雖然我知道很多膝下無子的女性都很快樂，可是我相信妳跟她們是不同掛的。妳以前就很愛嬰兒洋娃娃、等不及快快長到十二歲好當保母。妳以前還會把那隻叫托比的貓咪，用嬰兒毛毯裹住要抱牠。結果貓咪扭著身子掙脫、從搖椅上跳走，就把妳弄哭了。記得嗎？親愛的？』」

我的笑聲跟啜泣糾纏在一起。米達先生又遞了張面紙給我。

「我是很愛小孩沒錯，可是……」我沒辦法把那個想法說完，因為那樣我就得怪安德魯，那樣會很不公平。不知為何，淚水就是流個不停，似乎擋也擋不住。米達等著，最後我指指信紙，揮手要他唸下去。

「妳確定？」他問，手搭在我的背上。

我點點頭，用面紙壓住鼻子。

他一臉懷疑，但還是繼續下去。

「『我們跳過第二項吧。我希望妳當初真的親了尼克．倪可。我希望妳覺得很愉快。』」

我漾起笑容。「是很愉快沒錯。」

米達對我眨眨眼，我們一起看著我的清單。

「『我們來看第六項好了，』」他讀道，「『養條狗。我覺得這個點子棒極了！去找妳的小狗吧，布芮特！』」

「狗？妳怎麼會認為我想要狗？我連魚都沒時間養，更不要說狗了。」我看著布萊德。

「要是我沒完成這些目標，會發生什麼事？」

他抽出一疊粉紅信封，全用條緞帶綁住。「按照妳母親的規定，只要完成一項人生目標，就回來找我拿一個信封。十項都完成之後，就會得到這個。」他遞出一份寫著完滿結束的信封。

「完滿結束的信封裡放了什麼？」

「妳要繼承的遺產。」

「想也知道，」我邊說邊揉太陽穴，正眼望著他的臉，「你知道這代表什麼嗎？」

他聳聳肩膀。「我想那表示妳的人生會有些重大的修正。」

「修正？就我所知，我的人生才剛被撕成碎碎片片！而且我還必須按照某個──某個小鬼的心願，把它整個拼湊回來？」

「欸，如果今天狀況太多，妳吃不消，我們可以安排改日再見。」

我勉強起身。「是吃不消沒錯。我今天早上來這裡，以為自己就要頂著波林格化妝品公司總裁的頭銜走出去。我原本準備讓母親以我為榮，想把這份事業帶往新高點。」我的喉嚨緊縮，勉強嚥嚥口水。「結果我卻必須去弄匹馬來？我真不敢相信！」我眨眼強忍淚水。

「抱歉，米達先生，我知道這不是你的錯。可是我現在就是無力應付。我會再跟你聯絡。」

我快走出門的時候，米達先生手裡揮著清單衝過來。「這個妳留著，」他說，「萬一妳改變主意就用得上了。」他把清單塞進我的手裡。「時鐘滴答走不停喔。」

我把頭一偏。「什麼時鐘？」

他靦腆地低頭看看自己的 Cole Haan 牌鞋子。「這個月底以前至少要完成一項目標。從今天算起的一年之內──也就是明年九月十三日以前──整份清單都要完成。」

CHAPTER

03

漫步走進怡安中心的三個小時之後，我踉踉蹌蹌離開，種種情緒像是流星雨一樣閃爍又消逝。震驚、絕望、暴怒、悲慟。我把車門猛力打開，跟司機說，「北星街一一三號。」

那本紅色日誌，我需要那本紅色日誌！我今天已經比較堅強了——堅強多了——我準備要讀母親的日誌了。也許她會解釋自己的所作所為，告訴我她為什麼要這樣對我。那有可能根本不是日誌，而是一本舊的生意帳冊。也許我會查出那份事業在財務上一落千丈，所以她才沒把它留給我。一定會有個解釋。

司機把車停在路邊，我使勁拉開鐵柵門，衝上水泥台階，連鞋子都懶得脫，就直接快步衝上樓梯，直往她的臥房奔去。我環顧這個灑滿陽光的房間，除了檯燈跟珠寶盒之外，梳妝台一片空盪。我用力打開衣櫥門，可是也不在那裡。我猛力扯開抽屜，然後轉向她的床頭桌。本子在哪裡？我翻遍她的寫字桌，卻只找到浮凸小卡、各種原子筆以及郵票。我越來越驚慌。我到底把本子放哪裡去了？我當初從衣櫃裡把它抽出來，然後放在……哪裡？床上嗎？對。有嗎？我把被子掀開，祈禱本子就擠在床單裡。並沒有。我的心怦怦狂跳。我怎麼可以這麼粗心大意？我轉著圈圈，用手耙著頭髮。我到底把那本冊子怎麼了？記憶一片模糊。我難道醉到都把稍早的事件都忘光了？等等，我滾下樓梯的時候，是不是隨身帶著它？我從房間衝出來，快步奔下階梯。

兩個小時之後，搜過家具的軟墊下方、每個抽屜、每間衣櫃，甚至是垃圾桶之後，我有個嚇人的結論，那就是再也找不到那本冊子了。我近似歇斯底里地撥電話過去時，哥哥嫂嫂根本不曉得我在講什麼。我整個人癱在沙發上，雙手掩住臉龐。老天幫幫我，我失去了升遷的機會，屬於我的那分遺產，還有母親送給我的最後一份禮物，我還能跌得更慘嗎？

———

鬧鐘在週三早晨嗡嗡響起，我一覺醒來，因為忘卻了昨日的夢魘而幸福滿溢。我伸伸懶腰，把手臂朝著床頭桌一甩，盲目摸索那個嗶嗶鬼叫的討厭小東西。我把鬧鐘按掉之後，翻身躺好，多給自己一點閉眼休息的時間。可是一切突然一股腦兒全都湧回來了。我的雙眼猛地張開，恐懼之網捕住了我。

母親過世了。

凱瑟琳是波林格化妝品公司的頭頭。

有人希望我拆解自己的生活。

大象般的重量頓時壓住我的胸口，我掙扎著要呼吸。現在我的同事或新老闆都知道母親對我沒信心，我又怎麼可能面對他們？

我的心跳飛快，用手肘把自己撐起來。這個無隔間公寓有風竄進來，帶來秋天的颯爽，我連眨幾次眼睛，以便適應眼前的黑暗。我辦不到，我沒辦法回去上班，目前還不行。我癱倒在枕頭上，往上瞪著天花板暴露在外的金屬管子。可是我別無選擇。昨天跟米達先生會面之後，我沒到公司上班，新老闆打電話來，堅持我們今天早上一定要碰個面。即使我很想叫凱瑟琳——母親信任的女人——滾到地獄去，可是在沒有遺產的狀況下，我需要保住自己的飯碗。

我把雙腿甩向床畔，小心不要吵醒安德魯，把床柱掛鉤上的毛巾睡袍拿下來。那時才意識到他已經出門。還不到凌晨五點呢，我這個超有紀律的男友已經起床慢跑去了。我抓起睡袍，赤腳輕輕踩過櫟木地板，吃力走下冰冷的金屬樓梯。

我把咖啡帶到客廳，拿著《論壇報》在沙發上蜷起身子。市政府又傳出一則醜聞，更多貪腐的政府官員，可是沒什麼可以將我的注意力從眼前的這一天轉開。同事會同情我，跟我說母親的決定有多不公平嗎？我打算玩填字謎遊戲，手忙腳亂要找鉛筆。還是說，這個消息一傳到辦公室，大家都爆出掌聲、擊掌叫好呢？我哀嚎。我必須挺直肩膀、抬高腦袋，讓大家都相信由凱瑟琳經營這家公司是我的主張。

噢，母親，妳怎麼可以讓我陷入這種處境？

喉嚨湧起異物感，我靠一大口咖啡用力嚥下去。多虧凱瑟琳跟她該死的會議，今天我沒時間沉浸在悲慟裡。她以為自己的態度很衿持，可是我很清楚她在打什麼算盤。今天早上她會給我一個安慰獎——就是她本來的副總裁職位。她會讓我當她的副手，以便換取我對她的寬恕與順從。可是如果她以為我不會提出嚴肅的要求，乖乖接受安排，那她就是腦袋不清楚。在沒有遺產的狀況下，我的薪資必須三級跳。

安德魯輕鬆快步穿過門口，身體因為晨跑而汗濕，我的臭臉軟化成了笑容。他穿著海軍藍短褲跟芝加哥小熊棒球隊棉衫，蹙起眉頭細看黑色跑步錶。

我起身。「早安，甜心。跑步的狀況怎樣？」

「拖拖拉拉。」他把棒球帽摘下，用手梳理金色短髮。「妳今天早上又要休假啊？」

罪惡感猛然襲來，彷彿肚子吃了一記。「嗯，還是沒什麼精神。」

他彎腰解開鞋帶。「都五天了，最好不要等太久。」

我去替他拿咖啡時，他走向洗衣間。等我回來的時候，他的結實身體已經癱在沙發上，穿著乾淨熱身長褲跟棉衫，做著我剛剛開始的字謎遊戲。

「要我幫忙嗎？」我問，從背後走過去，靠在他的肩膀往前湊。

他的視線沒離開字謎，就伸手拿咖啡。他在直排的十二裡寫比爾（birr）。我查看本來的提示是什麼。伊索比亞的貨幣，天啊，我真佩服。

「噢，橫向的十四……」我說，很興奮有機會展現少許的智力。

「寶藏州[6]的首都……我想是海勒拿。」「我知道。」他用鉛筆敲著額頭，陷入深思。

從什麼時候開始，我們就不再一起做字謎遊戲了？以前我們會共用一顆枕頭，一起解字謎、啜咖啡。偶爾，我會提出難度特高的答案，安德魯就會對我的額頭頂端送上一吻，跟我說他很愛我的腦袋。

我轉身要走開，可是還沒走到樓梯那裡就停下腳步。「安德魯？」

「唔？」

「如果我需要你，你會陪在我身邊嗎？」

他終於抬起頭來。「過來。」他輕拍身邊的沙發。我走到他那裡，他用手臂攬住我的肩膀。

「我趕不上喪禮午餐會，妳還在不高興嗎？」

「沒有，我可以理解，那場審判很重要。」

他把鉛筆拋到矮桌上，咧嘴一笑，露出左頰的可愛酒渦。「我必須承認，妳剛剛那種講法，即使我聽都覺得很沒說服力。」他跟我四目交接的時候，表情嚴肅起來。「不過，先回答妳的問題。我會陪在妳身邊，妳永遠都不必擔心那種事。」他用拇指撫過我的臉頰。「我每一步都會陪在妳身邊，可是不管有沒有我的引導，妳都會是一級棒的總裁。」

我的心跳加速。安德魯昨晚回到家的時候，拿了瓶皮耶爵香檳要慶祝，我不忍心——或者該說我沒勇氣——告訴他我不是而且永遠也不會是波林格化妝品的總裁。這個難得讚美別人的男人，簡直就是美言不斷。我想沉浸在他的贊同裡，再多一天就好，這樣要求很過份嗎？今晚，我會坦白承認；我會告訴他，我是新任副總裁，藉以緩和打擊。

他撫平我的頭髮。「告訴我，老闆女士，今天有什麼計畫？不久的將來會想雇用律師嗎？」

---

6 Treaure State 是美國蒙大拿州的別稱。

什麼？他該不會以為我會忤逆母親的心意吧。我打哈哈蒙混過去，從焦乾的喉嚨逼出一聲輕笑。「我想不會吧，其實我今天早上要跟凱瑟琳會面，」我說，讓他以為我是主動召開會議的人，「我們有些問題要討論。」

他點點頭。「高招。要記得，她現在是妳的屬下了，讓她知道發號施令的人是妳。」

我感覺血液衝上臉頰，於是從沙發起身。「我最好去沖個澡。」

「以妳為榮唷，總裁女士。」

我知道我應該跟他說，凱瑟琳才有資格讓他引以為傲，應該稱為總裁女士的是凱瑟琳才對。我會告訴他的，絕對會。

就等今天晚上。

儘管鞋跟踩在大理石前廳裡喀答作響，我還是想辦法避人耳目，溜過大通大廈的大廳，搭電梯直奔四十九樓，走進波林格化妝品的豪華總部。我推開玻璃雙門走進去，垂著視線直接邁向凱瑟琳的辦公室。

我把頭探進曾經屬於母親的邊間辦公室，看到凱瑟琳就坐在辦公桌後面，一如既往地精心裝扮。她正在講電話，但揮手要我進去，並舉起食指讓我知道她馬上就會輪到我。她快講完電話的時候，我在這個曾經熟悉的空間裡遊蕩，忖度她把媽鍾愛的畫作跟雕像做了什麼處理。她在原本的地方換上了自己的書櫃跟好幾個加框的獎狀。母親這間曾經無比神聖的辦公室，殘存的餘跡只剩令人屏息的市景跟她的名牌。可是仔細一瞧，才看出那不是母親的名牌，而是凱瑟琳的！名牌結合了黃銅跟大理石，同樣的字體現在寫的是總裁 凱瑟琳・亨佛瑞斯－波林格。

我火冒三丈！她是母親的當然繼承人，這件事她知道多久了？

「好，太好了。等你拿到數字，就轉來給我。是，謝謝，世志，再見。」她掛掉電話，把注意力轉向我。「剛剛跟東京通電話，」她搖著頭說，「有十四小時的時差真討厭。我必須在凌晨以前過來，才能趕上他們的時間。我運氣不錯，他們工作到很晚。」她指著辦公桌對面的那對 Louis Quinze 牌的椅子。「坐吧。」

我沉進椅子裡，用手撫過鈷藍色絲質椅面，努力回想凱瑟琳以前的辦公室原本有沒有這套椅子。「看來妳完全搬進來了，」我說，無法抗拒內心的輕蔑感，「才多久時間？不到二十個小時？妳就已經把名牌都搞定了。沒想到名牌這麼快就可以弄出來。」

她起身繞到我這側的桌邊，把配對的另一張椅子轉過來面對我。「布芮特，這段時間對我們大家來說都很難熬。」

「對我們大家來說都很難熬？」我的視線模糊起來。「妳是說真的嗎？我剛剛失去母親跟事業，妳剛剛繼承一大筆財富跟我家的公司。都是妳，妳設局讓我跳。妳跟我說我會成為總裁，我之前還死命工作，努力想抓住竅門！」

她等候著，一臉鎮定自如，彷彿我剛跟她說我喜歡她身上的洋裝。我的鼻孔掀動，我想說更多，但沒那個膽子。她畢竟是我嫂嫂——跟我該死的老闆。

她往前傾身，蒼白雙手疊在叉起的腿上。「抱歉，」她說，「我真的很抱歉。我昨天跟妳一樣震驚。我夏天確實是這樣假設——真是大錯特錯。我推想妳會接收妳母親的股份，沒先跟伊莉莎白商量，就攬起訓練妳的責任。我當時不希望她認為我們已經放棄她了。」她用雙手蓋住我的手。「相信我，我原本計畫下半個職涯都在妳手下工作的。妳知道怎樣？要在妳手下做事，我也會覺得很光榮。」她掐掐我的手。「我非常尊敬妳，布芮特。我想如果由妳來當總裁也可以很稱職，我真的這麼想。」

也可以？我拉長了臉，不確定這是恭維還是侮辱。「可是那個名牌，」我說，「如果妳事先不曉得，怎麼會早早就有名牌？」

她漾起笑容。「是伊莉莎白弄的，過世前就幫我訂製了。她請人送來，我昨天走進來的時候就放在桌上了。」

我羞愧地垂下腦袋。「那就是母親的作風。」

「她真了不起，」凱瑟琳眼泛淚光地說，「我永遠無法取代她的位置。要是我可以勉強做到她的幾分之幾，就覺得算成功了。」

我的心軟化下來。她顯然也為了失去伊莉莎白．波林格而覺得悲慟。她跟母親組成完美的搭檔，母親是這個企業的優雅門面，而凱瑟琳是她不屈不撓的幕後助理。現在看著她身穿喀什米爾洋裝跟 Ferragamo 牌的厚底高跟鞋，平滑如象牙的肌膚，挽在頸背上的俐落髮髻。我幾乎可以理解母親的選擇。凱瑟琳全身上下每一吋都像個總裁，自然就是要接任她的位置，但我還是覺得受傷。媽難道看不出隨著時間過去，我也可以變成凱瑟琳那樣的人？

「抱歉，」我說，「真的很抱歉。媽覺得我不適合經營波林格化妝品，也不是妳的錯，妳一定會很成功的。」

「謝謝。」她低語，一面從椅子起身。她路過我背後時，掐了掐我的肩膀，然後把門關上。她回到座位上時，目光牢牢盯著我，眼神強烈到讓人慌張。

「我很難把現在要講的話說出口，」她咬緊下唇，脹紅了臉，「我希望妳能有心理準備，布芮特。接下來的話會很嚇人。」

我緊張地笑了笑。「天啊，凱瑟琳，妳的手在發抖！我從來沒看妳這麼焦慮過，怎麼回事？」

「我收到伊莉莎白的指令。她在我辦公桌抽屜裡留了一個粉紅信封，裡頭有張紙條。如果妳想看，我可以拿過來。」她正要起身，但我一把抓住她的手臂。

「不用了，我最不需要的，就是多看一張媽的紙條。直接跟我說就好。」此刻我的心狂跳。

「妳母親指示我……她要我……」

「到底是什麼事？」我差點放聲尖叫。

「妳被炒魷魚了，布芮特。」

CHAPTER 04

我對開車回家的回憶一片空白，只記得踉踉蹌蹌走進無隔間公寓，蹣跚登上樓梯，然後跌進床鋪裡。接下來兩天，我在睡覺、清醒跟哭泣的迴圈裡循環不停。到了星期五早晨，安德魯已經漸漸失去同理心。他坐在我們的床緣，炭灰色西裝配上漿挺的白襯衫，打扮得無懈可擊，伸手撫平我糾結的髮絲。

「妳一定要振作起來，寶貝。這次的升遷讓妳無力招架，自然就會想逃避。」我開口要抗議，可是他用食指抵嘴要我安靜。「我不是說妳能力不夠，我是說妳害怕了。可是，親愛的，妳不能一次離開工作崗位這麼久。這可不是妳本來的廣告工作，以前偶爾還可以偷懶一下。」

「偷懶？」這個說法惹到我了。他竟然以為我本來那個行銷總監的職位無足輕重！更慘的是，我連那份工作也沒保住。「你沒辦法想像我經歷過的事情啦，我覺得我有資格用幾天來哀悼。」

「嘿，我跟妳站在同一邊，我只是想幫妳回到常軌而已。」

我揉揉太陽穴。「我知道，抱歉，我這陣子的狀況不大好。」他站起身，可是我抓住他的外套袖子。我必須跟安德魯說實話！母親炒我魷魚，害我週三晚上的坦白計畫受挫了；從那之後，我一直希望能鼓起勇氣來解釋。

「今天在家陪我嘛，我們可以——」

「抱歉，寶貝，沒辦法，客戶多到處理不完。」他扭動身子要甩開我的手，然後撫平外套袖子。「我會想辦法早點回家。」

告訴他，就是現在。

「等等！」

他還沒走到門口就停下腳步，回頭看著我。

我的心在胸口裡咚咚猛跳。「我有事要跟你說。」

他轉身瞇眼看著我，彷彿平日透明人般的女友突然失焦了。最後，他回到床緣，親親我的頭頂，彷彿我是個愣頭愣腦的五歲小孩。「別胡說八道了。妳唯一需要的，就是讓妳的俏臀離開床鋪。妳可是有公司要經營的。」他輕拍我的臉頰，眨眼間就離開房間不見人影。

我聽到門喀答關門的聲音，於是把頭埋進枕頭。我到底該怎麼辦？我不是波林格化妝品的總裁，連卑微的行銷主管都不是。我是個失業的大廢材，我很怕這個很在意地位的男友一旦發現，會用什麼眼光看我。

安德魯原本跟我說，他來自波士頓郊區，富裕的達克斯伯里時，我並不意外。他一身派頭都散發著富貴人家的氣息——義大利鞋、瑞士錶、德國車。可是當我問起他的童年，他的態度卻躲躲閃閃。他有個姊姊，父親有個小生意。他不肯提供更多訊息，這點讓我很挫敗。

過了三個月，兩瓶酒下肚之後，安德魯終於吐露真言。他在我的催逼之下，氣呼呼地紅著臉，跟我說他父親只是個能力普通的細工木匠，心中的抱負遠遠勝過實際的成就；母親在達克斯伯里當地的喜互惠超市熱食區櫃臺工作。

安德魯並不是富家子弟，但他急著讓人以為他就是。

我心中湧起一股對安德魯的暖意跟敬意，是我以往不曾感覺過的。他不是啣著金湯匙出生的孩子，而是白手起家，為了成功而奮發向上的男人。我吻吻他的臉頰，告訴他我以他為榮，說他勞工階級的出身讓我愛他更多。他不是對我微笑，而是輕蔑地瞟我一眼。那時我就知道，安德魯不覺得自己的貧寒出身有什麼好讓人佩服的；成長期間，周遭盡是富裕人家，這點在他心裡留下傷疤。

我馬上陷入一陣恐慌。

這個由貧轉富的孩子，整個成年時期都忙著累積成功的標記，希望能夠補償卑微出身。現在，我納悶自己是不是他蒐集的成功標記之一。

我在車道上抬頭盯著傑跟雪莉那棟鱈魚角風格的完美住家。磚砌人行道的兩側栽種維護完善的灌木，白色水泥甕缸裡長滿茂密的橘色跟黃色菊花。我突然一反常態地湧起一陣妒意。有如諺語「自己鋪床自己睡」[7]所說，他們選擇躺臥的床鋪豪華舒適，我的卻是凹凸不平、滿是臭蟲。

我的視線穿越磚砌步道，望進他們家蓊鬱的後院，瞥見姪子拿著橡皮球在奔跑。我甩上車門的時候，他抬起頭來。

「布威特姑姑！」他朝我呼喚。

我衝到後院，一把撈起崔佛。我們繞著圈圈，直到視線糊成一片。三天以來，我頭一次感覺真心的笑容點亮了臉龐。

「可以逗我開心的小男生是誰啊？」我邊問邊對著他的肚皮搔癢。

他還來不及回答，雪莉就從磚砌露台走下來，頭髮隨意高高紮成馬尾。我猜她穿的是傑的牛仔褲，一路捲到腳踝。

「嘿，妹子。」她喚道。她嫁給我哥以前，我們本來就是朋友跟大學室友，我們還是很喜歡傻呼呼地互稱對方為姊妹。

「嘿，妳今天在家啊。」

她踩著毛紡拖鞋，朝我緩緩走來。「我辭掉工作了。」

我盯著她。「不會吧。」

她彎身拔起一根雜草。「我跟傑的結論是，我們其中一個待在家裡，對孩子來說最好。有妳母親的遺產，我們不需要多一份薪水。」

7　意指「自作自受」。

崔佛扭著身子想掙脫我的懷抱，我把他放下來讓他站好。「可是妳明明很愛妳的工作。傑呢？為什麼不是他辭？」

她站起來，手裡拿著死掉的蒲公英。「我是當媽的，這樣比較說得通。」

「所以妳就到這裡為止，就這麼乾脆？」

「嗯。我運氣不賴，產假期間來代班的女人還可以來接。」她把蒲公英上的乾葉摘下來，丟在腳邊，「他們昨天找她來面試，今天馬上就上工了，根本不需要訓練她，一切都很順利。」

我聽到她聲音裡的哽咽，知道事情沒有她希望我認為的那麼完美。雪莉是聖方濟各醫院的語言病理師，在復健單位工作，不只負責教導大腦曾經受創的成人重新學習說話，也教他們怎麼推論、協商跟社交。她以前總是吹噓說這不是一份工作，而是她的天職。

「抱歉，我只是不大能夠想像妳當全職媽咪的樣子。」

「會很棒的，這社區幾乎所有的女人都是家庭主婦，每天早上在公園聚集，替孩子安排玩伴時間，去上親子瑜珈課程。妳一定不敢相信，我的孩子以前去日托中心而錯過了多少社交活動。」她的目光找到了崔佛，他像飛機一樣伸直手臂，繞著圈子跑不停。「也許這個語言病理師終於可以教自己孩子怎麼講話了。」她吃吃輕笑，但感覺不大對。

「崔佛還不會說——」她講到一半就打住，看了看手錶。「等等，妳不是應該去上班嗎？」

「不是，凱瑟琳炒我魷魚了。」

「噢，天啊！我打個電話找保母來。」

——

我們運氣不錯，三兩下就找到梅根．韋勒比，她是我們友誼三角的斜邊，有個當成嗜好的房屋仲介工作，但其實沒什麼賣房子的野心。梅根蠻幸運的，算是跟吉米．諾斯若普訂婚了，吉米是芝加哥熊隊的防守邊鋒，所以擔任仲介的佣金是可有可無的。所以我跟雪莉前往布爾喬亞豬咖啡館的路上打電話給她，她已經在那裡了，彷彿老早料到這場小危機。

我們早就宣告過，林肯公園裡的布爾喬亞豬咖啡館是我們最愛的無酒精去處。那裡舒適時髦，擺滿書籍、古董跟磨薄的地氈。最棒的是，背景有不少人在閒聊，所以不怕有人偷聽我們的談話內容。今天，九月的暖陽把我們召喚到戶外，梅根就坐在鐵鑄桌旁，穿著黑色緊身褲搭低胸毛衣；毛衣緊緊貼著她堅稱是真材實料的完美胸脯。她的淺藍眼周漫著煙灰色的暗影，我猜她至少塗了三層的睫毛膏。不過，她的金髮用銀製長夾固定，象牙般的肌膚抹了粉紅腮紅，讓她維持一點天真的感覺，讓她看起來半像應召女郎、半像大學姊妹會成員——這個模樣男人似乎都抗拒不了。

她全心放在iPad上，沒注意到我們朝她那張桌子越走越近。我抓住雪莉的手肘，拉她停下腳步。

「我們不能打斷她，看，她真的在工作。」

雪莉搖搖頭。「她最愛裝模作樣。」她把我拉得更近，朝著電腦螢幕點點頭。「看吧，是名人八卦網站PerezHilton.com。」

「嘿，妳們，」梅根說，趕在雪莉還沒坐到她擱在椅子上的墨鏡以前，趕緊拿走。「聽聽這個。」我們拿著鬆糕跟拿鐵在她旁邊入座之後，她說起安潔莉娜跟布萊德．彼特最近的爭執，還有蘇莉[8]的古怪生日派對，接著又把話題轉向吉米。「紅龍蝦餐廳，真的，我穿著 Hervé Léger 的繃帶洋裝，短到屁股那裡，他竟然想帶我去他媽的紅龍蝦餐廳吃飯！」

我相信每個人都有資格擁有一個肆無忌憚的朋友——這種朋友同時會讓人發窘又教人興奮，這種朋友說話口無遮攔，老把我們逗得歇斯底里——我們會頻頻回首，想確定沒人聽到。梅根就是那樣的朋友。

我們兩年前透過雪莉的妹妹派蒂，認識了梅根。派蒂跟梅根在達拉斯是室友，一起受訓成為美國航空公司的空服員。可是在訓練的最後一週，梅根卻拿不到卡在座位上方行李箱的袋子；她的手臂就是太短，無法勝任這份工作。梅根現在對這個難以察覺的瑕疵非常執著。她窘得要命，於是飛到芝加哥成為房屋仲介，在第一次成交的時候認識了吉米。

「我不能說謊，我很愛吃紅龍蝦的比斯吉，可是拜託喔！」

雪莉最後終於打岔。「梅根，我跟妳說過，布芮特需要我們幫忙。」

梅根輕點 iPad，讓它進入休眠狀態，雙手交疊在桌面上。「好了，我的時間全都給妳，有什麼問題，辣妹？」

焦點不放在自己身上的時候，梅根非常擅於傾聽。從交疊的雙手跟全神貫注的視線看來，今天她準備把發言權都讓給我。我佔盡優勢，把母親用來毀掉我人生的策略全說出來。

「就是那樣。沒有收入，沒有工作，只有十個蠢目標必須在明年之內完成。」

「根本是狗屁，」梅根說，「叫那個律師滾蛋啦。」她從我手中抽走那張清單。「**生個孩子。養條狗。買匹馬。**」她把香奈兒墨鏡往上推，直直盯著我。「妳老媽到底在想什麼鬼啊？要妳找個農夫嫁了嗎？」

我忍不住漾出笑容。梅根這人有時很自我中心，但偶爾像現在這種需要笑一笑的時候，給我十幾個德蕾莎修女拿來交換梅根，我死都不肯。

「安德魯跟農人天差地別，」莎莉說，往咖啡裡又倒了包糖，「他對這些事情有什麼看法？他準備加快腳步了嗎？要讓妳懷孕了嗎？」

「要替妳買匹馬了嗎？」梅根接腔，爆出高亢的咯咯笑。

「會的，」我說，假裝檢查自己的湯匙，「我很確定他會的。」梅根的眼睛滴溜溜轉。「抱歉，我不懂在芝加哥市中心要怎麼養馬？妳那棟大樓可以養寵物嗎？」「妳很搞笑耶，小梅。」我揉揉太陽穴，「我都開始覺得老媽神智不清。哪個十四歲女生不想要一匹馬？哪個小女生不想要當老師、生寶寶、養小狗、有一棟漂亮房子？」

雪莉扭動她往外探來的手指。「我們再看一次清單。」我把清單遞給她，她一面細讀一面咕噥。「**跟凱莉．紐森繼續當朋友。陷入愛河。跟老爸打好關係。**」她抬起頭。「易如反掌啊。」

8　美國影星湯姆．克魯斯的女兒。

我瞇細眼睛。「我父親過世了，雪莉。」「她顯然是希望妳在心裡跟他和好。妳知道的，掃掃他的墓、種點小花。欸，第十七項陷入愛河，妳已經完成了啊。妳愛安德魯吧？」

我點點頭，不知為何，五臟六腑感覺卻像凍結似的。我記不得上次我們說「我愛你」是什麼時候的事。可是那也是自然的事，都交往四年了，愛不用明說。

「那就到米達先生的辦公室跟他講嘛。今天晚上，在臉書上找這個叫凱莉．紐森的姑娘，寄幾封訊息過去，恢復聯繫。賓果！又得一分。」

我的呼吸一嗆。將近十九年前，凱莉在心裡受傷又受屈辱的情況下離開我家，我們從此就沒再講過話。「那第十二項，幫助窮人呢？這倒是不難啦。我會捐錢給聯合國兒童基金會還是什麼的。」我望向朋友，期盼得到肯定。「你們不覺得嗎？」

「絕對可以，」梅根說，「妳會比慾火中燒的兄弟會男生還快解決。」

「可是，關於那個該死的嬰兒，」我邊說邊掐掐鼻樑，「還有現場表演跟教書工作的事。我以前就發過誓，說再也不要踏上舞台或走進教室的。」

梅根抓住手腕拉了拉，她認為這個惱人的習慣可以拉長手臂。「忘掉教書的工作吧。代課代個幾天，也許一兩個星期就好。撐過去，登愣！那一項就完成嘍。」

我仔細考慮。「代課老師嗎？老媽從沒說我必須要有自己的教室。」一抹笑容在我臉上緩緩綻開。我舉起拿鐵。「姑娘們，敬妳們。星期一下午，我就請妳們喝馬丁尼。到時我已經從米達先生那裡拿到一兩個信封嘍。」

CHAPTER 05

星期一早晨，我去米達先生的辦公室以前，先到花店買了束野花。我想我每完成**那位女生**的一項人生目標，就要享受一下。一時衝動，也買一束要送米達。

電梯往上升到三十二樓的時候，期待與興奮交雜的感受在我心中汩汩湧出。我等不及想看看，跟他說我完成的事情時，他會有什麼表情。可是當我衝進那間豪奢的辦公室，大步走向克蕾兒的辦公桌時，她抬頭看我的表情，彷彿我瘋了似的。

「妳現在想找他？絕對不行，他在忙一個很大的案子。」

我轉身就要離開，米達先生就像蹦出洞穴的大野兔一樣衝出辦公室，目光搜尋等候室，一看到我就綻放迷人笑顏。「波林格小姐！我就覺得聽到了妳的聲音！請進。」

克蕾兒目瞪口呆看著米達先生揮手要我進他辦公室。我經過他面前時，順手把那束野花遞給他。

「送我的啊？」

「我今天想慷慨一點。」

他咯咯一笑。「謝了，那妳怎麼不揮霍一下，順便買個花瓶來？嗯？」

我憋住笑容。「這就要靠你自己來了。我失業了，你可能知道了吧。」

他在辦公室裡東找西找，最後看中插了絲質假花的陶甕。「對啊，那就是這份工作讓人掃興的地方，妳母親的手段還蠻強硬的。」他把人造花朵猛扯出來，一把拋進垃圾桶。「去裝點水，馬上回來。」

他捧著陶甕離開，留我一人在辦公室，讓我有個仔細瞧瞧這空間的機會。我路過落地窗，欣賞南區的景致，視野從千禧公園一路延伸到阿德勒天文館。我接近巨大的核桃木桌時放慢腳步，上頭擺放著三組厚厚的檔案夾、一架電腦，還有沾了咖啡漬的馬克杯。我的目光四處搜尋，看看是不是有相框，裡面有美麗的妻子跟可愛的小孩，還有必備的黃金獵犬，卻只看到一位中年婦女還有看來像她兒子的少年，懶洋洋倚在帆船甲板上的快照。我猜是他姊姊跟外甥。另外只有一張照片，是布萊德本人戴帽披袍，擠在兩位笑容燦爛的成人之間，我猜是他父母。

「都好了。」他說。

我轉身看到他把門踢關起來，然後把那甕花放在大理石面的辦公桌上。「真美。」

「我有好消息，米達先生。」

「請，」他邊說邊揮手要我到一雙扶手皮椅那裡坐，皮面皸裂老舊到完美的地步。

「我們要一起為明年努力，叫我布萊德就好。」

「好，叫我布芮特就可以。」

他在我旁邊的椅子坐下。「布芮特，我喜歡這個名字，怎麼取的？」

「當然是伊莉莎白取的。她很迷美國文學。我的名字是從海明威《旭日東升》那本小說裡的小蕩婦布芮特．艾胥黎女士來的。」

「好選擇。那裘德呢？不是史坦貝克的小說《憤怒的葡萄》的那個家族嗎？」

「猜對了。傑是跟著費茲傑羅《大亨小傳》裡的角色傑．蓋茲比取的。」

「聰明的女人，我真希望認識她更久。」

「我也是。」

他輕拍我的膝蓋表示同情。「妳還好嗎？」

我點點頭，努力嚥下口水。「只要我不去想都還好。」

「我懂。」

又來了，他臉上又浮現我上週看到的受挫神情。我想問他是怎麼回事，但感覺太像在打探。

「我有好消息，」我邊說邊坐直身子，「其實我完成了一項人生目標。」

他挑起一眉但不發一語。

「第十七項，我陷入愛河了。」

他發出清晰可聞的吸氣聲。「還真快。」

「其實不算快啦，我男朋友安德魯……唔，我們在一起快四年了。」

「妳愛他嗎？」

「愛啊。」我說著便彎身拿掉黏在鞋子上的小葉子。我當然愛安德魯了。他既聰明又有野心，運動神經超強又長得英俊瀟灑。那我為什麼會覺得自己在這項目標上作了弊？

「恭喜，我去拿妳的信封。」

他站起來，走到辦公桌旁邊的檔案櫃。「第十七項，」他邊找邊嘀咕，「啊，在這裡。」

我從椅子站起身，伸手要拿信封，但他把信封貼在胸口護住它。「妳母親指示我——」

「噢，天啊！現在又怎樣？」

「抱歉，布芮特。她要我保證，每個信封都由我替妳打開，還要大聲朗讀。」

我用力坐回椅子裡，像個生悶氣的青少年，在胸前叉起手臂。「那就由你來吧，打開。」

他花了半天時間才打開信封，把信紙拿出來。我出於好奇，視線就順著他的左手走，想找白金手錶，卻只看到曬成古銅的肌膚跟零星散佈的陽剛體毛。他從襯衫口袋抽出眼鏡，深吸一口氣。

「『哈囉，布芮特，』」他讀道，「『我很遺憾妳跨過整個市區，就為了來跟我說妳跟安德魯陷入了愛河。是這樣的，我等待的是那種心跳暫停、我願為你捨身的愛情。』」

「什麼？」我把雙手往上一拋，「她瘋了！只有羅曼史小說跟 Lifetime 頻道裡才會有那種愛。這種事傻瓜都知道。」

「『我們選擇的關係常常映照出我們的過去。在安德魯身上，妳選擇了一個很像妳父親的男人，雖然我知道妳不會同意這個看法。』」

我倒抽一口氣。這兩個男人簡直是天差地別。安德魯欣賞強勢的女性，而我老爸卻覺得受到老媽的成就所威脅。多年以來，她都被迫貶低自己的成就，對它一笑置之，並將自己的事業稱為「嗜好」。可是到最後，訂單湧進來的速度，快到她來不及處理，還必須租個空間、雇請員工。突然間她活出自己的夢想。就在那時，他倆的婚姻跟著解體。

「『就像妳父親，安德魯也充滿了野心跟幹勁，但很吝於付出自己的愛，妳不覺得嗎？噢，看到妳為了得到他的接納而辛苦不已，就像妳為了爭取父親的接納那樣。為了爭取他的深情，我怕妳已經拋棄了真正的自我。妳為什麼會覺得妳沒資格追求自己的夢想呢？』」

淚水刺痛雙眼，我把眼淚眨掉。腦海跳出一個影像。當時是黎明，我正要按照每天的行程，徒步去練習游泳，心裡一面害怕冰冷的黑水，卻又急著想讓父親以我為榮。多年之後，我甚至副修科學，那是我最不喜歡的科目，一心巴望能跟這個男人找到共同點。最後才領悟到，我再怎樣也無法讓他滿意。

「『我只希望妳快樂。如果妳真的很確定安德魯就是妳的愛，那麼就跟他分享這份願望清單。如果他願意當妳的搭檔，攜手完成這些目標，那我就是低估了你們之間的愛，這項目標就等於完成了。可是不管結果如何，請妳要知道，愛是妳永遠不該退而求其次的事。我親愛的，等妳找到自己的愛再回來。會很值得的。』」

我揉揉喉嚨的結，故作開朗。「太棒了，我很快就會回來。」

布萊德轉向我。「妳覺得他會配合？寶寶的事？養狗的事？」

「絕對的。」我邊說邊啃拇指指甲。
「『我愛妳。』」布萊德說。
我猛然回過神來，才意識到他只是繼續唸下去而已。「『附註：妳也許想從第十八項開始：在超大型舞台上現場表演。』」
「噢，對啦，我乾脆報名加入傑弗瑞芭蕾舞團算了。她是完全瘋了嗎？」
「『我納悶妳會想到什麼，我猜是芭蕾吧，不過也許妳想到的是戲劇角色。妳小時候對兒童劇團的喜愛，跟妳對舞蹈課的喜愛差不多。可是為了啦啦隊，妳把兩件事都放棄了。雖然我支持妳付出的努力，但我也想說服妳去參加學校戲劇的試演、加入合唱團或樂團，但妳怎樣就是不肯。顯然妳的新朋友都不怎麼喜歡這些活動，悲哀的是，妳很看重她們的想法。那個曾經喜歡娛樂別人，無畏無懼又自信十足的女孩到哪去了呢？』」
一個灼燙的回憶浮現了，是我埋藏了二十年光陰的記憶。就是我現代舞蹈表演的那個早晨——我頭一次在沒有凱莉的陪伴下上台。她兩個月以前搬走了，就在我父母仳離之後幾個星期。一股寂寞突然襲來，我拿起電話打給她，可是還來不及按出她的號碼，就從話筒裡聽到母親的聲音。
「查爾斯，拜託，她都靠你了。」
「欸，我說過我會試試看，可是補助金下週就到期了。」
「可是你答應過她。」母親懇求著。

「唔，也許時候到了，她該明白這世界不是繞著她打轉的。」他那時吐了口氣，用的是我永遠忘不了的嘲弄語調，「面對現實吧，小莉，那個姑娘不是進百老匯的料啦。」

我等了三十分鐘才打電話給他，連進答錄機時，我鬆了口氣。

「是我，爸，禮堂停電了，我的演出取消了。」

那天是我最後一次上台。

我用力嚥了嚥口水。「她去哪了？她去了每個有遠大夢想的小女孩會去的地方。她長大了，變現實了。」

布萊德用探詢的眼神看著我，彷彿要我說仔細點，可是一發現我沒說下去，就繼續讀信。

「『因為有時間限制，我建議妳做個短小俏皮的表演，不過必須要能逼妳走出妨礙發展的舒適區才行。妳記得我們去年六月到第三海岸喜劇俱樂部替傑慶生嗎？主持人預告業餘表演之夜時，妳湊過來跟我說，妳寧可穿著 Christian Louboutin 牌的超高高跟鞋去攻克珠穆朗瑪峰。我那時就突然想到，妳變得好膽怯啊。那一刻，我決定保留妳清單上的這一項目標，結論是，單口相聲最適合作為治療妳膽怯的解藥。妳要上台，同時實現妳的跟我的願望。』」

「不要！絕對不行！」我轉而面對布萊德，急著要讓他從我的角度來看事情。

「我沒辦法！我才不要，我一點都不好笑。」

「也許是因為妳近來缺乏練習。」

「欸，我才不管自己是不是該死的艾倫狄珍妮[9]，我絕對不可能去做單口相聲。我們應該改用B計畫。」

「布芮特，沒有什麼B計畫。如果妳想實現母親的願望——然後得到遺產——就一定要完成這份清單。」

「不！你還不懂嗎？我不想要這些該死的願望！」

他起身走到窗前。鄰近的高樓大廈映出了他雙手插在口袋裡的輪廓，看起來像個思索生命奧秘的希臘哲學家。「伊莉莎白讓我以為，這些目標是為了幫妳一個大忙。她告訴我，妳可能會有點猶豫，但我完全不曉得妳反應會這麼激烈。」他用手耙過頭髮，轉身向我。「真的很抱歉。」

他的溫柔以及不加遮掩的苦惱，讓我有點動搖。

「你怎麼可能事先知道？她真的以為在幫我的忙。這就是她想改變我人生的最後一搏。」

「她認為妳不快樂嗎？」

我垂下雙眼。「顯然是這樣，真誇張。母親明明很少看到我臉上沒笑容的樣子。她以前總是吹牛說，我是帶著笑容呱呱落地的。」

「可是笑容背後呢？」

這個語氣輕柔卻直截了當的問題，來得我措手不及。不知怎地，我一時嗆住。我的心思飛到小崔佛那裡，還有他哈哈大笑時，圓潤臉龐上浮現的喜悅紅暈。老媽跟我說過，我小時候就像他那樣。我納悶那樣的幸福感到哪去了呢？也許跟青春的自信去了同樣的地方。

「我快樂的很。我是說，為什麼我會不快樂？」

布萊德給我一抹憂愁的笑容。「孔子說：通往快樂的路，能在單口相聲中尋得。」

他那蹩腳的中文口音，讓我忍不住浮現笑容。

「啊呃，孔子也說：沒有幽默的女人應該遠離喜劇俱樂部。」

他咯咯一笑，走回我坐的地方。他淺坐在椅子前緣，交疊的雙手距離近到幾乎觸及我的腿。

「如果妳想要，」他說，「我跟妳一起去。」

「你願意喔？」我看著他，彷彿他剛答應結伴去自殺，「為什麼？」

他往後一靠，交扣手指摟著頸背。「一定會很精彩。」

「所以我們要合演喜劇——像雙口組那樣嗎？」

他笑了。「噢，不是！我說跟妳一起去，意思是我——在觀眾席看著妳，不會靠近舞台。」

我瞇起眼睛。「膽小鬼！」

「妳說對了。」

我端詳著他。「你為什麼要對我這麼好？是母親要你這樣的嗎？她是付你錢還是怎樣？」

我以為他會笑出來，結果並沒有。「就某種角度來說，沒錯。情況是這樣的，春天，妳媽

---

9 Ellen Degeneres 是美國知名的脫口秀主持人。

來參加我共同主持的阿茲海默症募款會，我們就是那樣認識的。我爸三年前確診阿茲海默症。」

原來那就是他傷心的原因。「真遺憾。」

「嗯，我也覺得。總之，我們的財務越來越吃緊，眼看就快達不到目標。可是這時妳母親出手相挺，捐了一大筆錢，讓我們超過原本預設的募款目標。」

「所以你現在覺得有義務幫忙？真誇張。老媽常做那種事的。」

「一週之後，我的辦公室收到包裹，裡面有波林格化妝品的一大堆產品，有香皂、洗髮精、乳液。收件人是我母親。」

「你母親？等等，我以為你說是你爸——」

「沒錯。」

我花了片刻才用線索拼出全貌。「你媽也是阿茲海默症的受害者。」

「是的，我把包裹交給她的時候，她都哭了。身為他的照護者，她自己的需求幾乎都被忽略了。妳媽知道她也需要安慰。」

「我母親就是那樣，是我認識的女性裡最敏感的。」

「她是個聖人。所以當她要我執行遺產分配、解釋她對妳有什麼計畫時，我就向她保證說我會堅持到底。」他露出意志堅定的神情。「相信我，我會的。」

CHAPTER

06

失業自有其好處，尤其對需要在月底前準備好相聲表演的人而言。我很想偷用自己在喜劇中心電視頻道聽到的台詞，可是我知道媽不會贊同的。我整個星期都在市區裡尋尋覓覓，凡是聽到或看到什麼稍微有點好笑的內容，都可能拿來當我的表演素材。為了希望克服公開出醜的可能——或者至少把這種機率減到最低，我對著鏡子花了好幾個鐘頭把素材修到完美。於此同時，肚子糾成硬梆梆的小石頭，眼下形成了樹木年輪般的黑眼圈。

我突然想到，搞不好這正是老媽的目的。她把現場演出擺在清單的最前面，是因為她認為這樣我就會太過焦慮，腦袋忙到沒時間想她，事實上卻帶來反效果。伊莉莎白．波林格最愛暢快大笑，每次只要我看到有人做出蠢事，或是聽到逗我一笑的事，我想分享的對象就是老媽。如果她還活著，我就會打電話說，「我有個好故事要講給妳聽。」

她只需要聽到這句話，就會求我當場快說，而常有的情況是，她索性在晚點邀我一起吃晚飯。酒才倒好，她就會湊過來輕拍我的手臂。「快說妳的故事，親愛的。拜託，我等一整天了。」

我會對那個故事加油添醋，用口音跟方言來增添效果。即使到現在，我也聽得到她笑聲的起伏，看得到她輕輕拭去眼角笑出來的淚……

我發現自己在微笑，於是意識到，打從她過世之後的頭一次，我對她的回憶讓我覺得開心，而不是惹我傷心。

那就是她這個愛笑的女人想要的。

——

現場表演的前一晚，我清醒地躺著，不安又焦躁。一道窄細的街燈鑽進了木頭百葉窗，落在安德魯的胸膛上。我用單邊手肘撐起自己，盯著他看。他每次吐氣的時候，唇間吐出小小的啵啵聲，胸口同時跟著起伏。我得要努力壓抑自己，才能忍住不要伸手撫摸他平滑如奶油的肌膚。他的雙手交叉搭在平坦的肚子上，臉部表情安詳無比，跟我母親經過加工的死亡姿勢還蠻相像的。

「安德魯，」我低語，「我好怕喔。」

他靜定不動的身子看起來好像歡迎我說下去。「我明天晚上要到喜劇俱樂部去表演。我好想告訴你，這樣你就能到那裡陪我，或者給我祝福。你以前很懂得怎麼給我安全感。以前我在米蘭上台報告的前一天，你整晚掛在電話線上，這樣我只要一醒來，你就等於在我的枕頭旁邊陪著我，記得嗎？」我哽咽了。「可是如果我跟你講這次喜劇表演的事，就必須告訴你，母親要我完成的這份荒謬清單，我辦不到。」我朝著天花板抬頭，緊閉噙滿淚水的雙眼。「我的願望清單一定跟你的很不一樣。」我正要說**我愛你**，但這句子卡在我的喉嚨裡，於是我用嘴型默默說了。

他動了一下，我的心跳漏一拍。噢，天啊，要是他剛看到我怎麼辦？我嘆口氣。要是他真的看到我了怎麼辦？讓共枕而眠的同居男人知道我愛他，會有這麼糟糕嗎？我閉上雙眼，答案全力朝我撲來：對，會很糟糕，因為我不確定他是否能夠說出同樣的話。

我使勁躺在枕頭上，盯著天花板的通風管。安德魯很愛我的成功跟地位，可是那都消失不見了。他真的愛**我本人**嗎？他認識我——真正的我——嗎？

我的手臂橫搭在額頭上。那不是他的錯。母親說得對。是我把真正的自己隱藏起來，放棄了夢想，變成安德魯想要我成為的那種女性——不守成規、要求不多、沒有累贅。

我朝睡夢中的男友一瞥。我為什麼會放棄曾經想要的那種人生？難道那個看不起自己的小女孩還在我內心遊蕩嗎？母親說對了嗎？我因為急著想贏得安德魯的認同——就是不曾從父親那裡得到的認同——所以捨棄了自己的夢想？不，那種想法太荒唐了。我好幾年前就斷定，父親的認同對我來說沒有任何意義。所以我為什麼沒有為了自己的夢想挺身奮戰？因為安德魯有不同的抱負，而我選擇跟著他的抱負走？不，我那種寬大為懷、自我犧牲的版本，純粹是想像出來的。儘管我很不想承認，可是還有別的不怎麼高貴的動機……

因為我會怕。聽起來好像很脆弱又很沒膽，可是我就是不想孤單一人。在我人生的這個階段，離開安德魯會像是一場大賭局。當然，我可能會再認識人，可是我都三十四歲了，重起爐灶的感覺太不確定，彷彿要將一輩子的存款從穩定的貨幣市場帳戶，移轉到風險十足的避險基金。的確，獲益可能會很大，可是損失也可能把我整個毀掉：過去累積的成果可能在剎那間消失不見，最後落得一無所有。

凌晨兩點半，我終於從床上勉強起身，拖著腳步下樓到沙發那裡。我的手機在矮桌上發出閃光，我拿起來讀了一則簡訊，是十一點五十寄來的。**放鬆。妳會很棒的。現在補點眠吧。**是布萊德傳來的。

笑容在我的臉上緩緩漫開。我爬到雪尼爾毯子底下，窩在沙發的軟墊上。彷彿有人給我的額頭一吻，給我一杯溫牛奶喝似的，我的心跳緩慢下來，再次有了安全感。

就像安德魯以前給我的感覺。

——

第三海岸的大小就像宴會廳，今晚坐滿鬧哄哄的觀眾，只剩站位。整個樓面排滿圓桌，就在兩英呎高的木頭舞台前方。遠側牆壁那裡，人們在吧台站成三排，伸長脖子想看表演。週一晚上怎麼會有這麼多人啊？他們都失業了嗎？我越過桌面抓緊布萊德的手臂，為了要讓對方聽到，只好喊得比觀眾的吼聲還大聲。

「我真不敢相信竟然被你說動了！你就不能找個規模小點的地方嗎？」

「再七分鐘，妳第十八項目標就解決了，」他對著我回喊，「然後就可以進行其他九個。」

「噢，說的好像這樣可以激勵到人！這項完成之後，就可以買匹馬，然後跟我過世的混蛋老爸言歸於好？」

「抱歉，」他指指耳朵，「我聽不到妳說的。」

我大口喝下馬丁尼，轉向朋友。「妳今天晚上好俏麗。」雪莉在喧嘩中高喊。

「謝了。」我低頭看看自己的棉衫。前方橫寫著永遠不要相信勃起的佈道家。

又有一陣笑聲傳來，我把注意力轉向舞台。運氣真背，竟然排在觀眾最愛的演出者後面上台，那個高高瘦瘦的紅髮男人，正在胡扯關於花癡跟酥胸的事。我看到前排桌子有個圓胖的男人，面前排了一杯啤酒跟三小杯烈酒。他又吹哨又呼喊，往空中揮動拳頭。

主持人跳上舞台，抓住麥克風。「我們給史提夫．平克尼掌聲鼓勵。」群眾整個陷入瘋狂。

心臟狂跳，我大吸一口氣。

「祝妳好運，妹子。」雪莉喊道。

「逗我笑吧，辣妹。」梅根接腔。

布萊德掐掐我的手臂。「小莉會以妳為榮的。」這句話讓我的胸口發痛。我從眼角餘光瞥見經理比爾揮手要我上台。

時間彷彿折疊起來。我恍如走向電椅的囚犯一樣，悄悄溜向舞台。

「接下來輪到布芮特——」主持人停頓一下，等喧鬧平息下來，「我們的下一位客串是第一次上台的布芮特．波林格。給他一點掌聲吧。」

我登上通往舞台的樓梯，雙腿抖得厲害，真怕就要癱軟。不知怎地，我成功走到麥克風那裡，馬上用雙手抓住金屬撐架穩住自己。亮晃晃的白色聚光燈讓我一時目盲，我瞇眼望向群眾。眾多的臉龐充滿期待地仰望著我。我現在應該說個笑話對吧？那個笑話是什麼？幫幫我吧，老天爺！不，幫幫我吧，媽！要我來耍這個瘋狂噱頭的是妳。我閉上眼睛。彷彿兩人一起坐在她的餐桌旁邊，我想像她的聲音，快說妳的故事，親愛的。拜託，我等一整天了。我深吸一口氣，縱身潛入滿是鯊魚的第三海岸喜劇俱樂部水域。

「哈囉，大家好，」我顫抖的聲音被麥克風的討厭尖聲壓了過去。前排桌子的醉漢發出呻吟，摀住耳朵。我趕緊把麥克風從托架抽出來。「抱歉，」我說，「我有一陣子沒上台了，沒想到會受麥克風的刁難。」我緊張地咯咯笑，偷偷朝我朋友瞥一眼。梅根臉上掛著假笑，雪莉用 **iPhone** 替我錄影，布萊德好像腦麻患者一樣抖著膝蓋。

「呣，你—你們聽到布芮特這個名字，可能以為是個男的，老是有這種狀況。取了這種男性化的名字，還蠻『睏腦』的，我的意思是，還蠻困擾的。你們一定不敢相信小鬼頭會有多壞心。在學校被調侃之後，我會哭著跑回家，求我哥蒂芬尼去揍他們一頓。」

我用手替眼睛擋光，往外眺望群眾，等待笑聲揚起，但只聽到梅根高亢地咯咯笑了幾聲。「沒錯，」我說，「我哥就叫，蒂芬尼。」

「妳講得不好笑。」那個醉漢用平板的語調大喊。

我倒抽一口氣，彷彿有人踢我肚子一腳。「呃，你們相信我上天主教學校的時候，因為這個名字受到多少調侃跟折磨？你們當中有多—多少人以前讀天主教學校？」

群眾裡有零星幾人拍了拍手，我把這種反應當成鼓勵。「我學校的修—修女好嚴格，聖瑪莉學校的課間休息，就是午餐過後的廁所時間。」

布萊德、梅根跟雪莉對這段話笑得特別大聲，可是其他觀眾只是坐著看我，有些人露出客氣的笑容，其他人則在查手錶或手機。

「妳忘了把笑點講出來。」有人高喊。

我覺得快吐了——更慘的是，我快哭了。我瞥瞥放在舞台前端的電子時鐘。才過了兩分鐘又四秒。老天，我必須在這裡多撐五分鐘！接下來呢？噢，天啊！我一個笑話也不記得。我驚恐不已，冒汗的手掌往牛仔褲抹了抹，伸手到後褲袋裡使出最後一招。

「噢，老天，竟然要用索引卡！」遠側有人喊道，「妳他媽的在開我玩笑嗎？」

我的嘴唇顫抖。「以前在聖瑪莉上學的時候……」

群眾發出鬼叫。「天主教的笑話講夠了吧！」有人吼道。

我手抖得好厲害，幾乎抓不住索引卡。「那裡不只是天主教學校，還是女校，有點像二合一的酷刑室。」

群眾爆出噓聲。我湧出淚水，慌亂地翻動卡片。噢，天啊，幫幫我！大家現在開始大聲說話，再也不掩飾自己的無聊。其他人則走向酒吧或廁所。我看到雪莉放下手機，不再記錄這場大挫敗。前排桌子的醉漢往後靠向椅子，圓胖的拳頭裡抓著長頸酒瓶。

「下一位！」他喊道，舉起手臂指向舞台，召喚下一場表演。

媽的！我要離開這裡！我轉身準備衝刺下台。可是我看到布萊德就站在舞台階梯的底部。

「不用理會，布布[10]，」他在噪音之中大喊，「繼續下去。」

在這一刻，我真是愛死他了，好想跳下舞台，用雙臂摟住他。但我也想掐死他，逼我上台表演的就是他——跟我母親。

「妳辦得到的。妳都快講完了。」

我抗拒著逃之夭夭的每種衝動，轉身面對觀眾——這些欺負人的野蠻傢伙還以為這是中場休息時間呢。

「這些修女……她們竭盡一切力量，就是要讓我們這些女生保持純潔的思想。」沒人在聽，連我的後援團隊也沒有。梅根在跟隔壁桌的男人聊天；雪莉忙著發簡訊。除了布萊德之外，沒人在聽。我瞥他一眼，他點了點頭。

「我們的教室裡有個大型十字架。蘿斯修女——」我揉揉發疼的喉嚨。

「蘿斯修女還在耶穌的纏腰布上套了長褲。」

「再二十秒，布布。」他喊道。

「我的朋友凱西……都要閉上眼睛，才有辦法幫自己的男嬰換尿布。」

「坐下，女士，」有人叫喊，「妳在折磨我們。」

布萊德開始倒數。「七、六、五……」

我聽到「零」的時候，就用力把麥克風套回托架。布萊德大聲呼嘯。我從舞台上跳下，他把我抓進懷裡。可是我現在啜泣不停，掙脫開來，奔向出口。

我猛吸夜晚的凜冽空氣，喉嚨一陣刺燙。我在淚水朦朧之中，蹣跚越過停車場，最後找到了自己的車。我用雙臂搭住車頂，將腦袋埋了進去。

片刻之後，感覺有隻手搭在我的肩上。

「別哭，布布，妳辦到了。現在結束了。」布萊德以圓圈搓揉我抽動的背部。

「我爛透了！」我說著便用拳頭猛搥車頂，然後旋身面對他。「就跟你說過我不好笑。」

他把我拉進他的懷裡。我並未抗拒。「老媽真該死。」我貼著他的毛料外套說。

他默默搖晃我。「她為什麼要逼我做這種事？害我變成大家的笑柄——不，根本沒人笑……所以連笑柄都談不上。」

他往後退開，從口袋抽出粉紅信封。「要不要聽聽她的答辯？」

我用手背抹過鼻子。「你要把信給我了？」

他面帶笑容，揩掉我臉頰上的一滴淚。「是妳厲害，靠自己贏到手的。」

我們坐進我的車，我把暖氣打開。布萊德在我旁邊的副駕駛座上，用一指挑開十八號信封的封緘處，讀了起來。

「『我最親愛的姑娘，』」

「『妳很難過，因為妳失敗了？胡說。』」

「什麼？」我說，「她知道我會——」

---

10 B.B. 是小說女主角名字的首字母縮寫。

布萊德沒讓我講完就自顧自唸下去。「『妳從什麼時候開始決定，凡事非得表現完美不可？我真想不通。可是在成長的路上，妳就是失去了膽量。那個愛說故事、愛唱歌跳舞的快樂小女孩，變得焦慮又沒自信。

我感覺眼睛後方的壓力逐漸升高讓我沉默下來的，並不是妳，母親。

「『可是今天晚上，妳活了起來，我的小小表演者，就像妳以前那樣，我非常滿意。我相信這股熱情——即使源自恐懼跟焦慮——也比一輩子的平庸好多了。

「『讓今天晚上的故事當成一種提醒，提醒妳曾經表現過的膽量、堅毅跟勇敢。妳害怕的時候，就抓住這份勇氣，將它釋放出來，因為現在妳知道自己具有這種特質，而我一直都曉得是這樣沒錯。

「『伊蓮娜．羅斯福[11]說過，每天做一件自己會害怕的事。繼續督促自己做那些妳會害怕的事，親愛的。冒那些險，看看自己會走到哪裡去，因為它們才是讓這趟人生旅程值得走一遭的事。』」他停頓片刻。「『愛妳也以妳為榮，媽。』」

我接過那封信，重讀一遍，用手指拂過媽的字句。她到底是想催我做什麼？我想到安德魯、教職跟凱莉。我打個哆嗦。那些事情可怕歸可怕，可是更讓我驚恐的還有一件事，我把它從思緒中推開。沒錯，我今天晚上失敗了，也撐過來了，但還不準備要重蹈覆轍。

---

11 Eleanor Roosevelt（1884-1962）是美國第三十二任總統羅斯福的妻子

CHAPTER

07

梅根在上午過半的時候抵達，那時我正穿著最愛的 Marc Jacobs 套裝，在布爾喬亞豬啜飲拿鐵。「不會又在填字謎遊戲了吧！」她用力把 Dolce & Gabbana 紫色托特包放在桌上，從我手下一把搶走字謎遊戲。「我終於瞭解妳母親為什麼要給妳一個他媽的期限了。從上星期的相聲表演之後，妳有沒有點他媽的進展？她要妳追逐自己的夢想，我想她的意思不是要妳在公園打盹，」她指著我的套裝，「妳甚至沒把真相告訴安德魯！」

她把我的報紙拋到一旁，從我的提袋裡拉出筆電。「今天我們要找出妳的老朋友。」

「我不能突然聯絡凱莉啦，要先想個計畫才行。」我把電腦推開，揉揉太陽穴。

「相信我，這份清單會毀掉我的人生。」

梅根蹙著眉頭端詳我。「妳真是個大怪咖。我有種感覺，這些目標可能真的會讓妳快樂。妳怕毀掉的，是安德魯的人生，不是妳自己的。」

她的坦率跟洞見讓我猛吃一驚。「也許吧。可是不管怎樣，我注定要完蛋。我會失去我的男友，而且到了明年九月，還是沒辦法達成所有的目標。」

她不理會我的小牢騷，滑回自己的座位。「我需要咖啡因。我去買我要喝的，妳可以先開臉書。」

梅根在櫃臺排隊的時候，我連上臉書。可是我沒去找凱莉，手指反倒在搜尋欄裡鍵入布萊德・米達。即使頭像只是一英吋的方塊，也很容易找到他。我盯著他的照片，發現自己露出笑容。我突然想發個交友邀請給他，可是他可能會覺得這樣逾越了專業的防線——好像簡訊跟擁抱就不算越界似的。接著我想到自己的界限。要是安德魯知道，我保密沒讓他知道這律師的事，而且還想跟這律師當朋友，又會作何感想？

我雙手緊抓頭髮。我到底怎麼搞的？

「找到她了嗎？」梅根邊說邊端著瑪琪朵咖啡跟司康從我背後走來。我連忙闔起筆電。

「還沒。」

我等梅根在桌子對面坐定，才又打開電腦，這次在搜尋欄裡打上凱莉・紐森。她把椅子滑到我身邊，我們一起瀏覽過幾頁之後就看到她了。她穿著威斯康辛大學運動衫，模樣竟然沒什麼改變。還是一副運動健將的模樣，依然戴著眼鏡、面帶笑容。罪惡感襲上心頭。我以前怎麼可以這麼殘忍？

「就她喔？」梅根問，「難怪妳想甩掉她，威斯康辛州都不賣眉毛夾嗎？」

「別說了，梅根，」我淚水模糊地盯著她的照片，「我以前愛死這女生了。」

成長期間，凱莉跟她爸媽就住亞瑟街，距離我們家兩個街區。我們兩個完全相反，她是很有膽量的男人婆，我是超級女性化的瘦巴巴女生。我五歲的時候，某天下午她提著一顆黑白球，散步路過我家。一看到我這個年齡差不多的女生，就邀我一起陪她踢足球。我提議一起玩扮家家酒，可是她就是不肯。所以我們散步到公園，一起爬單槓、盪鞦韆，咯咯笑了整個下午。從那天開始，我們就形影不離——直到幾年之後我拋棄她為止。

「我沒資格期待這女人跟我當朋友。更慘的是，我現在是因為非不得已才要這樣做。」

「真的嗎？」她扯著自己的手臂，「因為我才會說她沒資格期待妳當她朋友。」

我搖搖頭。梅根永遠、永遠不會瞭解，凱莉那種長相的人有可能是我們高攀不上的。

「老天，布芮特，他媽的有什麼大不了？」一眨眼，她就劫持了滑鼠游標，按下加為好友。

我倒抽一口氣。「我不敢相信妳剛剛竟然那樣！」

「加油，辣妹！」她舉起自己的咖啡杯，可是我沒舉起我的。現在，凱莉．紐森隨時都會得到殘酷的提醒，提醒她曾有知己背叛過她。我覺得頭暈想吐，可是梅根已經把這件事拋到腦後了。她搓著雙手。

「好了，趁現在鴻運當頭，去寵物店替妳找條狗吧。」

「想都別想。狗有臭味，還會把家裡弄得亂七八糟。」我啜口咖啡。

「至少那是安德魯的看法。」

「安德魯跟這件事有什麼關係？」她剝下司康的一角。「布芮特，抱歉，可是妳真的以為安德魯在妳的人生計畫裡面嗎？我是說，妳母親基本上就是在告訴妳，他是過去式了。妳真的不管她的遺願嗎？」

梅根發現我的致命傷了。我把手肘靠在桌上，掐著鼻樑。

「我一定要跟安德魯說這份該死的清單，可是他會發飆。他希望總有一天能買飛機，而不是馬！生小孩不在他的計畫之中，他老早就把這點講得一清二楚。」

「妳可以接受？」

我望向窗外，心思回到另一段時光，回到我依然大膽無畏、篤信夢想會成真的那段時光。可是接著我就醒悟了，而這也是必然的——我領悟到，這世界並非繞著我打轉。

「我說服自己說我可以接受。以前的狀況不同，我們那時常常出門……我出差的時候，他會來跟我會合。我們當時的生活行程滿檔，很難想像要怎麼生養小孩。」

「那現在呢？」

她想知道我生活的最新版本。在這個版本裡，大多數晚上我都自己配電視吃晚餐，我們最後一次結伴出遊是兩年前去波士頓參加他姐的婚禮。

「我才失去母親、丟掉飯碗，我不能再多失去什麼，目前還不行。」

她用餐巾揩揩嘴巴。我注意到她睫毛上沾滿淚水。

我抓住她的手。「對不起，我不是故意要對妳吐苦水的。」

她的臉一垮。「我不能再這樣下去了。」

噢，原來她不是為我而哭，是為自己哭。可是我還真沒有資格批評人家。我近來都只顧自己，把梅根變成了輔導諮商員。我握住她的手。

「又是吉米的手機簡訊嗎？」

「更慘。我昨天回到家的時候，他們就在我們的床上炒飯。我們天殺的床！感謝老天，他們還沒看到我，我就溜出門了。」

「那個混蛋！有那麼多地方可以去，幹嘛帶她回家啊？他明明知道妳的行程不固定。」

「他希望我逮到他。他沒膽子提分手，所以希望我主動說。」她拉著左手腕，嘆了口氣。

「這些該死的手臂，我是殘廢。」

「亂說，妳很美，只是需要甩了他這渾球。」

「我不行，錢的事情怎麼辦？」

「妳會開始認真賣房子。」

她不把我的話當一回事。「嘖，相信我，布芮特，我上輩子一定是王宮貴族，因為為了生活而工作的這種想法，我就是沒辦法習慣。」

「唔，妳總不能坐以待斃吧，如果跟他當面對質，也許——」

「不行！」她幾乎用吼的說，「我要等到自己有別的選項以後，才能跟他對質。」

一開始我不懂，接著便明白了。梅根在放棄原來那位之前，想先找到替代人選。她就像個心驚膽戰的孩子，希望在成為孤兒之前，找到新家庭接納她。

「妳又不需要別人的照顧，妳是個聰明女人，靠自己就可以闖出一片天。」我聽到自己說的話，納悶現在是對梅根還是對自己說話。我把語調放軟。

「我知道很難，小梅，可是妳辦得到的。」

「不可能。」

我嘆口氣。「那妳就必須站出去，也許上上交友網站吧。」

她翻翻白眼，從紫色提袋裡拉出一管唇蜜。「尋找迷人的百萬富翁，一定要喜歡短手臂的才行。」

「我是認真的，梅根，妳很快就會找到別的對象，找到好更多的人。」

我突然有個想法，於是彈彈手指。「嘿，布萊德如何？」「妳媽的律師？」

「對啊，他人真的很好，也長得帥，妳不覺得嗎？」

她在唇瓣上輕點唇蜜。「呃嗯，只有一個小問題。」

我掀動鼻孔。「怎樣？不夠有錢嗎？」

「不是。」她咂咂嘴唇。「他已經愛上妳了。」

我的腦袋彷彿被打到似地往後一仰。噢，我的天！有可能嗎？可是我有安德魯了啊，算是啦。「妳怎麼會那樣想？」等我終於說得出話來時就問。她聳聳肩。「要不然他幹嘛拚死拚活要幫妳？」

我應該覺得如釋重負。我需要從布萊德那裡得到的是友情，而不是浪漫愛情。不過，怪的是，我竟然覺得洩氣。「才怪，他跟伊莉莎白是同一國的，他會幫我只是因為他答應過我母親。相信我，我只是他的同情對象。」

我本來希望她可以跟我爭辯一下，結果她只是點點頭。「啊，懂了。」

我垂下腦袋。我跟梅根是不是沒兩樣？都想在失去原本的對象之前找個替代的人？

——

我抖著手打開那封信。我再次讀著她的字句。督促自己做那些妳會害怕的事，親愛的。為什麼，母親？妳為什麼要逼我這麼做？我把信塞進口袋，踏入柵門。

我上次來聖邦尼斐斯墓園，已經是七年前的事，當時跟老媽一起來。我們當時正要去哪裡——我想是要採買耶誕禮物吧——可是她堅持我們先繞到別的地方。那天下午冷颼颼，我記得看著強風吹掃街道，將少許的積雪變成了激烈旋轉的冰渦旋。我跟母親逆著強風，一起把長青花圈固定在我父親的墓碑上。接著我回到車上，發動車子。暖氣一蓬蓬從通風口湧出來。我一面烘暖雙手，一面看著母親默默垂頭佇立。接著她用手套輕抹眼睛，比劃十字架的手勢。她轉身走回車裡的時候，我假裝忙著把弄車上的廣播，希望保持她的尊嚴。我替她覺得難為情，這女人對曾經拋棄她的丈夫依然忠貞不貳。

不像七年前的那天，今天是個燦爛的秋日，天空一片純淨的蔚藍，冬日的威脅看似可笑。樹葉跟輕柔的微風玩捉迷藏，除了在核桃樹下尋覓堅果的松鼠之外，我獨自一人在山坡上的美麗墓園裡。

「你可能在納悶，都這麼多年了，我為什麼會來這裡，」我對著墓碑低語，「你覺得我是不是就像母親，沒辦法恨你？」

我把枯葉從墓碑的底部拂開，靠坐在大理石板上。我把手探進皮包，從皮夾裡找出他的照片，從圖書館證跟健身房卡之間抽出來。照片的邊角彎折，也褪了色，我留在身邊的父女合照就這麼一張。母親在我六歲的耶誕早晨拍了這張快照。我穿著紅色法蘭絨睡衣，靠坐在他的膝蓋邊緣，雙手交疊，彷彿祈禱自己可以離開那個岌岌可危的位置。他蒼白的一手搭在我的肩膀上，另一隻手疲軟地垂在身側，嘴唇有一抹沒把握的飄忽笑容，但眼神呆板空洞。「我到底哪裡有問題，爸？為什麼我沒辦法逗你笑？為什麼要你把我摟在懷裡有這麼困難？」

我的雙眼刺痛，把頭抬向天空，希望得到母親當初把這項目標留在清單上時，料想我能獲得的平靜。但我只感覺到照在臉上的暖陽，以及胸中尚未癒合的傷口。我往下瞪著照片，淚水落在照片裡我那張精靈似的小臉上，放大了神情受傷的雙眼。我用襯衫袖口抹去，在照片上留下扭曲的波紋。

「你知道最傷人的是什麼嗎？爸？就是覺得對你來說，我永遠都不夠好。我只是個小女生耶，你為什麼不能稱讚我很乖、很聰明或是很漂亮，只要說這麼一次就好？」我咬住嘴唇，直到嚐到血味。「我卯盡全力要讓你愛我，我真的很拚命。」

淚水淌下臉頰。我勉強從石板上站起來，盯著墓碑，彷彿那就是父親的臉。「這是母親的點子，你知道吧，是她要我跟你建立關係的。我在很多年前就已經放棄那種夢想了。」我用指尖拂過雕刻的字體：查爾斯．雅各．波林格。「願你安息，爸。」

我轉身走開，接著拔腿奔跑起來。

等我抵達阿蓋爾車站的時候，已經五點了，但依然心神未定。可是，我絕對不會讓那個混蛋影響到我的。捷運車廂擠滿了人，我夾在一個少女跟男人之間；少女把 iPod 裡的音樂放到震天價響，傷風敗俗的歌詞從耳機傳出來，男人則戴著印有 GODHEARSU[12].COM 的棒球帽。我想問他，上帝是用麥金塔電腦還是用 PC 個人電腦？不過，我直覺他可能不會覺得這問題有趣。我跟穿著卡其色 Burberry 品牌大衣的黑髮高佻男人對上目光。他的眼神也有笑意，而且有點什麼讓我覺得熟悉。他湊過來，我倆都比夾在我們之間的兩個年輕女生還高。「科技很不可思議吧？」

我笑了。「對啊，告解室可能很快就會變成過去式了。」

他咧嘴一笑。我沒辦法決定要把目光放在他棕眼裡的金斑上，還是他柔軟性感的嘴巴上。我瞥見他褐色外套上的一根黑線，我突然想到，難道他就是我以前常會從無隔間公寓的窗戶盯著看、每天傍晚七點走進大樓裡的 Burberry 男嗎？我替他取了「Burberry 男」的綽號，因為他老是穿這品牌的大衣——就像他目前身上這一件。雖然我沒真的跟他碰過面，但暗地喜歡他一、兩個月，不過他後來消失得跟當初出現一樣快。

我正準備自我介紹，手機卻響起來。看到號碼顯示是布萊德的辦公室，於是接起來。

12 意思是上帝聽得到你的心聲。

「哈囉，布芮特，我是克蕾兒．寇爾。我接到妳的訊息了，米達先生十月二十七號可以見妳，時間是——」

「二十七？還要三個星期耶，我需要……」我越說越小聲。**我需要見他這種說法聽起來太激昂也太迫切。**可是今天去探訪過墓園之後，我又處在情緒不穩的狀態，我知道跟布萊德談談可以讓我平靜下來。「我想早點跟他碰面，比方說明天。」

「抱歉，他下星期的行程都滿了，接著就要去度假。二十七號可以見妳，」她重複，「他那天的八點有空。」我嘆口氣。「如果那是他最早有空的時段，那就這樣吧。可是如果有人在那之前臨時取消，請通知我。」

車上廣播了我要下車的站名。我把手機塞進外套口袋，往門邊走去。

「祝今天順利。」我擠過 Burberry 男的身邊時，他說。「你也是。」

我從車廂衝出來，但一股憂鬱卻襲上心頭。布萊德．米達要離開了，我心裡很不是滋味。我納悶他要去哪裡。是獨自旅行，還是有女伴同行？到目前為止，要問他的交往狀況，感覺時機都不大恰當，況且他也從沒主動提起。他又為什麼該主動說？拜託，我是他的客戶耶！可是，他也是我跟母親之間的連結。他身為她的傳信人，我怕我已經跟他發展出強烈到不自然的羈絆了。我就像失去母親的小鴨，找到的第一張和善面孔，就深深銘刻在心裡。

CHAPTER 08

母親在世期間，身體還健朗的時候，傳統上星期四夜晚是波林格家的團聚之夜。我們會聚集在她的飯桌四周，對話有如蘇維濃白酒一樣自然流暢。有媽在主位坐鎮，話題從時事到政治到個人興趣，全都毫無冷場地順暢流轉。今晚，她過世之後的頭一次，裘德跟凱瑟琳大膽嘗試想重新創造那種魔力。

我到達的時候，裘德吻吻我的臉頰。「謝謝妳過來。」他說，仿麂皮短外套上套著黑白條紋圍裙。

我脫下鞋子，雙腳陷進華麗的白地毯。雖然裘德對室內裝潢的品味傾向傳統，不過，凱瑟琳很愛當代風格。最後的成果就是純淨無瑕、裝潢極簡的住宅，以各種色調的白色跟米色組合而成，其間錯落著精彩的繪畫真品跟現代雕塑。這個彷彿無菌的地方也許不吸引人，但倒是酷勁十足。

「聞起來很可口喔。」我說。

「是羊排，快好了。來吧，傑跟雪莉在喝第二杯皮諾紅酒了。」

就像我們早該料到的，母親的缺席就跟南方人講話的拖長母音一樣鮮明。我們五人坐在裘德跟凱瑟琳可以俯瞰芝加哥河的正式飯廳裡，假裝沒注意到少了母親曾經代表的能量。我們用漫漫閒談來遮掩彆扭的沉默。凱瑟琳針對波林格化妝品公司第三季的收益，還有未來的擴展計畫聊了二十分鐘之後，話題轉向我。她想知道安德魯為什麼沒陪我來，傑好奇我找到教職沒。每個問題都攪動了我的心緒，好似地震過後的餘震一般。我需要喘口氣，所以一等裘德去廚房烤他好吃到出名的焦糖布蕾，我就暫時告退。

我穿過走廊往浴室走，往裘德的書房一瞥。那個鑲有櫻桃木壁板的小房間是我哥的家用辦公室，也是他的個人聖地，我不曾擅自進來。他在鎖上的櫥櫃後方藏了單一麥芽蘇格蘭威士忌，雖然凱瑟琳痛恨在室內抽菸，不過恆濕設備裡放了古巴雪茄。我路過的時候，他辦公桌上有個東西抓住我的目光，於是立刻折返。

我的眼睛花了片刻才適應陰影籠罩的色調。我眨了幾次眼睛。裘德的桃花木辦公桌的一只檔案夾上方，正是那本紅色皮面日誌。

搞什麼鬼？我踏進房間。本子弄丟的事情，我問過每個人，包括裘德，大家都否認看到過。我拿起來，老媽遮住封面的那張紙條不見了。迎面就是她的筆跡，我胸口一緊。一九七八年之夏——就是我出生前的夏天。難怪裘德想要，這本書是無價之寶，可是他應該知道我會跟他還有傑分享吧。

還來不及打開，就聽到走廊傳來腳步聲，是裘德。我僵住不動。我想跟他說，我找到我的本子，要拿回去，可是有什麼要我保持靜默。他顯然不希望讓我拿到。他幾乎目不斜視地路過辦公室，我如釋重負嘆口氣，把本子塞到毛衣下面，盡可能跟當初走進去一樣，悄無聲息地走出來。

我邊扣外套鈕釦，邊踏進飯廳。

「抱歉，凱瑟琳，甜點我就不吃了，我不大舒服。」

「等等，我們載妳。」雪莉說。

我搖搖頭。「不用了，謝謝，我搭計程車就好。幫我跟裘德說掰掰。」

裘德還不知道我離開，我就已經踏出門外。

電梯門用力關上時，我吐了口氣。老天救救我，我變成賊了！不過是個正氣凜然的賊。我把寶物從毛衣下拉出來，將紅色日誌摟在胸前，彷彿是我緊緊攀住的母親。我現在好想她。知道我什麼時候會需要她，正是她的作風。

電梯猛地動起來。雖然我知道等我躲進棉被、打亮床頭桌燈再看比較好，可是我還是打開封面快速瞥一眼。

等電梯門滑開的時候，我已經驚訝得無法動彈。我踉蹌走到大廳角落的椅子那裡，震驚又迷惘，準備解開讓我困惑一輩子的謎團。

——

前後可能有幾分鐘，也可能有幾個小時之久。聽到我哥的聲音時，我已經坐在那裡多久了，我也說不上來。

「布芮特，」裘德壓低嗓門說，朝我小跑步過來，「別打開那個本子！」

我沒回應。我動彈不了。我麻木了。

「老天，」他在我身邊蹲下，拿走在我大腿上攤開的日誌，「我本來想趕在妳讀到內容以前找到妳的。」

「為什麼？」我淚水朦朧地問，「你為什麼藏起來不讓我看？」

「就怕妳哭啊，」他邊說邊把我淚水濕透的髮絲向後撥開，「看看妳，妳才失去老媽，最不需要的就是再有個打擊。」

「我有權利知道，該死！」

大理石地面擴大了我的音量。裘德環顧四周，朝著櫃臺門房困窘地點點頭。「我們上樓去吧。」

「不要。」我坐直身子，咬牙切齒對他說，「你早該跟我說的，媽早該跟我說的！我這輩子都因為父女關係痛苦掙扎。她竟然用這種方式告訴我？」

「妳又不能確定，布芮特。這本日誌什麼都沒告訴我們。我想妳是查爾斯的女兒沒錯。」

我用一根手指戳他。「我從來就不是那個混蛋的女兒，從來就不是。而且他曉得，所以從來都不愛我。媽也沒那個膽量跟我說！」

「好啦，好啦。可是這個強尼·曼斯搞不好是個渾球啊。也許她不希望妳找到他。」

「不。事情很清楚。她留這本日誌給我，在清單上留下第十九項目標，就是希望我找到親生父親，跟他打好關係。媽在世期間也許是個膽小鬼沒錯，可是至少在過世之前，還懂得把她的故事——我的故事——留下來給我。」我望進他的眼睛深處。「而你，你卻想隱瞞不告訴我！你知道多久了？」

他別過頭去，用手搓著發亮的頭皮，最後終於砰地坐進我旁邊的椅子，往下盯著那本日誌。「好幾年前就發現了，那個時候我幫媽搬到星街。當時我覺得很噁心，她從來就不曉得我看到了。喪禮那天這個本子竟然又跑出來，我很震驚。」

「你覺得噁心？你難道看不出來她寫這些東西的時候有多快樂？」我拿起本子，翻到第一則。

「『五月三日。經過二十七年的沉眠之後，愛終於來臨，將我從睡夢中喚醒。』過去的我會說這是不對的，說這是不道德的。可是新的我卻無力阻擋。頭一次，我的心找到了屬於自己的節奏。』」

裘德伸出一手，彷彿聽不下去。我的心一軟。發現母親有情人，應該很難釋懷。

「還有誰曉得？」我問。

「只有凱瑟琳，她現在可能正在跟傑、雪莉說吧。」

我深深吐口氣。我哥認為他採取的作法是最好的，他想保護我。「裘德，這個我自己應付得來。」我用襯衫袖口抹乾眼睛。「我很氣媽沒在好幾年前就跟我說，可是我很高興她終於說了，我要把他找出來。」

他搖搖頭。「我就認為妳會這樣。我想我沒辦法勸妳不要。」

「絕不可能。」我抬頭對他微笑。「你本來真的打算把這個本子還我吧？」

他撫平我的頭髮。「當然，等我們想通該怎麼處理之後。」

「處理？」

「對啊，妳也知道，我們不能就這樣突然對外公開吧。老媽是個品牌，這家公司最不需要的，就是讓她完美無瑕的名聲，被有私生女這件事破壞了。」

我一時無法呼吸。我哥的動機原來一點也不高尚。對他來說，我是可能會破壞波林格這個品牌形象的私生女。

——

那晚，安德魯在睡的時候，我悄悄爬下床，抓起手提電腦跟睡袍，往沙發走去。我還來不及用 google 搜尋強尼．曼斯以前，就發現老朋友凱莉．紐森在臉書留了私訊。我盯著昔日好友的照片，身穿運動衫的她模樣樸素。

妳是布芮特．波林格嗎？是我失聯很久、住羅傑斯公園那帶的朋友？我真不敢相信妳還記得我——更不要說在臉書找到我！我對妳有很多美好的回憶。信不信由你，我下個月恰好會去芝加哥耶。全國社工協會十一月十四要在麥考密克展覽中心召開會議。有空碰面吃個午飯嗎？更好的是一起吃頓晚餐。噢，布芮朵，我真高興妳找到我！我好想念妳！

布芮朵是我們小時候，她替我取的老綽號。當時我抱怨自己有個男性化的名字，牢騷發了一個禮拜之後，她列出一串可能的名單。「布瑞琴？布芮塔？布芮塔妮？」她問。我們最後決定用布芮朵，這名字會讓人聯想到糖果屋跟機靈小孩，久而久之就變成固定稱呼了。對其他人來說，我是布芮特；可是對我姊妹淘來講，我是布芮朵。

凱莉宣布她母親準備接下威斯康辛大學的工作時，是陽光金黃燦爛的秋日早晨。我們穿著蘇格蘭格子裙跟白襯衫，沿著人行道漫步走向我們的新高中羅尤拉學院。我幾乎可以聽到當時枯葉踩在腳下的喀吱聲，看到我們頭頂轉紅變黃的樹葉天篷。可是我失去凱莉的痛苦卻不是純粹想像而已；胸口真的浮現痛楚，彷彿這麼多年之後，心裡還留著淤傷。

「我爸今天晚上要帶我去吃晚飯。」我跟凱莉說。

「好棒喔，」她說，她永遠是我最大的盟友，「他一定很想妳。」

我踢起一堆樹葉。「嗯，大概吧。」

我們繼續默默走了半個街區，她才轉身面對我。「我們要搬家了，布芮特。」

那時候她沒叫我的綽號。我驚慌地望進她淚水滿盈的雙眼。不過，我故意不肯聽懂。

「我們要一起搬家了喔？」我誠懇十足地問。

「不是啦！」她掛著淚水笑了，噴出鼻水。

「好噁！」我喊道。我們笑得彎下身子，把對方推進枯葉裡，不想讓歡樂就這樣結束。

因為等歡樂氣氛終於結束，我們只能盯著對方空洞的臉龐。「拜託，跟我說妳沒有要搬。」

「對不起，布芮朵，我們真的要搬了。」

我的世界在那天終止了，或者我是這麼想的。可以讀懂我的思緒、挑戰我的想法、聽到我的蠢笑話就哈哈笑的女孩，就要離開我了。對羅傑斯公園來說，麥迪遜的距離就跟烏茲別克一樣遙遠。五個星期之後，搬家貨車駛離的時候，我站在她家前廊台階，揮手說再見。頭一年，我們像忠誠的情人那樣魚雁往返。直到有個週末她回來拜訪，我們就再也沒說過話了。雖然我心裡一直在贖罪，但遲遲沒有原諒自己。我後來交過好多新朋友，對他們的愛卻不曾像我愛凱莉．紐森那般。

她的訊息就像蹲在餐桌旁邊、直直盯著我看的飢餓小狗。她難道不記得我們最後一次見面時，我是怎麼對她的嗎？我把腦袋埋在雙手裡。等我終於抬起頭來，就用最快的速度打字。

我也很想妳，凱凱熊[13]，我好抱歉。我很想在十四號跟妳碰面。要約在妳住的飯店嗎？

我按下輸入鍵。

接著，我打進**強尼．曼斯**。

13　原文是 Care Bear，是美國知名的卡通人物，一般譯為「愛心熊」。

CHAPTER

09

我跟布萊德坐在那雙成對的皮椅裡。我用杯子啜飲熱茶，他直接用瓶子喝水，一面跟我說起他的旅程。我聞得到他的古龍水味，距離這麼近，也注意到他曾經穿過一邊耳洞。

「舊金山真棒，」他說，「妳去過嗎？」

「兩次，是我最愛的城市之一，」我用茶杯遮住臉並說，「出差還是去玩？」

「去玩。我女友珍娜夏天剛搬過去。她在《舊金山紀事報》找到工作。」

很完美。我們兩個各有交往對象，不會有那種讓人分心的性張力。

那我的心為什麼會有那種陡然一沉的感覺？

「真好！」我說，拚命裝出興奮的語調。

「是啊，對她來說是啦。她很愛目前的生活，可是我們的關係變得有點緊繃。」

「我可以想像。分隔兩千英哩交往一定很吃力，更不要提有兩個小時的時差了。」

他搖搖頭。「或者是十一歲的年齡差距。」

我趕緊算了算，我猜珍娜一定是三十歲上下。「十一歲的差距也不算大啦。」

「我也是這樣跟她說，可是她偶爾就會自己嚇自己。」他走到辦公桌那裡，拿回女人跟兒子的相片──我之前誤以為是他姊姊跟外甥的那張。「這就是珍娜，」他說，「那是她兒子奈特，在紐約大學讀大一。」

我細看那個笑容靦腆、亮藍眼眸的女人。「她長得很美。」

「是啊。」他對著照片微笑。我湧現一股羨慕的感覺。有人這麼仰慕自己的感覺不知如何？

我在椅子裡打直身子，努力做出殷勤的模樣。「我有消息要報告。」

他的腦袋一偏。「妳跟安德魯要生小孩了？要買匹馬了？」

「不是。可是我剛剛替查爾斯．波林格掃了最後一次墓。」

他挑起眉毛。「妳已經跟他和好了嗎？」

我搖搖頭。「查爾斯．波林格不是我的生父。我需要你幫我找到親生父親。」我跟他提起母親的日誌，還有她在我出生前的那個夏天愛上的男人。「最後一則是在八月二十九日寫的，那天查爾斯發現那場婚外情，強尼就出城去了。母親身心交瘁，想離開查爾斯，但強尼要她留下。雖然他愛她，但他的夢想是要成為樂手，沒辦法定下來。當時她知不知道自己懷孕，我永遠不會知道。但是當時她的確懷了強尼的寶寶，大概有兩個月的身孕。」我注意到布萊德蹙緊眉頭。「相信我，布萊德，我長得一點都不像查爾斯，我們的情感完全沒有連結。強尼．曼斯就是我父親，這點我毫不懷疑。」

布萊德吸了口氣。「一下子有太多資訊應接不暇，妳對這件事有什麼感覺？」

我嘆口氣。「覺得受傷，覺得受騙，火冒三丈。我真不敢相信母親竟然沒告訴我，尤其在查爾斯過世的時候。她明明知道我多想要一個父親。可是最重要的是我心上石頭落了地，這件事解釋了很多事情，我終於瞭解父親為什麼不喜歡我。不是因為我是個差勁的女孩，我以前一直這樣以為。而是因為我不是他的親生女兒。」我嚥嚥口水，一手摀嘴。「我心裡對他累積了好多怒氣，現在知道真相，憤怒漸漸消退了。」

「那可是天大的事啊，想想看，妳有個父親就在某個地方。」

「對啊，那就是嚇人的地方，我根本不曉得要怎麼找他。」我咬咬嘴唇。

「也不曉得，要是我跑到他家門前，他會有什麼反應。」

布萊德掐掐我的手，直直望進我的眼睛。「他會愛妳的。」

我愚蠢的心漏跳一拍。我把手抽回來，搭在自己的腿上。「你想你可以幫我找他嗎？」

「當然。」他跳起身來，走到電腦那裡，「我們先用 google 找他吧。」

「哇！」我假裝崇拜地說，「用 google 找他？你還真是面面俱到，給自己加個薪吧！」

他轉身向我，笑容消失不見，但眼角皺出細紋，我知道他懂我。「愛耍小聰明的傢伙。」

我笑了。「你以為我還沒 google 過他嗎？拜託喔，布萊德。」

他回到自己的座位，翹腿靠在膝蓋上。「好吧，那妳找到什麼了？」

「我以為我馬上就能找到他，是有個叫強尼．曼的樂團團長沒錯，可是他是一九一八年出生的。」「嗯，這樣到了一九七八年就是個老頭子了。況且，這傢伙姓『曼斯』，不是『曼』吧？」

「她在日誌裡是這樣寫，可是我也不排除對方姓『曼』的可能。我也用『強』、『強尼』

跟『強納森』查過。問題是，Google 會跳出超過一千萬則查詢結果！要是不縮小搜尋範圍，不可能找到他。』「她還說了他什麼？是芝加哥人嗎？」

「是北達科他州來的。從老媽形容他的方式，我猜他跟老媽同年，不過我也不確定。他們住羅傑斯公園的博斯沃思大道時，他分租樓上的公寓。他是樂手，在同條街過去、叫賈斯丁的酒吧工作。」

他手指一彈指向我。「賓果！我們現在就到那裡去——到賈斯丁酒吧去！我們到處打聽一下，看看有沒有人記得他。」

我看著他，翻翻白眼。「請提醒我，你的法律學位到底是從哪個網路大學拿到的？」

「什麼？」

「我們講的是三十年前的事情耶，布萊德。那家酒吧都不叫賈斯丁了，現在是叫『冥王星』的同志酒吧。」

他朝我瞇起眼睛。「妳去查過了吧？」

我忍住不笑。「好啦，我承認我跟你一樣呆。」我雙手往上一攤。「看來這件事我們沒辦法自己處理，需要找個專家，布萊德。你認不認識什麼可以幫忙的人？」

他走到辦公桌，帶著手機回來。「我在辦理離婚案件時，偶爾會用到這個人。可是我沒辦法保證他就能找到強尼・曼斯。」

「他一定要找到！」我喊道，突然迫不及待想找到我父親。「如果他沒辦法，其他人也一定有辦法。我沒找到這個男人，誓不甘休。」

布萊德端詳著我，點點頭。「很好，我頭一次看到妳這麼積極地接受目標。我以妳為榮。」

他說的沒錯。我想完成十九號目標，不再是因為母親的催促。這不再是當初那個女孩的目標。跟父親打好關係，是我全心全意想要的，是我渴望一輩子的事。

我離開辦公室的時候，納悶自己為何有種奇怪的需求——想讓布萊德高興。就像我母親，他似乎很篤定我可以達成這些目標。我們攜手合作，也許真的可以讓我母親以我為榮。我還來不及進一步思考，手機就響起。我打開通往藍道夫街的雙推門，從皮包裡撈出手機。

「布芮特．波林格嗎？我是芝加哥公立學校的蘇珊．克里斯欽。我們收到妳的申請資料跟疫苗注射紀錄，也做了妳的背景調查。我很高興一切看來都很令人滿意。妳現在有代課資格了，恭喜。」

十月的一股強風撲襲我的臉。「呃，好，謝謝。」

「明天道格拉斯J．奇斯小學五年級需要一位代課老師，在林草區那邊。妳有空嗎？」

———

我拿著小說躺在床上，同一段已經讀了三遍，這時聽到門打開。以前一天結束的時候，見到安德魯我總是很開心。現在我的胸口緊縮、呼吸困難。我必須跟他講實話，可是都晚上十點了，他已經身心俱疲，需要放鬆，這種時機實在不怎麼恰當，至少我是這樣找理由的。

我啪地闔上書本，聽他在櫥櫃跟冰箱裡翻找。接著聽到他步履艱難地登上通往我們臥房的樓梯，彷彿踩著四十磅重的靴子。我從安德魯爬樓梯的腳步聲，總是可以估出他的心情。今晚他體力耗盡又喪氣。

「嘿，」我說著便把書本拋到一邊，「今天過得怎樣？」

他拿著一瓶海尼根，用力坐在床鋪邊緣。他的臉色灰敗，黑眼圈像弦月一樣掛在眼下。

「妳提早上床了。」

我瞥瞥床畔的時鐘。「都快十點了。只是你比平常晚了一點回來。要我弄點晚餐給你嗎？」

「不用。」他把領帶從胸口拉下，解開筆挺到出奇的藍襯衫。「妳今天過得怎樣？」

「不錯啊，」想到明天要代課，血壓就往上飆，「可是明天會很棘手，要跟新客戶開大會。」

「妳會調適的。妳母親應付得來，妳也可以。」他猛灌一口啤酒。

「凱瑟琳有沒有好好幫忙？」

我敷衍地揮揮手。「這個地方是她負責營運的，一直都是。」老天！我簡直就是在冒險走鋼索；我要趕在滑跤以前脫身。我把膝蓋湊向胸前、緊緊抱住。「跟我說說你今天怎麼過的。」

他用手耙過頭髮。「爛透了。有個客戶受到指控，說他因為有個十九歲女生朝他的悍馬越野車丟石頭，結果就殺了人家。」他把啤酒放在杯墊上，走到衣櫥那裡。

「比起來，經營化妝品公司就像是到迪士尼樂園大玩一天。」

雖然我沒在經營那家公司，甚至連個低階廣告主管都不是，可是這番侮辱就像臉上正中一拳。就他所知，我是那家化妝品公司的總裁，所以我會希望受到一點尊重，而且老實說，我還希望得到一點敬畏跟欽佩。我正要開口捍衛自己，可是還沒吐出一個字以前就把嘴巴緊緊閉上。在這個場景裡，說謊的人是我；而比起說謊者還更差勁的，就是自以為是的說謊者。

他一定看出我不高興，因為他走來我身邊、掐掐我的手臂。「嘿，我剛那樣說沒有特別的意思。我的意思只是妳有份好工作。」

我的心跳加速。現在時機正好。我深吸一口氣。「可是我其實沒有什麼好工作，安德魯。我一直在假裝——」

「妳可不可以別再自我質疑？我懂，妳覺得自己很像冒牌貨，大家有時候都有這種感覺。可是妳一定要加把勁，寶貝，表現出可以勝任的樣子。別再懷疑自己了。妳現在要獨當一面了，成為妳母親——還有我——一直知道妳可以成為的樣子。」

噢，天啊！我現在不能跟他說真相。「呣，嗯，這我倒是不確定。」

「我心裡沒有一絲懷疑。」他從衣櫃裡拉下一把柏木衣架，把西裝外套掛上去。然後脫下長褲，找出褶痕，再用衣架上的夾子固定好，底部朝上。我細看他平滑的古銅色肌膚跟起伏的腹肌。就像對服飾跟體格，安德魯都一切都要求完美——包括他的女友。我的胃糾結起來。

「我最近越來越常想到波林格化妝品，我希望妳考慮讓我加入。」

我倒抽一口氣。「我……我不確定這樣好不好。」

他給我一眼。「真的？有什麼變化了？妳曾經舉雙手贊成的啊。」

三年前我去找母親，請她替安德魯安插職位，可是她拒絕了。「布芮特，親愛的。除非你們兩個結婚了，不然我不會考慮這種事的。而且即使你們結婚，要說服我雇用安德魯，可能也蠻難的就是了。」

「為什麼？安德魯很棒啊，工作起來比我認識的人都賣力。」

「安德魯對很多企業來說會是個資產，這點很肯定。可是我沒把握他適合波林格化妝品。」她那時跟我四目相接。她有口難言的時候就會這樣。「我的感覺是，安德魯對我們這樣的事業來說，性格上有點太咄咄逼人。」

我用力嚥下口水，強迫自己看著安德魯。「可是母親當時反對啊，記得嗎？況且，你自己也說過很多次，說那樣決定很好。你承認自己要是到波林格化妝品，永遠都不會快樂。」

他移到床鋪這邊，朝我傾身，光裸的手臂搭住我的身體兩側。「可是那是在我女朋友變成公司總裁之前。」

「那就更加證實了你不應該到那裡工作的事實。」

他放低身子，親吻我的額頭、鼻子跟嘴唇。「想像會有什麼額外的好處，」他用嘶啞的聲音低語，「我們可以在妳邊間的套房辦公室隔壁，弄出一間相連的辦公室，我是妳公司的律師，也是妳個人的性奴隸。」

我咯咯笑了。「你已經是我的性奴隸了。」

他磨蹭我的頸子，拉起我的長睡衣。「沒有比位高權重的女人更性感的了，過來，總裁女士。」可是，等你曉得我是個無權無勢的代課老師，還會覺得我很性感嗎？我伸手摸索檯燈開關，房間一暗，我心生感激。我躺著不動，而他順著我的身體往下遊走。

我的好天使提醒我要跟他講實話，而且要盡快講。我的壞天使要她別管別人閒事，用雙腿繞住他的裸背。

——

我穿著黑長褲跟黑毛衣抵達道格拉斯奇斯小學，為了要向萬聖節季節致意，還穿了鮮橘色鞋子。小朋友喜歡裝扮上呼應節日主題的老師，不過我要等邁入五十大關，才肯穿繡有必備南瓜圖樣的休閒衫。

貝里校長是個迷人的非裔女性。她領著我穿過磨石子走廊，走向波特太太的教室。

「林草這一帶有好幾個公共住宅跟各種街頭幫派。這群孩子教起來不容易，可是我們會迎向挑戰。我的想法是要讓道格拉斯奇斯小學，成為這一帶小孩子的避風港。」

「真不錯。」

「波特太太今天清晨開始陣痛，比預產期早三週。除非是虛驚一場，否則她六週之後就可以回來上班。如果我們需要妳，妳有空長期代課嗎？」

我一時嗆住。「呃，讓我想想……」

六個星期？那是三十天耶！我的太陽穴搏動著。我看到走廊盡頭的一組雙門上方有著亮紅色的「出口」標誌。我很想衝過去，永遠不要回來。可是我想起那個女孩的清單。如果我接下來的六週在這裡好好蹲點，就可以達成第二十項目標。連布萊德都會同意我已經努力嘗試過了。我想起母親——或者該說是伊蓮娜・羅斯福——的話。「每天做一件自己會害怕的事。」

「有，」我說著便把視線移開那個「出口」標示，「我有空。」

「太好了，」她說，「這裡找代課老師並不容易。」

混雜了恐慌跟懊悔的情緒，竄過我每條神經。我剛答應了什麼鬼差事？貝里太太打開門鎖，找到燈光開關。

「妳會在波特太太桌上找到課程大綱。如果還需要其他東西，儘管開口。」她對我比了個讚的手勢，然後轉身離開，獨留我一人在教室裡。

我吸進的空氣帶有灰塵跟發霉舊書的氣味，放眼盯著一整片的木桌。我突然湧起一個古老但熟悉的幻想。我這輩子的前二十年，一直夢想在這樣的教室裡教書。

尖亢的學校鐘聲鈴鈴響起，把我猛地從冥想中拉出來。我的視線連忙轉向黑板上方的掛鐘。噢，老天爺！就要開始上課了。

我衝到波特太太的書桌那裡找課程大綱。我拿起點名簿，倉皇地翻過一疊學習單，可是沒找到。我猛力拉開抽屜，裡頭也沒有。我在木櫃裡翻翻找找，還是什麼都沒有。我的課程大綱死到哪去了？

我聽到一批大軍踩著步伐，轟隆隆穿過走廊朝教室走來。我的心跳飛快，連忙從金屬籃裡抓起一只檔案夾。活頁紙掉到地上去了。該死！我瞥見課程……然後紙張就如瀑布般地奔瀉而下，上下顛倒散落在地。是我的課程大綱。感謝祢，上帝！

那批大軍現在越來越近了。我收攏那些掉落的紙張時，雙手抖個不停。大部分我都撿回來了，除了最重要的那張之外——卡在波特太太書桌下方的課程大綱。我匍匐在地，爬向那張紙，急著拿回來，可是紙張掉到太裡面。學生抵達教室的時候，對代課老師的第一印象是我的臀部。

「好個俏臀。」我聽到有人說，四周響起爽朗的笑聲。

我從桌底下抽身出來，把長褲撫平。「大家早啊。」我提高語調，以便壓過早晨的閒聊聲。「我是波林格小姐，波特太太今天沒來。」

「好耶！」滿臉雀斑的紅髮學生說，「嘿大家，我們今天有代課老師耶！想坐哪就坐哪。」我的學生好像在玩大風吹一樣，從書桌彈起身來，爭先恐後要搶新座位。

「回到你們的書桌去！馬上！」可是我的話語被這片混亂吞沒了。才早上八點二十，我的教室已經失控。我把注意力轉向教室後方，有個滿頭蛇辮的女生朝著看來大約二十歲的棕皮膚男生尖叫。

「住手，泰森！」

泰森一面轉身一面拉著她的亮粉紅圍巾，用圍巾繞住自己的腰，越纏越緊。

「把我他媽的圍巾還來！」蛇髮女妖說。

我大步走向他們。「請把圍巾還她。」我伸手要拿，可是他閃過我，繼續繞著圈圈打轉，像拉太妃軟糖一樣把圍巾撐長。「別這樣，粉紅色根本跟你不搭。」

「對嘛，」雀斑男生從教室另一邊喊道，「小泰，你要粉紅圍巾幹嘛？你是同性戀還是什麼？」

泰森突然彈起身子。他幾乎跟我一樣高，但比我重個二十磅。他跳過一排排的書桌要對付那個紅頭男。

「住手！」我以最快的速度衝下走道，可是沒辦法像他那樣跳過一排排的桌子。他已經勒住那男生的喉嚨，把對方當成調酒那樣死命地搖晃著。我的天，他快殺死這個小鬼了！而且都會是我的錯！我有可能被控殺人罪嗎？我對蛇髮女妖喊道：「去找校長來！」

等我抵達扭打現場的時候，男孩的雀斑臉一片通紅、眼神狂亂。他拚命要把泰森的手指從自己脖子上扳開。我拉扯泰森的手臂，可是他抽走了。「放開！」我尖叫，可是我的聲音好像無法穿透他的腦袋。

小鬼們團團圍住打架現場，呼嘯吶喊，讓這場混戰火上添油。

「坐下！」我吼道。可是他們毫不退縮。「住手！馬上！」我努力要把泰森的手指從男孩的脖子上扳開，可是它們就跟鋼管一樣剛硬。我正要張嘴尖叫的時候，門口傳來語氣嚴厲的呼喊。

「泰森．迪葛斯，過來。馬上！」

泰森立刻放開男孩的脖子。我差點因為如釋重負而癱倒在地，一轉頭便看到貝里太太站在門口。學生馬上退回座位，靜默不語、井然有序。

「我說過來，」她重複，「你也是，弗林先生。」

男孩躲躲閃閃往前走。她雙手各自搭上他們的一肩，然後對我點點頭。「請繼續上課，波林格小姐。這兩個年輕人整個早上都會在我那邊。」

我想謝謝她，不，我想彎身跪下親吻她的腳。但我一時說不出話來，所以只是點點頭，希望她可以看出我臉上的感激。她隨手關上門。我深吸一口氣，轉身面對班級。

「大家早，」我邊說邊用單手撐在學生的桌上，穩住自己。

我擠出勉強的笑容。「我是你們的代課老師。」

「唉唷！」看起來像十七歲的女生說，「知道了啦。」

「波特太太什麼時候要回來？」另一個女生問，縫有亮片的棉衫上頭指明說她是公主。

「我不大清楚。」我環顧教室。「我們開始上課以前，還有沒有其他問題？」要開始幹嘛？該死的課程大綱還在我的桌子底下。

那位公主舉起手來，我湊過去讀她的姓名。

「是的，瑪里莎？有問題嗎？」

她把頭一偏，用鉛筆指指我的橘色 Prada 平底鞋，「那雙鞋真的是妳花錢買的？」

我滿耳只聽得到高亢幼稚的笑聲，彷彿回到了牧草溪谷。我雙手一拍。「夠了！」可是我的話語被那片混亂吞沒了。我必須讓這些還不到青春期的怪獸回到正軌，馬上就要。我瞥見前排的一個女生，應該叫緹耶拉沒錯。「妳，」我說，「幫幫我。」

教室裡的音量越來越大，我沒有絲毫空閒。「我需要我的課程綱要，緹耶拉。」我指指卡在桌下的那張白紙。「妳能爬進底下拿一下嗎？拜託？」

她可能是教室裡唯一聽話的小孩，於是手腳著地，鑽進波特太太的桌下，就像我稍早做的那樣。她比我嬌小，輕輕鬆鬆就摸到了那張紙。我看著她把紙扯出來，立刻見到標題：第九課——無聲的「E」。這不是我的課程大綱！而是該死的拼音清單！

「可惡！」我想也沒想就脫口而出。

緹耶拉猛地抬頭，狠狠撞上桌子下側，發出雷鳴般的巨響，傳遍整間教室。

「去找護士來！」我放聲尖叫，不管聽我說話的有誰。

——

過了漫長無止盡的六個小時又四十三分鐘之後，我送學生離開教室，一心只想衝出校園，灌下一杯濃烈的馬丁尼。可是貝里太太召我進她辦公室，遞給我一疊文件跟筆，薰衣草色眼鏡架在鼻尖上。

「我要請妳在這些意外報告上簽名。」她對著辦公桌前方的椅子點點頭。「妳可能要坐下來，因為會花點時間。」

我滑進那張塑料椅子，掃視第一份報告。「整天有這麼多的意外要處理，妳一定忙得不可開交吧。」

她從眼鏡上方瞅著我。「波林格小姐，妳今天送來我辦公室的學生，加起來超過大部分老師一整年送過來的人數。」

我縮了縮身子。「真抱歉。」

她搖搖頭。「感覺妳的心地很好，我真的這麼覺得。可是妳的班級經營技巧……」

「等我上手之後，就會越來越容易。」會才有鬼。「妳有沒有波特太太的消息？她生了？」

「生了。健康的女嬰。」

我的心一沉，但還是勉強裝出笑臉。「我星期一一大早就會回來。」

「星期一？」她摘下眼鏡。「妳該不會以為我會讓妳回教室去吧？」

我的第一個直覺就是歡天喜地。我永遠不用再教那些小混蛋了！可是當面被打槍還真難堪。這女人不想讓我留在她的校舍裡。我必須向她、向母親、向那個擁有愚蠢夢想的小女孩，證明我有教書的能耐。

「嗯，我只是需要第二次機會。我會表現得更好，我知道我辦得到。」

貝里太太搖搖頭。「抱歉，親愛的，不可能。」

———

不管是因為布萊德真的有空，還是因為克蕾兒察覺我瀕臨崩潰而趕緊撥出空檔，我不確定。無論如何，我抵達他的辦公室時，他正在等我。我的頭髮因為午後大雨而濕答答黏住頭皮，全身散發潮濕羊毛的氣味。他用手臂攬住我的肩膀，領著我到那張熟悉的皮椅去。他聞起來有長青樹的氣味。我閉起雙眼哭起來。

「我是遜咖，」我邊抽噎邊說，

「我不會教書。我沒辦法完成那些目標，布萊德。我做不到。」

「停，」他柔聲說，「妳可以的。」

「有沒有波隆斯基的消息？」

「還沒有。我跟妳說過，要花點時間。」

「我快瘋了，布萊德。我發誓真的。」

他隔著手臂的距離抱著我。「我們會一起撐過去的，我保證。」

他撫慰的語氣激怒了我。「不！」我說，抽身離開他，

「你又不懂！我是說真的。要是我沒辦法完成這份清單，會有什麼後果？」

他搓搓下巴，正眼看著我的臉。「妳真的想問？我想妳就會像幾百萬個平常人一樣，上天下地四處找工作，努力保持收支平衡吧。可是妳跟大多數人不一樣，沒有債務要應付……更不用擔心退休帳戶……」

他的話讓我覺得慚愧。我這樣自憐自艾，都忘了自己有多幸運——即使現在也是。我垂下目光。

「謝謝，我需要你點醒我。」我陷入椅子裡。「你說得很對。我會再找份廣告工作。我該繼續過自己的人生了。」

「妳是說原本的舊人生嗎？跟安德魯一起？」

一陣悲傷湧來，想像後半生做著一份自己不抱熱情的工作，晚上獨守淒涼的公寓，而公寓甚至不在我的名下。

「當然，」我說，「我也只有這種生活。」

「才不是，妳有選擇，那就是妳母親想讓妳看清楚的。」

我搖搖頭，感覺自己的挫折感再次竄升。「你就是不懂！現在要重新開始已經太慢了。要遇到生命中的真愛、查出對方想不想要小孩、養小狗、買匹該死的小馬，你知道這種機率有多少嗎？而且我的時鐘滴答走不停，布萊德——那個只恨女性、殘忍無情的生理時鐘。」

布萊德靠坐在面對我的椅子上。「欸，妳母親認為，完成那份願望清單會通往更好的人生，對吧？」

我聳聳肩。「我猜是吧。」

「她以前有沒有讓妳失望過？」

我嘆口氣。「沒有。」

「那就把它完成吧，布布。」

「可是要怎麼弄嘛？」我差點就要尖叫。

「發揮以前那個勇敢小女孩的特質吧。妳批評妳媽說她很懦弱，可是妳也沒兩樣。妳想要那些願望的，我知道妳真的想要，可是妳很怕冒險。讓妳的夢想成真吧，布布，動手吧！就是現在！」

CHAPTER

10

我踏進公寓的時候，安德魯已經在沙發上睡著了，電視閃光在他臉上玩跳房子的遊戲。他今天一定蠻早就下班了。我只想躡腳走過他身邊、換掉衣服，假裝自己上班一整天剛回到家，可是我並沒有。我的心在胸口咚咚猛跳。坦白的時候到了。

我扭開檯燈，他動了動。

「什麼時候回來的？」他用迷迷糊糊的聲音問。

「幾分鐘以前。」

他查查手錶。「我本來希望可以趕在人多起來以前，一起到 Gage 餐廳去吃個飯。」

「好主意，」我說，聽到自己的聲音微微顫抖，「可是首先我有事情要跟你說。」我深吸一口氣。「我一直沒說實話，安德魯，你該要知道真相了。」

我在沙發一坐，就在他身旁，娓娓道出我少女時期的願望。

——

講完的時候，我喉嚨發痛。「所以，就是那樣。抱歉，我沒早點跟你說。我怕你會……我就是怕……」我搖搖頭。「我只是怕失去你。」

安德魯的手肘靠在沙發扶臂上，揉著太陽穴。

「妳媽還真惡劣。」

「她覺得自己在幫我忙。」我發現自己在替母親辯護，這種反應既瘋狂又正常。

最後他終於轉向我。「我才不吃這套，伊莉莎白不會不給妳遺產。不管妳有沒有達成那些目標，都會有一筆財富，肯定是這樣。」

我搖搖頭。「我覺得不是，布萊德也不覺得是。」

「我會去調查一下，到目前為止妳一毛都沒拿到？」

「沒有，我也沒空調查。要趕在九月以前完成這份清單。」

他下巴一掉。「明年九月？」

「對，」我深吸一口氣，「所以我必須知道，你對整件事有什麼感覺？」

「我對整件事有什麼感覺？真是他媽的瘋了！」他調整姿勢跟我面對面。「妳必須做妳想做的事，寶貝，而不是妳母親要妳做的事。沒錯，我不認識十四歲的妳，妳那時候的抱負是要教書跟生小孩。」他挑起一邊眉毛，對我咧嘴一笑。「我只認識今天這個有成就的女人，或者說，等妳找到下一個高階職位時會成為的那種女人——如果妳選擇這樣做的話。」

他用拇指掠過我的臉頰。「欸，我知道還不完美，可是我們目前擁有的已經轡好的了。我們的事業當然有壓力，可是那種壓力根本不能跟那些養小孩的朋友比。如果要在我們目前的生活裡加上一條狗、一匹馬跟社會服務，」他搖搖頭，彷彿那個想法讓他嚇破膽了，「我就是沒辦法想像。我很愛我們共有的生活，就像現在這樣。我以為妳也是。」他把一綹頭髮塞到我耳後。「我說得對不對？」

我滿臉燙熱，但他依然盯著我的眼睛不放。如果老實回答，我就會失去安德魯。母親的話語向我呼喚，彷彿她正從天上對我大喊：妳害怕的時候，就抓住這份勇氣，將它釋放出來，因為現在妳知道自己具有這種特質，而我一直都曉得是這樣沒錯。

「不，」我低語，「母親說得對。」

「老天。」

淚水溢出眼皮，我將它們抹去。「我這星期會做好搬出去的安排。」

我正要起身，可是他抓住我的手臂。

「妳的意思是，這是妳得到遺產的唯一方法？沒有其他選擇？」

「對，我的意思就是這樣沒錯。」

「多少？五百，還是六百萬？」

他在談我要繼承的遺產嗎？起先我大吃一驚，可是畢竟是我要求他共襄盛舉的。難道他無權知道嗎？「嗯，差不多吧。要等拿到我的信封才能確定。」不知為何，我沒跟他講我哥拿到了多到誇張的信託財產。

他大聲吐氣，鼻翼掀張。「這招真爛，妳知道吧？」

我點點頭，用手背抹抹鼻子。

「幹！」他說，終於正眼看我。「好吧，該死，如果要這樣做才能留住妳，我想我們就是非這麼做不可。」

他想留住我？他明白有什麼風險嗎？我張嘴盯著他。

「你——你會幫我完成我的目標，全部嗎？」

他聳聳肩。「我別無選擇吧？」

我覺得這種反應很怪，因為在這整齣大戲裡，唯一真的有選擇權的是他這個角色。可是底線是，他願意幫我實現我的目標！我們就要成家了！第一次安德魯把我的需求放在他的需求前面。有嗎？我湧起一種不安感，可是我把它用力壓了下去，緊抱一線希望——希望我的直覺是錯的。我有什麼權利質疑他的動機？

星期日下午，我獨自在公寓裡，帶著心石落地的幸福感。打從我們在週五晚上做好決定之後，安德魯的態度比密西根湖的強風還要冰冷。所以，今天，他咕噥說要進辦公室的時候，我在他還來不及改變心意以前，把他的外套丟給他，把他趕出門去。他心情低落，我也不能怪他。他就像我一樣，被這份誇張的願望清單給突襲了。而且跟我一樣，他要花點時間才能習慣轉換生活風格的想法。

我把手提電腦帶到餐桌，連上臉書。有私訊，是凱莉．紐森的回覆。

耶！我等不及要在十四號跟妳碰面！謝謝妳提議要在飯店吃晚餐。這樣比跋涉過整個市區要輕鬆多了。約六點剛好。我之前沒意識到自己有多麼想念妳，布芮朵。

她完全沒提我當時的背信忘義。還有誰會這麼寬容？

我最後一次見到凱莉，是在羅尤拉學院讀高二的時候。她已經到麥迪遜住了一年，父母送她巴士票當生日禮物，讓她可以來拜訪我。過去十二個月發生了那麼多事，看到我的時候，似乎滿臉訝異。我那年成功加入啦啦隊，立刻打入那群超酷學生的圈子。我已經拆掉牙套，開始化妝。我剪了模仿瑞秋[14]的新髮型，每天早上都花好多功夫把頭髮拉直。可是凱莉跟以前一模一樣——樸素矮壯，沒有打扮。

我們坐在臥房地板，聽著「大人小孩雙拍檔」樂團的CD，一面翻著我的學校年鑑。我看到瓊妮·倪可的照片，我指著它。「記得瓊妮的哥哥尼克嗎？我超迷他的。麥迪遜那裡帥哥多不多？」

她看著我的樣子，彷彿我的問題讓她很意外。

「我不知道，沒在注意。」

我的心碎了，凱莉從沒交過男朋友。我一直把視線放在年鑑上，替她覺得難為情。

「總有一天妳會認識很棒的男生，凱凱熊。」

「我是拉子，布芮朵。」她毫無羞愧或懊悔地說，彷彿在說自己的身高或血型。

我盯著她看，祈禱她會噗哧大笑。「妳在開玩笑吧。」

「沒有，我幾個月以前跟爸媽出櫃了。我這輩子一直都知道自己是。」

我暈頭轉向。「所以，我們在一起的那些時間，妳來我家過夜的那幾次——」

她笑了。「什麼？妳以為我對妳有意思喔？別擔心，布芮朵，不是那樣的！」我一定滿臉難受，因為她那時不再笑了，伸手碰碰我的袖子。「嘿，我不是故意要嚇妳，我還是原來的我啊——還是凱莉啊。妳懂吧？」

「嗯。」我咕噥。可是我那狹隘的十五歲心靈並不懂。我最好的朋友不正常。我細看她的短髮跟剪短的指甲，沒上妝的素顏跟鬆垮的毛衣。她突然間看起來好陌生，很男性化又好古怪。

那天晚上我並沒有按照原本的計畫，帶她去愛琳．布朗家參加轟趴。我很怕我的新朋友會發現真相。如果他們發現真相，會以為我也是同性戀。所以我假裝頭痛，我們就待在家裡看影片。可是我們沒照以往的習慣並肩而坐，共享墨西哥玉米片、同蓋一條毯子。我去坐在老爸的老躺椅。後來，老媽走進來看到凱莉在沙發上睡著了，我就用手指抵住嘴唇。「別吵醒她，她睡得很舒服。」母親替凱莉蓋上毛毯，然後靜靜離開房間。我躡著腳回到臥房，那晚剩下的時間都清醒無眠地躺著。

隔天早晨我在沖澡的時候，凱莉就打電話到巴士站。她中午離開，比原訂計畫早一天。我

14 Rachel 是美國熱門電視影集《六人行》（Friends）裡的角色，由珍妮佛．安妮斯頓所飾演。

很羞愧地承認，灰狗巴士繞過車站轉角、往北駛離的時候，我湧起一股如釋重負的感覺。

隔週，凱莉寄了封信來，為了無預警就突然把「嚇人本性」告訴我而表示歉意。她希望我們的友誼永遠不變。她在信尾寫道，「請盡快回信，布芮朵！我必須知道妳的想法。」

我把那封信藏在一疊《十七歲》少女流行雜誌底下，一面思考要怎麼回覆。可是幾個星期，然後是幾個月，再來是幾年過去了。等我終於能夠面對她的性傾向時，卻早已沒了那個勇氣。我太過懦弱，無法重溫那個尷尬週末的回憶，或者說，無法重溫我背信忘義的回憶。我對自己當時的遲鈍表現，羞愧得備受煎熬。

———

今天是星期一，我剛剛掛掉芝加哥公立學校的來電，就接到布萊德的簡訊。他在北區的會議臨時取消，想知道我能不能到 P. J. Clarke's 餐廳一起吃個午飯。正如當初承諾我母親那樣，他一直牢牢盯著我，要確定我正朝著目標逐步邁進。

我在嘴唇上抹了點唇蜜，把剛煮好的咖啡倒在隨行杯，然後走下樓梯。我快步走出大樓時，差點迎面撞上深色頭髮的高佻男人。咖啡灑上了我的外套。

「靠！」我想也沒想就說。

「噢，天啊，真抱歉。」他的懺悔語調馬上快活起來。「嘿！我們又見面了！」

我停下擦外套的動作，一抬頭就對上 Burberry 男的迷人雙眼。

「唔，哈囉。」我說，笑得好似剛被橄欖球明星注意到的呆少女。

「哈囉。」他回頭指向大樓。「妳住這啊？」

「呃嗯，你呢？」好假！妳明明知道他住這裡！

「已經不住這了。我公寓整修時間，來這裡租了幾個月。我只是要過來領回押金。」他的視線落在咖啡污漬上。「天啊，我毀了妳的外套。來吧，讓我請妳喝杯咖啡，轉角就有星巴克，至少讓我賠點罪。」

他自我介紹，可是他講的話，我一個字也沒聽進去。我正為了這場咖啡邀約而失神。噢，當然好！可是等等……我要跟布萊德碰面，運氣就是這麼背。

「謝謝，也許下次吧，我約了人吃中餐。」

他的笑容褪去。「好吧，那麼午餐愉快。我要為了這個咖啡漬再道歉一次。」

我想對他的背影呼喚，解釋我的邀約對象只是朋友，說我晚點就有空可以喝咖啡。可是這招很卑鄙。布萊德只是朋友沒錯……但安德魯並不是。

「你近來過得怎樣？」我們點了培根萵苣蕃茄三明治之後，我問布萊德，「計畫要再去舊金山一趟嗎？」

「我希望能在感恩節的週末過去，」他說，「奈特要跟他爸一起過節，可是珍娜還沒決定要幹嘛。」

我點點頭，但暗自擔心布萊德被耍了。

「妳呢？」他問，「清單有進展了嗎？」

我滑到座位邊緣，昂起頭來。「事實上，我有。記得貝里太太嗎？我跟你說過，道格拉斯奇斯小學的校長？唔，她推薦我去做居家課輔——就是到府或在醫院教導病童。」

「酷，像一對一教學嗎？」

「沒錯，我明天早上要面試。」

他舉手要擊掌。「棒透了！」

我揮手表示不以為然。「別太興奮了，我永遠拿不到那份工作的。不過，不知為何，貝里太太認為可能蠻適合我的。」

「唔，我會替妳加油。」

「謝了，可是還不只這樣。」我們的三明治送來了，我跟他說起跟凱莉十四號的晚餐之約。「她住麥迪遜，現在當社工，而且有交往對象。我真不敢相信她養了三個孩子。」

「能跟她敘敘舊，不錯吧，嗯？」

我感覺臉熱起來。「是啊，可是我以前是個爛朋友，得要好好補償對方。」

「嘿，」他說著便用手蓋住我的手，「妳有進展了，我以妳為榮。」

「謝了，再猜還有什麼？我終於跟安德魯講清單的事了，他要加入！」

布萊德沒有放聲歡呼，只是斜瞟我一眼。「真的假的？」

我用餐巾抹抹嘴。「對，真的啦，有什麼好驚訝的？」

他搖搖頭，彷彿想把腦袋搖清醒。「抱歉，不，那太棒了。」

「那個私家偵探有沒有更多消息？史提夫什麼的？」

「波隆斯基。」他說完便灌了口健怡可樂，把三明治沖下肚。

「還沒。可是他一有消息，我就會告訴妳。」

「都一個星期多了，我想該要請他走路，另外雇人了。」

他抹抹嘴巴。「我知道這件事讓妳很焦慮，布芮特，可是他正在努力。我說過，在一九四〇到一九五五年期間，在北達科他州出生又姓曼斯的人，他查到有九十六位。他一路縮小範圍，剩下六個最有可能。下星期，他會打電話給每一位。」

「你三天前就跟我講過一樣的話了！打個電話要多久嘛？把名單給我，下午自己打。」

「不行。波隆斯基說，最好讓第三方來做初步的接觸。」

我嘆口氣。「唔，那他最好在週五以前有消息給我，不然他就要退出這個案子。」

布萊德哈哈笑了。「退出這個案子？有人看太多《CSI犯罪現場》的影集喔。」

我試著維持生氣的表情，卻暗想自己還真喜歡這傢伙。「你這個人超煩的，布萊德。」

天空的色彩有如新生兒的眼眸，煙灰色碎浪頂著白花花的泡沫。我跟小梅、雪莉快步健走，路過格蘭特公園，輪流推著寶寶艾瑪的推車。

「我辭掉工作以後，智商掉了二十，」雪莉有點喘不過來地說，「好幾個星期沒看報了。」

社區媽媽們組成的小圈圈，比中學的小團體還恐怖！」

「也許妳不適合待在家裡。」我邊說邊跟她並肩大步走。

「相信我，我沒看過那麼好勝的女人。前幾天在公園，我恰好提到崔佛會數到三十。對三歲的小孩來說已經不錯了吧？錯。瑪琳達馬上接腔，『山米會數到五十。』那個金髮賤人蘿倫就噘起嘴，指指小凱特琳說，『可以數到一百，』她低語，「而且是用中文喔。」

我跟梅根噗哧大笑。「說到競爭，」梅根邊說邊在身前揮動拳頭，「教職找得順利嗎？布芮特？就是不用進教室的那種教職？」她爆出一陣咯咯亂笑。

「其實我找到了。」

雪莉跟梅根轉向我。

「今天早上拿到工作了。」

「太棒了！」雪莉說，「看吧，妳還覺得自己沒競爭力。」

我咬著嘴唇。「申請工作的只有我。」

「在這種職場上？」梅根問，一面大步走、一面扯著手臂。

「呃嗯，看來在芝加哥的公立學校區域裡，二九九是個不同的區域——人事主任這樣跟我說。他說必須要有點冒險心。」我跟她們說了居家課輔的職位，要到病童的住家或到醫院一對一教學。

「等等，」梅根拉著我停下腳步，「妳要去別人家？南區那邊？」

我的肚子一痛，又開始走路。「沒錯。」

梅根追上我的腳步，瞪大雙眼。「媽的不會吧！姑娘，我們講的是公共住宅耶……就是那些出租大樓。什麼都沒有，只有蟑螂一堆的破房子。」

「梅根說得對，」雪莉說，「妳確定安全嗎？」

「當然。」我說，暗自希望心裡跟嘴巴說的一樣有把握。

「聽著，」梅根說，「如果妳非接不可，就接下那份他媽的工作，可是一等通過布萊德那關以後，馬上辭掉。」

「妳們能相信嗎？我也許可以完成第二十項目標耶。」我轉了個圈，面對她們倒退走，「猜猜還有什麼，雪莉？安德魯雇用了梅根，我們要買房子嘍。」

「聽好了，」梅根說，用手背一彈雪莉的手臂，「他們要買棟湖邊的房子。有錢要入袋嘍！」

「不，」我說，「不要麥氏豪宅[15]，小梅。那種房子很討厭。」

「好吧。那種房子的佣金還蠻好的耶。」她咬住下唇，彷彿在計算減掉六％的進帳是多少。

「算了啦，我們買不起那種房子。」

15 McMansions 指的是虛有其表的大坪數房子。

「安德魯跟我說，妳會得到他媽的一大筆財產，也跟我說到妳的分紅。相信我，妳絕對貸得到款。」

我搖搖頭。「分紅都直接進我的退休帳戶，要是敢動用，會被稅金害死。而且他忘了，我們還有小孩的未來要考慮。找個可愛的房子，有小後院，也許附近有公園的那種。」

她看著我的樣子彷彿我瘋了似的，可是最後終於點點頭。「絕對可以，交給我處理。」

「安德魯有這麼大的進步，真不可思議，」我繼續說，「一切逐漸到位了。我前幾天買了本《懷孕時期的點點滴滴》。想到很快就可以懷孕，真有趣，而且……」

「什麼時候舉行婚禮？」雪莉打岔。

我加快腳步，盯著人行道。雪莉很清楚，對我來說，最理想的狀況是先婚再孕。

「願望清單上沒提到結婚。」

「我不是在問那份清單的事。」

我終於頓住腳步，抹去眉梢的汗水。「老實說，小雪，我也不曉得。」

「妳必須跟安德魯說──」

我搖搖頭。「欸，人生沒有十全十美的。我們都只是在這趟人生旅程上盡力而為。承認吧，小梅，妳之所以跟吉米在一起，是因為妳怕窮。」

她拉長臉，但接著聳聳肩，

「妳說得沒錯，我基本上就是個妓女。可是我就是忍不住。我就是討厭工作嘛。」

「而且面對現實吧，小雪，妳辭掉工作之後就慘兮兮的。」我用手臂攬住她。

「老實說，我不清楚安德魯會不會娶我，可是其他事情，他都願意配合我，比方說生個寶寶。就目前來說，也許那就夠了。」

雪莉吸吸鼻子。「我過得很慘，有這麼明顯嗎？」

我露出笑容。「記得我在媽的葬禮摔下樓梯嗎？沒錯，我是喝茫了，可是我那時候就是想要把腳擠進尺寸不合的鞋子。我擔心妳硬要把自己擠進全職媽咪的框架裡，那種角色擺明就是不適合妳。」

她抬頭看我。「是嗎？唔，我才擔心妳硬要把自己擠進『安德魯』尺寸的框架裡咧，他明明跟妳不搭。」

一針見血。要是有種，我會直接承認自己也在擔心。我會坦承有時候安德魯很冷淡而我很寂寞。我忖度，明年九月以前，時間夠不夠讓我去認識別人，一個我能陷入愛河跟生寶寶的對象。可是當然不夠。我納悶，母親要是知道她的小計畫，反倒讓我前所未有地依賴安德魯時，會有什麼想法。

CHAPTER 11

我上工的頭幾天，時間在忙亂中朦朦朧朧過去了。星期三以來，我一直跟在伊芙．賽波德身邊實習，她六十幾歲了，等她認為我稍微可以勝任，就要從原本的職位退下。到目前為止，她都還沒提到離職日期。週五下午，我們坐在行政大樓三樓居家課輔辦公室裡。比起我在波林格化妝品的寬敞套房辦公室來說，這個水泥磚房感覺就像工友工具間。可是，窗景還不錯，可以俯瞰東三十五街，而且等我把母親的天竺葵盆栽放在窗檽上，整個地方幾乎活潑起來。

我坐在電腦桌細讀學生檔案，伊芙忙著清空自己的辦公桌。我對她說，「艾胥莉．狄克生這個案子感覺還蠻單純的，再過兩個星期的產假，她就要回學校去了。」

伊芙咯咯笑。「相信我，他們絕對沒有狀況單純這回事。」

我把艾胥莉的檔案擱到一邊，打開另一份檔案，這次是個六年級生。

「十一歲有心理疾病？」

「啊，彼得．麥德森。」伊芙從辦公桌抽出兩本筆記，塞進厚紙箱裡。「瘋頭瘋腦的。他的精神科醫生葛瑞特．泰勒醫師想跟妳談談。他從彼得的媽媽那裡拿到簽了名的同意書。」她指著潦草寫在資料夾頂端的電話號碼。「醫生的號碼就在那裡。」

我翻閱檔案，讀起彼得的精神科報告。課室內的侵略行為……學期中勒令退學。而我還在擔心破房子的事？「他怎麼回事？」

「『小屁群』，」她告訴我，「意思就是『小屁孩症候群』啦。」她從抽屜後側拉出一包壓扁的奶油夾心蛋糕，對著思索半晌，然後拋進金屬垃圾桶。「泰勒醫師把它叫做『行為障礙』，可是我又不是傻子。那小鬼就跟芝加哥這些區域的幾百個小孩一樣。沒有爸爸，有濫用藥物的家庭史，沒有受到足夠的注意，等等等等的。」

「可是他只是個小孩，應該去上學，他們不能剝奪他的受教權。」

「那就是妳要發揮功能的地方。一週提供他兩次的居家課輔服務，這樣他就算是受到教育了。根據伊利諾州第九零什麼法案。妳今晚下班以前一定要打給泰勒醫師。他會跟妳講細節。」

等我把七個學生的檔案資料讀完之後已經六點。伊芙一個鐘頭以前就離開了，帶走兩只塞滿東西的大箱子，從糖果盤到孫子的加框照片，應有盡有。我收攏自己的筆記跟皮包，突然急著想開始過週末。就在把燈關掉以前，想起應該打電話給彼得的精神科醫師。該死，我勉強走回辦公桌。週五的這個時候，他肯定下班了，可是如果快快留個語音訊息，我心裡比較過得去。

「我是葛瑞特．泰勒醫師。」接電話的是悅耳的男中音。

「噢……哈囉。我，呣，沒想到你會接電話，我本來打算留言給你。」

「再十分鐘，妳可能就得留言了。有什麼要我幫忙的？」

「我叫布芮特．波林格，新來的居家課輔老師。我就要跟彼得．麥德森合作了。」

「啊，是，布芮特，謝謝妳打電話來。」他咯咯笑。「妳本來想留言給我；我本來以為會是男性的聲音。」

我漾起笑容。「有意思，男性化的名字就是有這種陷阱。」

「我喜歡這個名字，海明威不是有個小說角色就叫布芮特？」

我往後靠著椅子，對他做了這個連結還蠻折服的。「對，《旭日東升》的布芮特．艾胥黎女士。我母親——」我意識到自己叨叨絮絮。精神科醫師對每個人都會發揮這種作用嗎？「抱歉，你就要下班了，我直接講重點。」

「慢慢來，我不趕。」

他講起話來語調友善又熟悉。我覺得自己好像在跟老友講話，而不是醫生。我抓來一張紙，提起筆。「我打來是要問彼得．麥德森這個學生的事，你能不能跟我談談他？」

我聽到像是泰勒醫師往後坐進椅子的聲響。「彼得是個非常特殊的男生，絕頂聰明，可是很會操縱別人。就我瞭解，他在教室造成了大破壞。校區希望能對他進行整套精神檢查跟診斷，所以來找我幫忙。我九月才開始跟他合作，所以我們兩個要一邊進行、一邊認識彼得。」

他跟我說起彼得在教室裡怎麼胡作非為，從霸凌患有腦性麻痺的同學、折磨全班共養的倉鼠，到偷剪同學的頭髮。

「他從別人的反應得到樂趣，他很愛折磨別人的情緒。事實上，這種狀況對他反倒有高度的激勵作用。」

戶外強風狂嘯，我用毛衣裹緊胸口。

「是什麼讓他變成這樣的？他受到虐待還是什麼嗎？」

「他母親的能力有限，不過似乎還算關心。家裡沒有父親，所以可能因為這點有情緒上的創傷。彼得的心理問題也有可能純粹是基因遺傳的不幸結果。」

「你是說他天生就這樣？」

「有可能。」

我在《懷孕時期的點點滴滴》讀過的內容完全沒談到這種事。我想像有一章以「不幸的基因遺傳」為標題。

「不過，妳會發現，只要彼得想要，也可以很有魅力。」

「真的嗎？比方說拿剪刀對付我的頭髮？」

他咯咯笑了。「我怕我嚇到妳了。妳不會有問題的，妳聽起來很能幹。」

呃喔，能幹到母親炒我魷魚。

「妳幫忙盯著那戶人家的動靜，會有非常大的幫助。我希望妳每次結束課輔，都打個電話給我。可以嗎？」

「可以，我辦得到。我跟伊芙預計星期一要跟他碰面。」除非我找得到藉口不去。

「我星期一最後一場諮商五點結束，妳能在那之後打電話給我嗎？」

「當然。」我說，可是幾乎沒把他的話聽進耳裡，每個腦細胞全神貫注在這件事上：三天之內，我就要去教未來的漢尼拔．萊克特[16]。

———

我週一早晨特別精心打扮，挑了海軍藍羊毛長褲，配上母親去年耶誕送我的石南灰喀什米爾毛衣。我今天不僅想讓新學生留下好印象，也希望跟凱莉碰面的時候，端出最好看的模樣。我前往辦公室的路上都在想她，希望工作順利進行、希望伊芙下班前不要嘮叨不停。我希望有充份的時間可以前往麥考密克展覽中心，在凱莉抵達以前，先找到凱悅飯店裡的那家餐廳。

我一到辦公室，才知道伊芙的閒聊是最微不足道的問題。我還沒打開電腦，我上司傑克森先生就來找我。

「伊芙今天打電話來，」他說，壯碩的體格塞滿了我辦公室的門口，「說家裡有急事，不會再來上班。可是她有信心妳應付得來，要我祝妳好運。」他對我短促點個頭。「祝妳好運。」

我從桌邊彈起身，桌子裂叉的邊緣勾住毛衣，還想說要留個好印象呢。「可是伊芙今天要把我介紹給學生，幫我抓住竅門。」

「我確定妳自己應付的來啦。妳開車還是搭公車？」

「我—我開車。」

「唔，那麼妳應該都準備好了。」他轉身要離開。

「記得要記下里程數。我們會提供交通補助，妳知道吧。」

交通補助？我才不在乎什麼里程數咧。我可是有生命危險耶！他越走越遠，我緊追在後。

「傑克森先生，等等。我們有個學生彼得．麥德森，感覺會很麻煩。我想我不應該單獨跟他見面。」

他一轉身，眉間的皺紋角度好像樹枝。「波林格小姐，我是很想提供保鏢給妳，可是很遺憾，我們單位的預算有限，所以沒辦法。」

我張嘴要抗議，但他已經大步走回自己的辦公室，留我一人啃著拇指指甲。

我今天的頭一位學生是阿米娜．艾多，住在南摩根的三年級生。我看到一間廢棄似的出租公寓，入口上方卻掛著阿米娜家的門牌號碼，心裡蠻震驚的。我放慢腳步，最後停下來。真的有人會住在這種地方嗎？有人推開裂紋處處的門，有個學步兒搖搖晃晃走出來，後頭有個女人嘰哩呱啦講手機，穿得彷彿要去泡夜店，顯然是這樣沒錯。

我沿著皸裂的人行道走著，想起自己在波林格化妝品公司的私人辦公室，裡面有綠意盎然的茂盛盆栽，小冰箱裡備有水果跟罐裝水。我的內心湧起一股熟悉的怒氣。母親為什麼要害我陷入這種困境？

我深吸一口氣，用外套袖子當墊布來扭門把。還沒踏進去以前，再四下張望一次，彷彿這

---

16 Hannibal Lecter 是美國驚悚電影《沉默的羔羊》（1991）裡的食人魔。

會是我人生在世的最後一瞥。

狹窄的走廊昏暗潮濕，散發髒尿布跟垃圾的氣味。我緩緩鑽過四處散落著食物空包裝袋跟菸屁股的走廊。震耳欲聾的饒舌歌從其中一戶傳出來，我發誓連地板都在抖動。請告訴我阿米娜的公寓不在這裡。

這層樓的公寓門號是兩位數。阿米娜住的是四號，一定是在地下室，心在胸口裡怦怦跳，我慢慢走下階梯；要是我在這個恐怖地方失蹤，有誰能夠找到我？這份該死的工作要撐多久，才能說服布萊德把這項目標從清單上劃掉？我決定再一個星期就好——頂多兩星期。一到感恩節，老娘我就不幹了。

我走到樓梯井底部，頂上有顆光裸的燈泡閃動不停，創造出亂光四射的效果。二號公寓關起的門後傳出淫言穢語，醜陋又下流，朝我撲襲而來。我僵住不動，正準備回頭衝上階梯，走道盡頭有扇門猛地打開。一個焦糖膚色、和善金眸的纖瘦女人出現了，絲質頭巾包住頭髮。

「我—我要找四號公寓，」我咬字清楚慢慢說，一面出示員工證件，「阿米娜·艾多，我是她老師。」

她面帶笑容，揮手要我進去。她隨手關上門，剛剛的吼叫跟臭氣都消失無蹤。小小公寓裡瀰漫著烤雞跟異國香料的氣味。我脫下鞋子時，她點點頭，帶我走進客廳，那裡有個小女孩靠在磨得光禿的沙發上休息，裹上石膏的腿用枕頭撐高。

「哈囉，阿米娜，我是布芮特小姐。我會妳在養病期間當妳的老師。」

她的深色眼眸仔細看著我。「妳好漂亮。」她以可愛的阿拉伯口音說。

我綻放笑容。「妳也是。」

她用破碎的英文告訴我，她冬天剛從索馬利亞搬來，說她有條腿太短，所以醫生幫忙做了治療。錯過課程讓她很難過。

我輕拍她的手。「我們一起努力，等妳回到學校，就可以立刻趕上同學的進度。我們從閱讀開始吧？」我從皮製提袋裡抽出閱讀文本，有個小男孩衝進房間，抓住母親棉料長袍的一角。

「哈囉，」我說，「你叫什麼名字？」他從母親的洋裝後面瞥著我，低聲說，「阿布杜卡迪。」

我把那個多音節的拗口名字重唸一遍。他笑出了酒窩。阿米娜跟母親咯咯笑，滿臉得意。

阿米娜撐坐在沙發床上，弟弟坐在母親的懷裡，我唸著不會哭的公主故事，他們三人全神貫注坐著，細看故事的圖片，停下來問問題，咯咯笑著啪啪鼓掌。

我在這裡，在屬於我自己的單房校舍！這一次，每個學生都急於學習。這就是身為人師的夢想，這就是我的夢想！

——

二十分鐘後，我開車穿過安格伍社區，努力把心思集中在珍妮佛．哈德森身上，她是我最愛的歌手之一，就在這區成長。我也盡量不去想她家人就在這裡遇害。我一陣哆嗦。我開到卡洛大道上的綠色大房子前方，房子看起來還算安全，我不禁鬆了口氣。可是前院那塊告示牌是怎麼回事？

很難相信懷孕三個月、苦於腎病的珊奇塔．貝爾是中學高年級生。這位看來是混血的女孩，嬌小的像十二歲似的。她無精打采的臉龐沒上彩妝，皮膚平滑如絲、散發光澤，就像拉長的太妃糖。可是讓我心碎的是她的榛果色雙眸，眼神疲憊有如老婦──見識過太多殘忍的世界。

「抱歉我遲到了，」我邊說邊脫外套跟手套，「我看到『約書亞之家』的告示，還以為跑錯地址，這是什麼樣的地方？」

「女街友的收容所。」她不帶感情地說。

我驚訝地盯著她看。「噢，珊奇塔，真遺憾。妳全家住這邊很久了嗎？」

「我家人不在這裡。」她邊說邊揉搓依然平坦的肚皮。

「老媽去年搬到底特律去了，可是我不肯住那邊，我寶寶才不要過那種生活。」

她並未明說**那種生活**是什麼樣子，我也沒問她。我咬唇點頭。

她防衛似地在胸前叉起手臂。「不用替我難過，我跟我寶寶都會好好的。」

「你們當然會好好的。」我很想把這個可憐的街友女孩摟進懷裡，可是我不敢。這個年輕女子顯然不大能接受安慰。「我也沒有父母了，很難熬吧？」

她不以為然挑了挑肩。「我本來希望我寶寶可以認識她把拔，不過已經不可能了。」

我還來不及回答，就有個矮個兒棕髮女子繞過轉角，攬著寶寶靠在臀上。

「嘿，珊奇塔，這是妳新老師喔？」這女人抓住我的手肘。

「我是瑪賽蒂，來吧，我跟珊奇塔帶妳參觀一下環境。」

瑪賽蒂領著我從實用型廚房到一塵不染的飯廳，珊奇塔一路都落在後面。有兩個女人正在飯廳桌上收摺洗好的衣物，另外有兩個坐在客廳的老電視前面看《估價達人》[17]。

「這裡不錯耶。」我說著便回頭望向珊奇塔。她把頭別開。

「總共有九個臥房。」瑪賽蒂告訴我，語氣微微得意。

我們在辦公室門外停步，有個威風凜凜的黑人女性坐在辦公桌後，在計算機上按數字。

「這是我們的主任瓊．安德生，」瑪賽蒂敲敲開著的門，「瓊小姐，來見見珊奇塔的老師吧。」

瓊小姐抬起下巴，把我整個人打量一遍之後，垂下視線，看著計算機繼續敲數字。

「哈囉。」她咕噥。

「嗨，」我身體前傾伸出手，「我是布芮特．波林格，珊奇塔休學期間，我會幫她上課。」

「珊奇塔，」她頭也不抬就說，「今天記得去領處方箋的藥，別忘了。」

我放下手臂，垂在身側。珊奇塔尷尬地瞥我一眼。「呃，好，晚點見，瓊小姐。」

我們登上階梯，珊奇塔搶先一步走在我跟瑪賽蒂前面。

「瓊小姐很酷，」瑪賽蒂說，「她不大信任白人。」

「哎唷唷，真是想不到啊。」瑪賽蒂噗哧一笑。

17 The Price is Right 是美國電視競猜節目，自一九七二年開播至今。

「妳很好玩耶。妳跟珊奇塔會處得很好的，對吧，小珊？」珊奇塔沒回應。

我們抵達樓梯頂端的時候，我跟瑪賽蒂還在閒聊。我抬頭看到珊奇塔站在臥房門口，手指敲著叉在胸前的另一隻手臂。

「謝謝你們帶我參觀。」我跟瑪賽蒂說，然後連忙走進那間臥室。

老舊床頭桌將兩張單人床隔開，床上鋪著褪色的藍色床罩。兩個互不搭調的五斗櫃各據俯瞰街道的窗戶兩側。珊奇塔往床上一坐。「我們可以在這邊上課，夏朵奈上班去了。」

那裡沒有椅子，所以我就往她身邊的床上一坐，小心不要盯著她積水腫脹的雙手跟浮脹的眼皮，或是手臂跟雙手上彷彿刮傷的一片片粉紅肌膚。

「妳喜歡這邊嗎？」我邊問邊從背袋裡拿出她的資料夾。

「很好啊，沒有太多風波。我之前待的地方沒有規則。我的皮包在那邊被偷了，而且有個瘋瘋癲癲的女士認為我故意找她碴，還想跟我幹架。」

「噢我的天，妳受傷了嗎？」

「我才不在乎自己，只是擔心我寶貝，所以那個時候就過來這邊。」

「我很高興妳現在的地方很安全。妳感覺怎樣？」

她聳聳肩。「還好吧，只是會累。」

「好好保重，有什麼我可以幫忙的，就告訴我。」

「只要幫我拿到證書就好，一定要讓我寶寶知道她媽咪很聰明。」

她說得好像以後沒機會親口跟寶寶說似的。我納悶這女孩到底病得多重。「一言為定。」我說著便從提袋抽出化學課本。

一個小時過後，我不得不勉強自己離開珊奇塔。我可以一整天都教這個孩子。化學對她來說特別困難，可是她仔細聽我說明，經過不斷嘗試之後終於做對了題目。

「我的理科通常很爛，可是今天我真的弄懂了。」

她沒把自己的成功歸功於我，她也沒必要這樣就是了。不過，我差點得意到爆。

「妳很用功，」我說，把她的資料夾收進提袋，「而且是個聰明的女孩。」

她細細瞅著自己的指甲。「妳什麼時候會再來？」

我打開行事曆。「唔，妳什麼時候想再見我？」

她聳聳肩。「明天？」

「妳明天就可以把功課做完了嗎？」

她的眼神一冷，啪地闔上化學課本。「算了，我知道妳一週只能見我兩次。」

「我看看。」我邊說邊端詳月曆，明天唯一還沒排工作的時段，是中午用來吃午餐跟處理文書作業的一個鐘頭。「我中午可以過來，妳行嗎？」

「嗯，中午可以。」她沒露出笑容，也沒跟我道謝。不過，我離開的時候心暖暖的。

我前往溫沃斯街的路上，打電話給布萊德，留了訊息給他。「這份工作簡直是為我量身打

造的，布萊德！我要去彼得家了，祝我好運吧。」

我抵達的時候，身形臃腫的女人來開門，電話貼在耳邊、指間夾著香菸。這一定是彼得的母親歐藤。她身穿印著海綿寶寶圖案的鬆垮棉衫。我對著那個異想天開的角色微笑，但她只是用力把頭一點，我想就是叫我進去的訊號。

菸味跟貓尿的臭氣差點薰得我沒法呼吸。這房間悶不通風，觀景窗釘了條黑毛毯，把可以穿透的任何自然光都阻擋在外。我可以看出牆壁上有幅裝框的耶穌像，他露出懇求的眼神，沾血手掌往外攤開。

歐藤啪地合起手機，轉身向我。「妳是彼得的老師？」

「對，嗨，我是布芮特．波林格。」我拿出證件照片，但她根本懶得看。

「彼得！給我出來！」

我緊張地微笑，調整肩上的提袋。歐藤握拳搭在臂上。「該死，彼得，我說給我出來，馬上！」她快步衝過走廊，我聽到她猛搥一扇門。「你的老師來了，在我還沒把該死的門撞破以前，快給我滾出來！」

彼得顯然不想見我。那場謾罵繼續下去，我往走廊踏一步。「欸，」我說，「我還是下次再來好了……」

突然，房門猛地打開。昏暗的走廊盡頭，有個身影逐漸浮現，是個壯碩的男生，滿頭棕色亂髮、下巴冒了點細鬚，笨重地朝我緩緩走來。我直覺往後退開一步。

「嗨，彼得，」我抖著聲音說，「我是布芮特小姐。」

他幽幽從我身邊走過。「廢話。」

跟彼得上課一個小時，感覺更像三個鐘頭。我們坐在麥德森家黏呼呼的廚房餐桌邊，但他怎麼都不肯正眼看我。我們可以聽到歐藤在電話上對著某個叫布莉特妮的人哈哈大笑。她粗啞的聲音跟我一爭高下，我大聲說出指示，決心打贏這場競賽。彼得只是發出嘟噥，彷彿我是他被迫忍受的超級討厭鬼。偶爾從他口中得到簡潔的一字回答時，我就覺得自己很幸運。這堂課上完，我對布莉特妮的認識比對彼得還多。

剛剛飄下的落雪覆蓋了這座多風的城市，有如蒙上一層白霜，整個區域的交通慢到像用爬的。我吃力地爬上樓梯，打開辦公室門鎖時，已經將近五點。我把燈光打開，瞥見桌上的花瓶插了美妙的蘭花。安德魯真是體貼。我急忙撕開卡片的信封。

恭喜妳找到新工作，布芮特。

我們都替妳雀躍。

祝福滿滿，

凱瑟琳跟裘德

我在想什麼啊？安德魯從來就不是愛送花那種人。我把卡片塞回信封，提醒自己記得邀請凱瑟琳跟裘德來吃感恩節晚餐。

辦公室電話閃著紅燈，我拿起話筒查詢留言。

「哈囉，布芮特，我是葛瑞特．泰勒。我只是有點焦慮，想知道妳今天跟彼得進行得如何。我四點的約診臨時取消了，所以只要妳有空都可以打來。」

我撥他的號碼，才響一聲他就接起來。「哈囉，泰勒醫師。我是布芮特．波林格。」

我聽到他嘆口氣，像是如釋重負而不是心煩。「嗨，布芮特，」他說，「我是葛瑞特——不用叫我醫生。」我喜歡他不拘小節的語氣，彷彿我們是同事。

「今天一切順利嗎？」

「我的頭髮還在，所以我想算成功吧。」

他笑了。「真是好消息。所以他沒那麼糟囉？」

「噢，不，他是個百分百的混蛋沒錯。」我猛地用手摀住嘴巴，臉頰熱燙起來。「真抱歉，剛說那種話真不專業，我不是故意要——」

泰勒醫師笑了。「沒關係，我同意他有時候有點可惡沒錯。可是也許，只是也許，我們可以幫忙這個小混蛋發展出一點社交技巧。」

我跟他說起彼得拖拖拉拉不想離開房間的事。

「可是他聽到妳說要離開，最後還是出來了。那種反應還蠻正面的。表示他想要認識妳。」

從我離開彼得的家開始，就籠罩著心頭的烏雲終於散去。彼得的事情我們又討論了十分鐘，接著對話就轉向個人話題。

「妳接下居家課輔的工作以前是學校老師嗎？」

「不是耶，我在課堂上的表現糟糕透了。」

「不會吧。」

「相信我。」我往後一靠，把腳跨在桌上。不經意地說起了到道格拉斯奇斯小學代課那天的故事，為了娛樂效果而加油添醋一番。聽到他對著我的故事哈哈大笑，讓人有種解放感，就像一顆鉛製氣球奇蹟似地往上升騰、緩緩飄入穹蒼。我猜要是到他的辦公室就診，這個鐘頭得花我好幾百塊美金。

「抱歉，」我說，突然很難為情，「我浪費到你的時間。」

「完全不會，我看完最後一個病人了，而且我聊得很高興。所以，雖然妳擔任代課老師那天很不順利，可是妳知道自己有教書的熱情。」

「老實說，堅持說我有這種熱情的是我母親。她九月過世了，留下指示要我再試一回。」

「啊，她知道教書很適合妳。」

我漾起微笑。「我想是吧。」

「我對妳這個職業抱有很高的敬意。我兩個姊姊都是退休教師，我母親也教過一小段時間。不管妳信不信，她還真的在只有單間教室的校舍教過書。」

「真的嗎？什麼時候的事？」

「一九四〇年代吧。可是她一懷孕，校方就要她辭職。那個時代都是這樣。」

我厚顏無恥地快快做了心算。他大姊在四〇年代出生……那他少說也快六十歲了。

「真不公平。」我說。

「是不公平，不過我覺得她沒有後悔過。她就像那時代大多女性，後半生都是家庭主婦。」

「你怎麼會選這個職業？」

「我的故事跟妳的有點不一樣。我父親是醫生——心臟外科醫師。他只有我一個兒子，所以期待我跟隨他的腳步去讀醫學院，最後就可以當他的接班人。可是在上醫學院跟實習之間，我意識到自己渴望跟病人建立關係。到各科輪值的時候，總是會發生同樣的問題。『泰勒，』指導我的主治醫師會說，『跟病人聊天是賺不了錢的。查出病情之後，就閉上你的鳥嘴。』」

我笑了。「真可惜，我很希望有更多醫師能表現出關心的樣子。」

「他們也不是不關心，只是醫療已經變成某種生產線了。醫生有二十分鐘可以診斷出病人的狀況，然後就要請病人出去。病人要不是拿著處方箋，不然就是要做進一步檢驗的轉診單。然後就輪到下一個病人，接著又下一個。這不是我的風格。」

「唔，就我的感覺，你選對了專科。」

我們最後在六點半的時候掛掉電話，我跟個曬太陽的貓一樣放鬆。彼得會挑戰我，這點很肯定。可是我現在有盟友了，就是葛瑞特。

照明昏暗的停車場上只剩我那輛車。我沒有刮冰刷，就直接用連指手套把積雪從擋風玻璃上刮掉。可是積雪下面還躲了層冰，厚到沒辦法用手敲破。

我坐在車裡，把除霜器開到最大時，瞥見手機正閃著紅光。有四則簡訊：一則是小梅、一則是雪莉、兩則是布萊德寄來的。每一則簡訊都跟其他的類似。妳今天過得怎樣？那個瘋小鬼如何？每一則我都速速回覆了，感覺喉嚨堵堵的，直到幾乎無法吞嚥。我揉了揉喉嚨，讓它鬆開，勉強換過氣來。

沒有安德魯的消息，連一則簡單的妳還好嗎？都沒有。

開車回家的這趟路程就像在跑障礙賽。汽車駕駛都還沒適應冬天的路況，每隔一兩個街區，我就必須急轉繞開擦撞現場，或是原地折返以便躲開動彈不得的車陣。好不容易在八點二十，把車開進了停車區。停車熄火的時候，儀表板上的日期抓住了我的視線。我轉動鑰匙，儀表板再次亮起。十一月十四日。

「靠！」我用拳頭猛捶方向盤。「靠！靠！靠！靠！靠！」

十一月十四日，我跟凱莉・紐森有約。

CHAPTER 12

我打電話到凱莉的飯店房間時，她度量真大，我很想直接開回麥考密克展覽中心去找她。「絕對不要，」她說，「我一直在聽新聞，外頭的交通狀況好像很恐怖。我本來還擔心妳出了意外。」

我搖搖頭。「我幾乎希望自己是出意外了，至少這樣就有個好理由。」

她笑了，跟年少時代一樣友善自在的笑聲。「完全不用擔心，我在餐廳那裡喝了杯好酒，跟天堂一樣享受。」

「我平常做事更有條理，才接了新工作不久……」我越說越小聲，不想坦承她獨自坐在飯店餐廳時，我正在跟學生的精神醫師大聊特聊。「真抱歉，」我深吸一口氣，「為了所有的事情，凱莉。」

「不用放在心上啦，跟我講講妳的新工作。」

我的心跳加速，可是非得這麼做不可。「妳來我家的那一次，我表現得好爛，我從沒原諒自己。妳信任我，我卻讓妳失望了，甚至沒回妳的信。」

她笑了。「什麼？布芮特，都好多年前的事了！我們當時都還小。」

「才不呢，我覺得好丟臉。那段時間妳一定很困惑，我應該陪在妳身邊的。」

「說真的，布芮特，我懂。當然，我當時受傷了，可是也走出來了。我真不敢相信妳這些年來都這樣折磨自己。」

「我當初應該馬上回信，乞求妳的原諒。我真是膽小鬼。」

「停。我好多年前就原諒妳了。」她笑著。「現在可不可以請妳原諒妳自己？」

「好吧，」我說，「可是還有件事應該讓妳知道。」

我把過了這麼多年才想聯絡她的原始動機說出來。「所以妳看，一開始是老媽的指令，可是一等我找到妳，我才意識到自己有多麼想念妳。」

她默默不語，我以為她就要開口指責我。「妳母親真有智慧，」她終於說，「我真希望可以親自謝謝她。」

我的心感覺比起過去幾年都輕盈。直到現在，我才瞭解自己的心背負著多深的羞愧感。我揩揩眼角，露出笑容。「所以，把這十八年我錯過的事情，全都告訴我吧。」

她跟我提到自己一生的摯愛：她八年以來的伴侶史黛拉．麥爾斯，還有她們共同領養的三個孩子。我突然覺得凱莉的生活風格——我曾經覺得不正常又怪異的——比我的生活來得傳統許多。

「我真替妳高興，」我說，「還有妳爸媽，他們都好嗎？」

「跟以前一樣瘋狂跟討人喜歡。嘿，記得他們每年一度的耶誕早午餐嗎？」

「當然記得，是我吃過最棒的早午餐。」

「這個傳統他們還繼續維持喔。我在想，如果妳有空，應該跟男朋友一起過來。今年訂在十一號星期天。開車到麥迪遜才兩個小時。」

回憶如洪水湧來，紐森先生踩著勃肯涼鞋，一手拿著威士忌、一手拿著錄影機。凱莉的母親撥動吉他，彈奏耶誕歌曲跟老民謠。

「我跟史黛拉講了好多妳的事，妳會很愛她的，布芮特。她也是老師。而且我爸媽看到妳一定很興奮。我爸有好多以前替我們拍的精彩影片。他一直很喜歡妳——還有妳媽。拜託，說妳會來。」

我突然好懷念我的老友，要我開車橫跨全國去見她，我都願意。我用肩膀夾著手機，抓起行事曆。「好，」我咧嘴笑著說，「我用大寫字母記在月曆上了。這一次，凱凱熊，我會陪在妳身邊。我保證。」

——

我在擬感恩節晚餐的菜單，寫著寫著就趴在廚房桌上睡著了。安德魯下班回家，在廚房找到我。

「嘿，」他邊說邊輕推我的手臂。「該上床了，睡蟲。」

我把嘴邊的一絲口水抹掉。「幾點了？」

「才十點十五，妳一定累壞了，上床去睡吧。」

我推桌挺起趴在桌上的身子，看到還沒擬完的菜單。「我今年想過感恩節，」我說，「在我母親家，我要做她的那些傳統菜餚，你覺得怎樣？」

「隨你高興。裘德跟凱瑟琳到時不在，我跟妳說過吧？」

我皺起眉。「沒有，我不知道。」

他打開冰箱。「裘德前幾天留了訊息。他們要去倫敦，看來是要出差。」

「感恩節的時候？太扯了。我會打電話給凱瑟琳，看看他們能不能避開。」

他拿了塊乳酪跟一罐海尼根。「妳真的認為他們會為了一頓火雞晚餐放棄倫敦？」

寂寞感一時襲來，讓我措手不及。我原本以為母親過世之後的第一次節慶，大家會一起過節，彼此扶持打氣。可是，事實上唯一需要打氣的，搞不好只有我。我嘆口氣。

「你說得對，我想可能就只有我們跟傑、雪莉，還有小朋友。」我開心起來，轉身面對安德魯。「嘿，我們邀你爸媽過來吧。你想他們會來嗎？」

「不可能，對他們來說太奔波了。」

「波士頓又沒那麼遠。」

「還是很麻煩啊。」他用臀部用力關上冰箱門，從抽屜抽了把刀。

我盯著他。「我們以後也會有這麼一天嗎？等孩子們都長大了，邀我們去過感恩節，你也會覺得很麻煩嗎？」

他切下一塊 Asiago 乳酪，拋進嘴裡。「孩子們？」他挑著一邊眉毛問，「我以為妳說一定要有『一個』孩子而已。單數。」

「隨便，你懂我意思。」

他大口灌下啤酒，嚥下乳酪。「要是我們有一個孩子，我想妳每個節慶都會想跟他一起過，那也無所謂。」

我嘴裡溢滿苦澀的滋味。我不想聽下一個問題的答案，可是非問不可。「那你呢？你會想花時間在我們自家人身上嗎？」

「老天！」他把啤酒瓶用力放在花崗岩的流理台上。啤酒跟他的脾氣一樣爆溢出來。「我願意生一個孩子還不夠，不，妳還希望我當天才老爹克里夫·賀克斯特柏[18]。」他搖搖頭，再次開口的時候，降低了音量，我知道他正努力克制自己的挫折感。「布芮特，為了實現這個該死的童話故事，我得全盤改變自己的人生方向，即使都這樣了，我還是不合格。」

「對不起。我很感激你一切的努力，真的。」我下巴開始顫抖，舉手摀住。「這不是你想要的，我知道。」

不安的沉默彷如臭氣，瀰漫整個空間。他拿起啤酒瓶，細細瞅著。最後，用一手揉過臉龐。「這件事可不可以改天再談？今天已經夠難熬了。」

我點點頭，可是知道**改天**一定要快點到。我期待他支持我的夢想，而他期待我支持他的夢想，這兩件事的自私程度不相上下。

——

星期五下午，我知道彼得很容易就能操控我的情緒，所以刻意把他的課輔排在最後。歐藤要我到廚房去，彼得就坐在丟滿東西的桌邊。雖然他現在毫無抗拒就會從房間出來，不過還是很粗魯陰鬱，跟他母親孿像的。今天，她坐在客廳裡，用莫瑞．波維奇[19]的聲音跟菸味灌滿了我們整堂課。

我在提袋裡翻找，拿出代數課本。「我們今天只要上數學，彼得。大部分的六年級生不上代數。在數學這科可以分到資優班，你應該覺得很光榮。」

我把課本翻到多項式那章。「嗯，奇佛太太要我們今天先複習多項式除法。我們來看看第一題。你可以試做給我看嗎？」

他細讀眼前這一頁，蹙起眉頭、搔抓腦袋。「太難了，」他把課本推向我，「做給我看。」

我知道自己上當了。奇佛太太向我保證，彼得輕鬆就能做完這份作業。可是我找出自己的鉛筆跟紙張。「我好久沒做多項式了。」我把題目抄寫下來，暗自痛罵自己沒先預習這一課。

不久，我從提袋撈出計算機，輸進數字，在紙上草草寫下個位數字，消掉，又敲進更多數字，然後又消掉。彼得一直掛著自鳴得意的笑容看著我。

18 Cliff Huxtable 是美國一九八四到一九九二年播出的熱門電視喜劇《天才老爹》（The Cosby Show）裡的父親角色，深具幽默感且對兒女教養有獨到見解。

19 Maury Povich 是美國知名的脫口秀主持人。

五分鐘過後，我算出答案——還有興高采烈的成就感。我把額頭上的瀏海吹開，笑容滿面轉向他。

「算出來嘍，答案是 3y 除以 8x 的負四次方。」我把那張紙放在他面前。「現在我來解釋怎麼算出答案。」

他輕蔑地看著我的演算，彷彿是個傲慢的教授。「妳有沒有負轉正？」

我的臉一燙，細看自己的演算。「負轉正……你的意思是……我有沒有……？」

彼得嘆口氣。「找出多項式的商，要把負的數字轉正。負的分子會變成正的分母。這種事妳知道吧？正確的答案是 3y 除以 8x 的八次方。」

我把手肘倚在桌上，按摩太陽穴。「對，當然，你說的完全對。算你厲害，彼得。」

他慢吞吞又有條不紊地搔著左手臂，我感覺他一直盯著我看，最後我終於轉頭看他。

「討厭好癢[20]。」他說，跟我四目交接。

他說的其實是笨賤人。

——

當我開車離開那棟白色老房子，天空暗成了煙灰色。越過幾個街區之後，我把車停在冷清的遊樂場上，從皮包抽出手機。

「哈囉，醫—葛瑞特，我是布芮特。」

「嘿，我正好想到妳，今天狀況怎樣？」

我把頭往後倚在頭靠上。「我才剛剛輸掉了『你比七年級還聰明嗎？』的比賽。」

他笑了。「妳面對的可是六年級生啊，」他提醒我，「別太自大了。」

儘管課上得很糟，我還是大笑出聲。接著我放下自尊，跟他說了那堂課——我的數學課。

「他問我有沒有把負轉正，我還一副那種咦？轉什麼？的樣子看著他。」

他哈哈狂笑。「我也有過這種經驗。小孩表現得比大人聰明的時候，會讓人謙卑起來。」

「對啊，彼得可能以為我是學校自助餐廳負責分菜的太太，認為學校付不起錢請真正的老師。」

「妳是這學校可以派來的最好人選了，我很肯定。」

我的心快樂地跳著舞。「我覺得他有你這個醫生，是很幸運的事。想聽我出醜故事的第二部分嗎？」

「當然要。」

我跟他說了彼得抓癢動作跟無禮的評論。「很明顯，他就是在罵我蠢賤人。」

「很明顯，妳的看法恐怕距離真相十萬八千里。」

我漾起笑容。「嗯，唔，你又沒見過我。」

他咯咯笑了。「可是我希望找天跟妳碰面。等我見到妳，我確定自己的直覺會得到證實。」

---

20 stupid itch 跟 stupid bitch（笨賤人）只差一個字母。

本來過得很爛的這天，頓時好轉一百倍。「謝了，你人好好喔。」

「嗯，唔，妳又沒見過我。」

我們一起笑了。「好了，」他說，「我最好別再巴著妳不放，現在已經正式進入週末時間。」

一陣悲傷突然湧上來。我想跟他說沒關係，說我寧可坐在冰冷的車子裡跟他閒扯，也不要回空蕩蕩的公寓去，但我還是說了再見。

——

小小雪花在冷冽的十一月空氣中飛掠飄移。森林大道兩側的櫟木光禿禿的，細長的枝椏朝著彼此伸展，彷彿苦苦懇求的戀人。夏季修剪整齊的草坪就藏在覆雪下方，不過每條車道跟人行道的積雪都清得一乾二淨。幾週以前，我曾經佩服地望著這棟氣派的都鐸式磚造建築。可是今天，這種走田園風的艾文斯頓社區，跟我學生居住的南區街道，兩者的對比強烈到讓我忐忑。

傑跟崔佛正在後院堆雪人，我跟雪莉坐在她的廚房桌邊，用卡本內紅酒跟布里乳酪當點心。「這個乳酪真可口。」我說著便又切一塊。

「是有機的喔。」雪莉說。

「呃，我以為乳酪都是有機的。」

「不是喔，這些牛是草飼牛。這是我從媽咪小圈圈聽來的。」

「看吧，妳還覺得在家相夫教子沒什麼心理刺激。」

她翻翻白眼，替自己又倒了杯紅酒。「我就是沒辦法融進這些女人當中。她們開口閉口都是小孩，這點是很好沒錯，誰能怪她們？可是拜託！我問一個女人平常喜歡讀什麼，她還滿臉正經跟我說蘇斯博士[21]。」

我哈哈大笑。「噢，對啦，《火腿加綠蛋》最引人入勝了。」

雪莉哀嘆。「還有《荷頓奇遇記》的情節大逆轉——超級棒！」

我們笑得彎下腰——雪莉的大笑最後成了啜泣。「我愛我的孩子，」她邊說邊抹臉頰，「可是——」

後門突然推開，崔佛衝進廚房。「雪人堆好了，布『威』特姑姑。」

雪莉猛地轉身。「是布芮特啦，」她厲聲說，「是R的音，你聽不出來嗎？」

崔佛的臉一垮，回頭又衝到屋外。我轉向她。

「雪莉！崔佛才三歲，不會發R的音本來就很正常，妳明明知道。妳是語言治療師耶。」

「以前是，」她說，在椅子上彎腰駝背，「現在我什麼都不是了。」

「才怪，妳是個母親，最重要的——」

「我當媽也當得很差勁。天啊，看看我剛剛那樣吼崔佛。」她抱緊腦袋。「我在這裡快發瘋了。我知道能陪孩子待在家裡，應該心存感激，可是如果再去參加一次玩伴之約，我發誓我會失控。」

---

21 Dr. Seuss是美國知名的童書作家與漫畫家，《火腿加綠蛋》、《荷頓奇遇記》都是他的經典作品。

「回去上班吧。」我柔聲說。

她揉揉太陽穴。「而且妳哥對我也越來越沒興趣了。」

「什麼?不可能啦。」

她又切了一片乳酪,瞪著它片刻,然後用力放回盤子。「我再也沒有事情可以分享,無趣又疲憊,況且還是個爛媽媽。」

「回去上班吧。」

「才幾個月,我先好好試過再說吧。」

「那麼也許你們兩個需要出門散散心——不帶孩子去。到什麼熱帶島嶼去吧,暢飲插著小雨傘的雞尾酒,盡情享受日光浴。」

她抬起雙臂,往下瞅著自己的身體。「噢當然。最好把這個身體塞進泳裝,我就會馬上開心起來啦。」

我把頭別開。可憐的雪莉,感覺自己的智商縮水,屁股的面積卻持續擴張,還有什麼比這種感覺更糟的?「好吧,那別去加勒比海。紐約或多倫多呢?去看幾場秀,逛街購物,不間斷地享受性愛。」

她終於咧嘴笑了,走到流理台那裡,把月曆拿回來。「也許我們二月可以到哪裡慶祝我的生日。找個不一樣又有趣的地方,比方說紐奧良。」

「太好了。擬個計畫。噢,妳的月曆倒是提醒我,我想說大家可以一起到媽媽家過感恩節,這樣可以有點那種她陪在我們身邊的感覺。」

雪莉挑起眉毛。「所以妳已經原諒她了？」

「沒有，一想到她隱瞞我的真實身世，我還是氣得熱血沸騰。」我搖搖頭。「可是她是我們的母親，我希望大家在過節的時候，把她也加進來。」

她咬著嘴唇。「我一直想告訴妳，派蒂邀我們去達拉斯。」

我的心陡然一沉，但我什麼都沒說。

「我三年沒跟我家人一起過感恩節了，布芮特。別讓我覺得愧疚。」

我搖搖頭。「抱歉，妳當然應該去，只是我會想念妳而已。」

她輕拍我的手。「妳有安德魯陪啊，加上凱瑟琳跟裘德，也會蠻好玩的吧？」

「其實，裘德跟……」我打住了。雪莉最不需要的，就是背負更多愧疚感。

「妳說得對，會很好玩。」

CHAPTER

13

感恩節前一晚，我跟安德魯把新鮮火雞、三片電影光碟、兩瓶酒跟安德魯的手提電腦搬到車上。我事前已經把我們需要的其他東西，都先放到媽的廚房裡了。可是一等我們把車開出車庫，車子就在冰上打滑，差點撞上對街的路緣石。

「老天！」安德魯抓緊方向盤，控制住車子。「我不懂妳為什麼堅持非到妳母親家舉行不可。在這邊舉行輕鬆多了。」

這邊？安德魯從來不把這公寓叫做**我們的**家或**我們的**地方。技術上來說，他也不應該這麼叫就是了。這不是我們的家，而是他的。這就可以解釋我為何堅持要到老媽的褐石屋舉行晚餐聚會，那是近來我唯一覺得像家的地方。

我們耗了快三十分鐘才走完三英里的艱困路程，隨著每分鐘過去，安德魯的火氣就越大。

「雨都結冰了，天氣只會變得更壞，我們回頭吧。」

「我今天晚上就得先做準備，食材都在老媽家。」

他壓低嗓子咒罵。

「就快到了啦，」我說，「如果到時困在老媽的家，會超級好玩的。可以在壁爐烤棉花糖、打打牌或是玩字謎遊戲……」

他依然緊盯著馬路。「妳忘了，我們當中可是有人得上班。」他看也沒看我，就用手扣住我的腿。「妳跟凱瑟琳談過了沒？」

我的胃一糾，每次他提到要來波林格化妝品工作，我就會有這種反應。

「她在倫敦，記得吧？」

「他們昨天才離開的。妳星期一沒打給她嗎？」

「出遠門的事讓她忙到昏頭。」

他點點頭。「那妳下星期會跟她談談吧？」

母親的家有如暴風雨中的燈塔，在前方進入視線範圍。

安德魯把車停在路邊。我嘆口氣，用力把車門推開。「啊，終於到了。」

我抓起裝著雜貨的袋子，費勁登上前廊階梯，祈禱剛剛那個尚未回答的問題不會跟著我們進到屋裡。

———

等我弄好蔓越莓醬，將胡桃派滑進烤箱，屋裡聞起來幾乎就像母親還住在這裡的時候。我把圍裙抛在吧台凳子上，漫步走進客廳。喇叭放送著邁爾士．戴維斯的爵士樂，爐火加上母親的威尼斯玻璃燈，室內散發著琥珀色的光。我悄悄走到安德魯的身邊，他捧著手提電腦坐在沙發上。

「你在忙什麼？」
「只是在看房市有沒有什麼新物件。」
我的胸口一緊，又是房子的事。我看到他用來搜尋的房價範圍，差點倒抽一口氣。
我把腦袋靠在他的肩上，盯著螢幕看。「可惜那間公寓的貸款額超過房屋市值。」
「梅根根本不懂自己在說什麼。」
「可是，我們可能應該先找坪數小一點的，就是把我們的存款湊起來就買得起的那種。」
「我以前都不知道妳這麼沒膽。老天，妳就快繼承一大筆財產了耶。」
我的胃部糾緊。雖然很想逃避，但該要提出那個在心中延燒幾星期的問題了。
「要是沒有遺產呢？安德魯？你還會願意幫我一起完成清單嗎？」
他仰首拉長了臉。「這是什麼試煉嗎？」
「我有可能拿不到，你知道吧。因為母親神秘兮兮的，所以我不曉得父親人在哪，也可能懷不了孕。」
他把注意力轉回手提電腦。「那我們就上法院打官司嘛，而且肯定會贏。」
停。那樣已經夠好了。如果妳一直煩他，只是會惹他生氣。
「你願意幫我，」我說，心咚咚撞著胸口，「跟錢沒有關係嘍？」
他的雙眼噴出怒火。「妳以為我貪圖妳的錢？天啊，我幾乎是哀求妳給個飯碗，而且妳都還沒說妳肯幫忙！妳要求的事我照單全收，布芮特。妳要養狗、找教職，每個該死的要求，我都同意了。我只求一件事作為回報：就是家族事業裡的一份差事，還有合乎工作水準的薪水。」

那總共是兩件事耶，我暗想。可是安德魯說得對，不管勉不勉強，我要求的每件事，他都依樣配合了。為什麼我還不滿足？

「這件事蠻棘手的，」我邊說邊抓住他的手，「媽不喜歡這個作法，而她在生意上很少做出不好的抉擇。」

他把手從我的手中猛力抽走。「難道永遠都要讓妳母親支配我們的生活嗎？」我的手指把弄著項鍊。「不……不是。最後的決定權在凱瑟琳的手上。」

「狗屁，妳明明有權可以讓我加入公司，妳很清楚。」他氣呼呼看著我。

「我幫妳追求妳的目標，我必須知道妳也會幫我達成我的目標。」

我把頭撇開，他有這種反應也不算不講理。要是可以乾脆答應他，該有多麼輕鬆。我星期一可以打電話給凱瑟琳，一、兩個星期之內，她就會在公司裡找個職位給他。畢竟他是律師，可以輕鬆融入我們的法律團隊、金融部門，甚至是人力資源部。我手上握有力量，可以改變今晚的醜陋氣氛，只要一句簡單的聲明——好，我會幫忙。

「不行，」我柔聲說，「我幫不了你，這件事我覺得違反媽的意思並不好。」

他從沙發上起身。我朝他伸手，可是他猛然閃開，彷彿我的碰觸會灼傷他。「妳以前很好相處、很討人喜歡。可是妳變了，已經不是我當初愛上的那個女生。」

他說得沒錯，我不是。我抹去頰上的一滴淚。「抱歉，我不是故意要毀掉一切的。」

他沿著客廳長邊踱步，一手掃過頭髮。我知道這種表情，他要做決定了。他要決定我還算不算是他人生的一部份。我整個人好像失能似的，只能眼巴巴站著看他，不能言語，也幾乎無法呼吸。他終於在凸窗前方停住腳步，背對著我，雙肩下垂，彷彿巨大的張力剛剛離開了身體。他轉身向我。

「毀掉一切？妳剛剛毀掉的，是妳自己的人生，寶貝。」

——

今晚睡在母親的床鋪上似乎等於背叛了自己，畢竟她是我的敵人。因為她，我丟了工作、住家跟所有希望。沒錯，安德魯是很難搞——有時候甚至很混蛋——可是他是屬於我的混蛋，沒有了他，我永遠都懷不了孕。

我拖著被子到樓下，把它抬上沙發，片刻之後才適應街燈投來的環境光。我的視線越過客廳，對上母親的目光。那張照片是兩年前在某個頒獎典禮上拍的，當時她獲選為芝加哥年度女企業家。斑白的頭髮剪成她的招牌髮型，就是有層次感的孩子氣短髮，我以前總是說只有她跟荷莉．貝瑞[22]適合這種髮型。沒錯，她非常耀眼，顴骨很高、橄欖色肌膚毫無瑕疵。可是除了外表的美麗之外，我總覺得這張照片捕捉了母親的神韻、智慧跟安詳。我起身越過客廳，抓起照片，用力擺在沙發前的矮桌上。我躲回棉被底下瞪著她。

「妳打算毀掉我的人生嗎？媽？這就是妳想要的嗎？」

她的綠眸看穿了我的雙眼。

我把照片拿近一點，怒瞪著她。「妳到底是誰？妳不只騙了我一輩子，而且因為妳，我還失去了安德魯，那個唯一可以幫我實現夢想的人。」

淚水滑過我的太陽穴，流進耳朵。「我現在孤單一人，而且都這麼老了。」我話不成聲。「妳說得沒錯，我好想要個寶寶，想到心都痛了。現在……我的夢就像殘忍的惡作劇一樣，突然被抽走了。」

我頓時挺直身子，用手指戳著她的笑靨。「妳現在高興了吧？妳從來都不喜歡他吧？唔，得逞了吧。他走了，現在我身邊沒人了。」我把照片正面朝下，用力放在矮桌上，力道大到相框玻璃肯定都裂了。但我沒去檢查。我翻過身去，哭到睡著。

幸好，黎明的頭一道曙光透過凸窗悄悄溜進來，將我從斷斷續續的睡眠當中喚醒。頭一件事就是從皺巴巴的棉被下找出手機，檢查有沒有簡訊。我很討厭自己這樣，但就是希望收到安德魯的簡訊。我瞪著手機，可是唯一的簡訊是布萊德發的，而且是太平洋時間的半夜寄的。火雞節快樂。

我回傳你也是。我瞪著他跟珍娜在舊金山，突然間，我好想念他。如果他還在城裡，我就會邀他來吃晚飯，向他傾訴心思，然後他分享跟珍娜之間的挫折時，我也會好好傾聽。就跟我

---

22 Halle Berry 是美國女星。

和安德魯一樣，他跟珍娜的關係也是走得很辛苦。「就像幾塊磁鐵，」他跟我說，「前一分鐘彼此吸引，下一分鐘互相排斥。」我們會開酒來喝，一面準備鼠尾草內餡。我們會開懷大笑、大吃大喝、觀賞影片……就是我跟安德魯原本該一起做的事。可是，當我想像跟布萊德一起做這些事，感覺隨性輕鬆而不是勉強做作。

我正準備發簡訊，注意到母親的照片面朝下放在矮桌上。我拿起來。她的眼神告訴我，已經原諒我吼她的事。我眼睛後方的壓力開始攀升。我親親手指之後，摸了摸相框玻璃，在她的臉頰上留下指印。她的臉今天流露出鼓勵的神情，有點像在敦促什麼，彷彿想推我向前。

我低頭盯著手機，食指放在**寄出**鍵上。手指彷彿有個人意志似的，回到鍵盤上又多打一句。

想你。

接著我按下**寄出**。

才早上六點，漫漫長日在我面前展開，有如西伯利亞的廣漠荒原。我再次檢查手機，然後喪氣地把它丟到客廳的另一邊。它發出悶響，落在老媽的波斯毯上。我往椅子用力坐下，揉了揉太陽穴。如果待在屋裡，每三十秒檢查一次手機，我會瘋掉。我抓起夾克跟圍巾，把腳擠進老媽的橡膠靴，吃力地走出門。

東邊，暗灰色天際抹上了粉紅跟橙色。凜冽的風從東邊猛地吹來，讓我一時喘不過氣。我用圍巾掩住鼻子，拉起兜帽。越過湖畔道，迎面就是密西根湖泊不絕於耳的咆哮聲，憤怒的水濤拍擊湖岸，退開又再次襲來。我沿著環湖步道閒蕩，雙手深深插在外套口袋裡。整個夏天，這條步道上滿是健身迷跟觀光客，今天早上卻不見那些常客的蹤影，這點倒是提醒我，整個城市的每個人都在跟朋友家人共同慶祝。家家戶戶逐漸甦醒，邊聊天邊喝咖啡吃貝果，切著芹菜跟洋蔥準備餡料，害我更加沮喪。

我繞過德雷克飯店的轉角，往南走去。空蕩蕩的摩天輪進入視線，就像海軍碼頭手指上的一枚戒指。冷清的摩天輪看起來很荒涼，就跟我心中的感覺一樣。我會不會永遠孤單下去？跟我同齡的男人要不是已婚，不然就在跟二十幾歲的女生約會。就生活中的約會正餐來說，我已是殘羹剩飯。

有個人朝我慢跑而來，他繫了牽繩的拉布拉多犬帶頭跑著。我閃到一邊讓他們先過，狗用友善的目光上下打量我。跑者路過的時候，我連忙轉身。雖然他從頭到腳都穿著 Under Armour 牌的黑色運動裝，不過給我某種熟悉的感覺。他也回頭看我，我們一時四目交接。他遲疑一下，彷彿想要跑回來跟我講話，不過想想又算了。他面帶笑容，舉手招呼，接著轉身繼續跑下去。我看著他漸行漸遠，最後我突然想通了。我想那就是 Burberry 男——就是在捷運上……還有我走出公寓大樓時，跟我講過話的男人！是嗎？

「嘿！」我呼喚，可是潮水的咆哮吞沒了我的話語。我拔腿奔跑起來。最後一次看到他，我正要赴午餐之約。我會讓他知道我現在單身了，我必須追上他！可是笨重的靴子讓我趕不上他的腳步。他現在已經拉開了五十碼的距離。再快點！突然間，靴尖絆到了東西，我一屁股跌在地上。我坐在冰冷的水泥上，眼睜睜看著 Burberry 男沿著步道消失蹤影。

噢，天啊，我跌到了新低點。昨晚才跟安德魯分手，今天早上卻在這裡狂追——沒錯，狂追——某個連名字都不曉得的男人。我還可以更可悲？彷彿生理時鐘給我的壓力還不夠似的，母親還在我背上綁了倒數計時的炸彈，一到明年九月就會轟隆炸開。

——

等我晃回母親的家時，這天已經正式展開。典型的芝加哥十一月天，厚重的灰雲已經進駐，挾持了太陽。小小雪花在空中飄飛，一落到我的羊毛外套上就立即消失不見。我登上通往母親家門的水泥石階時，心裡湧起一股不祥預感。我今天不想孤單度過。我無法忍受自己像電影裡會看到的那種可憐角色，在感恩節替自己一人做飯。

我把昨晚布置好的餐桌清掉，細心折好母親很愛惜的餐巾跟桌布。這些手工刺繡的亞麻布是她在我們三年前同遊愛爾蘭買的。她堅持我們每次舉家同慶的時候都要拿出來用。淚水淌下臉龐。我從沒想到，我們的家庭慶祝活動會消失得這麼快。

事後檢討跟安德魯之間的關係，讓我更受折磨。我為什麼不惹人愛？新一波的淚水刺痛雙眼。我想像他在沒有我的狀況下繼續過日子，找到一個絕對完美無瑕的女性，某個可以逗他開心的對象，某個他會想踏上紅毯的人。

我在淚眼朦朧之中，勉強把餡料塞進火雞，推入烤箱。我機械式地削著馬鈴薯皮，將備料攪拌在一起，做出母親的甜薯燉鍋。等我把水果切進碗裡，已經不再哭泣。

三個小時之後，我把火雞拿出來，是我最棒的一次成果。黃金色表皮爽脆發亮，從底部汩汩冒出肉汁。接著，我把甜薯燉鍋端出來，吸進混雜了肉豆蔻跟肉桂的熟悉香氣。我從冰箱端出水果沙拉跟蔓越莓醬，把剩下的蕃茄切片加進沙拉，放在派餅旁邊。把每一樣料理都包上雙層錫箔紙，再全部裝進從地下室拿出來的野餐籃跟厚紙箱。

半路上就先打電話給約書亞之家的珊奇塔。我抵達的時候，她就在門口等候。

「嗨，甜心，妳可以拿這個嗎？」我把籃子遞給她，再回到車子。「我馬上回來。」

「妳送感恩節晚餐過來給我們？」她問，一邊瞅著野餐提籃。

「嗯嗯。」

「布芮特小姐送晚餐給我們。」她對著自己的屋友呼喚。她往籃子裡一瞥。「不是我們之前吃的火雞絞肉片，是什麼配料都有的真正火雞耶。」

我前後走了三趟，才把所有的東西都送進約書亞之家。珊奇塔幫我把東西都堆在廚房流理台上，其他女人圍聚過來，好似受到方糖吸引的螞蟻。到了現在，我已經認得大部分人的長相，甚至知道幾個人的名字。其他人湊過來的時候，坦妮雅、瑪賽蒂跟茱洛妮亞忙著把食物從箱籃裡拿出來。

「餡料就在火雞裡，就像我喜歡的那樣。」

「哞哞哞！燉鍋聞起來好香啊。」

「看啊——是胡桃派耶。」

「好好享受吧，女士們，」我邊說邊收攏空籃，「星期一見嘍，珊奇塔。」

「妳不一定要走啊，」珊奇塔嘀咕，往下瞪著自己的腳，「我是說，如果妳想要，可以留下來吃點東西。」我目瞪口呆。這個不信任人的女生對我敞開心門——雖然只是一小縫；我雖然很想走進去，但今天已無以為繼。「謝謝妳，可是我今天過得蠻辛苦的。我得回家了。」我的家又是在哪裡？也許我應該問問這裡有沒有空位。

她挺直身子，恢復剛硬的神情。「當然了。」

我用一根手指滑過眼睛下方，找到乾掉的睫毛膏碎屑。「我心情不大好。」我望進她浮腫的臉龐，注意到額頭上有塊肌膚抓到紅腫，就是體內廢物累積的殘忍副作用。「妳呢？小鬼？妳覺得怎樣？」

「不錯啊，」她說，沒看我的眼睛，「我覺得還好。」

那時，暴躁的主任瓊．安德生踏進前門。她羊毛外套的口袋已經破了，手裡抓著過夜用的塑料行李袋。

「瓊小姐，」珊奇塔說，「妳今天不應該過來的啊。」

「麗莎打來請病假，」她扭著身子脫掉外套，「真有趣，大家總是在過節的時候生病。」

「可是妳女兒老遠從密西西比州過來耶，」瑪賽蒂說，「還有妳那些小孫子。」

「他們明天還是會在，」她把手伸進衣櫥拿衣架，轉過身來看到我，臉色一僵。「妳來這裡幹嘛？」

我還來不及回答，珊奇塔就兩手一拍。「布芮特小姐帶火雞跟配料來給我們，快過來看。」

她瞅著我，動也不動。「那妳都好了吧，波林格小姐？」

「呃，對。我要走了。」我輕拍珊奇塔的手臂。「星期一見了，甜心。」

我駛過三個街區之後，緊急剎車之後迴轉，把車停在路邊，然後衝上前廊階梯，直接跑進約書亞之家。瓊小姐正站在廚房流理台前切火雞肉。

「唔唔唔，這火雞好讚。瑪賽蒂親親，可不可以麻煩妳擺餐具？」她一看到我，笑容就不見了。

「忘了什麼東西嗎？」

「回家吧，」我氣喘吁吁跟她說，「今天晚上我會留下來。」

她匆匆打量我，又把注意力轉回火雞上。

我用手撫過滿頭亂髮。「校區才剛雇用我，對我做過徹底的背景調查。我這個人很安全的，我保證。」

她把刀子擱在砧板上，對我拉長臉。「妳這樣的人為什麼要在過節的時候留在街友收容所？妳家裡沒親人嗎？」

「我喜歡這邊，」我老實說，「而且我很喜歡珊奇塔。況且，我家人都出城去了，只有我一個人。妳家裡有滿屋子的客人，妳必須陪他們。」

「回家吧，瓊小姐，」瑪賽蒂跟她說，「我們不會有事的。」

她用牙齒磨著下唇，最後朝著辦公室點頭。「跟我來。」

我跟著瓊小姐穿過走廊時，回頭一瞥。珊奇塔站著，雙臂叉在胸前往這邊看。我逾越界線了嗎？我在這裡過夜，是不是侵犯了她的私人空間？我們的視線交會。一隻手從她叉起的手臂探出來。我先看到握緊的拳頭，然後是拇指。她舉起手，對我比了個讚。我開心到想哭。

雖然今天晚上約書亞之家客滿，但就瓊小姐看來，沒什麼風波——沒有具威脅性的前任男友跑來鬧事，也沒有吸毒上癮的人。「住客——我們都這樣稱呼她們——可以在收容所裡到處走動，直到七點為止。之後，廚房就是禁區了。孩童必須在九點之前上床。十一點三十分關掉電視。大家都要回到自己的寢室。」她指了指靠牆的單人床。「妳就睡這裡。這張床每天都換床單，所以到早上妳就順手把床單拆下來。早上八點，艾咪．歐爾會來接妳的班。」她嘆口氣。

「我想大概就是這樣了，有什麼問題嗎？」

我想讓她放心，所以沒有對她拋出我腦袋裡的一堆問題。這裡有危險人物嗎？這棟房子有沒有警報器？

「我應付得來，」我說，內心不如表面那麼有信心，「快走吧。」

她沒離開，雙手搭在臀上，跟我面對面站著。

「我不知道妳有什麼動機，可是如果我發現妳剝削這些女人，我會在妳還來不及說完**名牌包包**這幾個字以前，就把妳丟出這個地方。妳懂我意思嗎？」

「剝削？不。不，我不懂。」

她在胸脯前方叉起了雙臂。「去年春天，有個跟妳很像的漂亮白人女性跑來這裡說要當義工。我當然就讓她當了。任何幫手，我們都用得上。一個星期過後，有個攝影團隊就跑來了。原來那個漂亮小姐要競選巡迴法庭法官。她想讓整個城的人都看到，她這人有多好，自願到南區當志工、幫忙窮苦的黑人。」

「我永遠都不會那樣，我跟妳保證。」

我們盯著對方，最後她垂下視線看著辦公桌。

「我家裡的電話號碼就在這邊，」她邊說邊指著一張便利貼，「有任何疑問就打過來。」

她抓起皮包，沒說再見也沒祝我好運，就大步走出辦公室。我深深坐進椅子裡，努力要替今天找個感恩的理由。

CHAPTER

14

星期一早上布萊德打電話問我，下班回家的路上能不能順便到他辦公室一趟。整個下午，我的直覺越來越強烈，現在，隨著電梯往上爬到三十二樓，那再也不是一種直覺了。我很確定他有我父親的消息。

他看到我的時候，抬頭露出笑容。「嘿，布布，」他越過房間，給我擁抱，「謝謝妳過來。」他往後抽身，拉長了臉。「一切都還好嗎？妳看起來有點累。」

「累翻了，最近好像怎樣都睡不飽。」我搓搓臉頰，希望替蒼白的皮膚添點血色，「所以跟我說，怎麼回事？」

他走到那組椅子那裡，嘆了口氣。「請坐。」他的語氣平板灰心。

我把即將侵襲我的恐懼推開。「波隆斯基找到我爸了嗎？」

他用力坐進我旁邊的椅子，用手撫過臉龐。「他失敗了，布芮特。」

「你說失敗是什麼意思？我還以為他有六個可能的人選。」

「每一個他都打過電話，本來覺得有個傢伙可能就是。這傢伙一九七八年夏天是在芝加哥沒錯，可是不認識妳媽。」

「搞不好只是忘了，這傢伙會彈吉他嗎？叫他問這傢伙賈斯丁酒吧的事。」

「他當時在德保羅大學讀研究所，從沒聽過賈斯丁酒吧，也不會彈樂器。」

「可惡！」我用力捶了椅子邊緣，「我母親為什麼不趁在世的時候，跟我講強尼的事？她一定有更多關於他的資訊。可是不，她就是太自私，只在乎要保護自己，而不是幫忙我。」我轉向布萊德，努力壓下怒氣，「所以，波隆斯基現在有什麼打算？」

「他恐怕已經盡了全力。他想追蹤賈斯丁酒吧的老闆，可是他們都過世了。強尼很可能是在檯面下領工資的，因為史提夫找不到任何稅務記錄。他甚至找到了博斯沃思大道那棟房子的屋主。」

「房東嗎？很好啊。一定有強尼．曼斯的舊租約吧？」

「什麼都沒有。那老人現在住內珀維爾的老人院，不記得強尼．曼斯或妳爸媽了。」

「他一定要繼續努力，我會繼續付他錢。」

布萊德的沉默讓我很緊張，所以我趕緊填補那個空白。「搞不好他不是在北達科他州出生的。我們要擴大搜尋範圍，用不同的姓名拼法去查。」

「布芮特，他已經走到死胡同了，沒有足夠的資訊可以調查下去。」

我在胸前叉起手臂。「我不喜歡波隆斯基這傢伙，他不知道自己在幹嘛。」

「妳想找別人也可以，可是先看看這些記錄再說吧。」他把報表遞給我，上面出示了尋找強、強、強納森、強諾森或強尼．曼斯的過程。有些名字圈了起來；有些名字被劃掉。空白處潦草地寫著筆記，顯示撥電話的日期跟時間。有件事很明顯；這個叫波隆斯基的傢伙確實拚了老命去找我父親。

「好吧，那叫他繼續試下去吧，強尼就在外頭某個地方。」

「我已經決定替妳免除這項目標。」

我轉向他。「替我免除？你是說我應該放棄？」

他把報表從我的大腿上拿起來。「妳不是非得放棄不可。我讓妳自己選擇。可是我不會強迫妳一定要達成這項目標，布芮特。妳嘗試過了，可是這場搜尋沒什麼進展。」

我湊過去。「唔，我現在就要告訴你，我是不會放棄的。波隆斯基必須再加把勁，我們需要擴大年齡範圍，搞不好我父親年紀大得多……或是年輕更多。」

「布布，這可能要花好幾年的時間耶，會花掉妳一大筆錢。我認為妳目前應該先把焦點放在其他目標上。」

「想都別想，我才不要放棄。」

他對著我皺眉。「布芮特，聽我說，我知道妳手上的現金剩下不多，而且──」

「再也不是了。」我說，打斷了他的話。

他的視線落在我赤裸的手腕上。「噢，要命，妳的勞力士呢？」

我揉著以前戴著手錶的地方。「我不需要了，反正手機比老手錶還要準時。」

他的下巴一掉。「老天，妳當掉了？」

「賣掉了，在 eBay 上賣的，也賣了些珠寶，下次要賣套裝跟幾個包包。」

他深吸一口氣，用手撫過臉。「噢，布布，真是遺憾。」

他認為我在浪費錢，認為我永遠不會找到父親。我抓住他的手臂。

「不用遺憾，因為我並不覺得遺憾。現在我手頭有錢了，可以繼續找我父親。我的朋友，能找到他，是無價的事。」

他給我一抹淡淡的悲傷笑容。「好吧，我會叫波隆斯基繼續找。」

我點點頭，用力吞嚥。「舊金山如何？」

他嘆了一口氣，「這趟旅程有點難熬，珍娜的心思都放在她目前在忙的報導上。」

他跟我說起他們到半月灣的一日遊，可是我不大能夠專心聽。我的心思放在父親上頭，他長得像我嗎？他是什麼樣的男人？他會喜歡我嗎？還是會因為有私生女兒覺得丟臉？萬一他死了怎麼辦？我的心一沉。

「波隆斯基能夠查死亡記錄嗎？」

「什麼？」

「我必須找到強尼，即使死了也要找。跟波隆斯基說，死亡記錄跟出生記錄都要查。」

他看著我，眼神疲憊。他在記事本上做了筆記，我知道他這樣做是為了安撫我。

「感恩節過得怎樣？」他問。

我跟他說跟安德魯分手的事。他努力做出中立的模樣，但我可以看出他臉上的贊同。

「妳值得找到能夠分享妳夢想的對象。記得，妳母親向來就不相信他是那樣的人。」

「對，可是既然我現在單身了，我的目標感覺就更遙不可及。」

他直直望著我的雙眼。「妳不會永遠都單身，相信我。」

我的心亂跳一下，我暗暗咒罵自己。布萊德有女朋友，是碰不得的。「隨便啦，」我說著便望出窗外，「他離開以後，我就到約書亞之家去過感恩節了。」

「約書亞之家？」

「是婦女收容所，我有個學生就住那裡。你不會相信這些人有多棒——除了那個主任以外，她瞧不起我。總之，其中幾個有精神疾病，可是大部分都是正常女性，只是一時陷入困境。」

他細細看著我。「是嗎？」

「對啊，像瑪賽蒂。她是單親媽媽，捲進可調整利率房貸的騙局。利率飆到超高的時候，沒辦法賣掉房子，只能放手走開。好在有人跟她提起約書亞之家。現在她跟孩子就有個地方可以待了。」

布萊德含笑看著我。

「怎樣？」

「我真的很佩服妳。」

我不把他的話當一回事。「別傻了。嘿，我報名要當週一晚上的志工了。你下星期應該過來一趟，見見這些女人——尤其是珊奇塔。她的姿態還是硬得要命，可是她邀我留下來吃感恩節晚餐呢。」

他舉起食指，站起身來。他站在檔案櫃那裡，取出我母親的信封，回到我坐的位置。

「恭喜。」他舉高十二號信封：**幫助窮人**。

我沒伸手去拿。「可是我沒有……我不是……」

「妳毫不費力就辦到了，沒有暗藏什麼動機。那就是妳媽會想要的。」

我想到我上星期花了五分鐘捐款給『國際小母牛』[23]，以為那樣我就有資格拿到信封。雖然我知道母親對我期待更高，可是當時我不知道要做什麼，也不曉得到哪裡去。偶然間，約書亞之家就找上我了。

「要我打開嗎？」他問。

我點點頭，不確定自己說得出話來。

「『親愛的布芮特，』」

「『我以前常跟妳講一個尋找快樂的老人的故事，也許妳還記得。他浪跡天涯，只要遇到人，就請對方跟他分享幸福人生的秘密。可是沒人可以說清楚那個秘密是什麼。最後，老人遇

---

23 Heifer International 是個國際性的慈善組織，提供種子和牲畜給需要救濟的貧困家庭。

到一個悟道者，後者同意揭露那個秘密。那個悟道者往下傾身，握住老人的雙手，望進老人的疲憊雙眼並說，不要做壞事。永遠做善事。」

「『老人困惑地盯著他。可是那樣太簡單了，我三歲就知道了！』」

「『是啊，悟道者說，大家三歲就知道這種事。可是到八十歲的時候就已經忘記了。』」

「『我的女兒，恭喜妳做了善事。那真的是幸福人生的秘密。』」

我嘩啦哭出來，布萊德蹲在我身旁，將我拉進懷裡。「我想她，」我邊啜泣邊說，「我好想她啊。」

「我知道，」他邊說邊搓著我的背，「我懂妳的感覺。」

我聽出他聲音裡的嗆咽。我往後抽身、輕抹眼睛。「你很想念你爸吧？」

他揉揉喉嚨並點點頭。「嗯，想念原本的他。」

這一次，換我搓搓他的背，低聲說著安慰的話。

我累壞了。我想哭。我覺得自己的胸脯有點柔軟。雖然跟安德魯在上次月經過後只上過兩次床，我還是忍不住忖度是否……不！我根本不能往那邊去想。要是那樣想了反而會觸霉頭。不過，喜悅的泡泡時不時還是會在我的心中升起，如此純粹又強勁，差點讓我高興到暈頭。

可是到了星期三下午，那種喜悅已經無處可尋。我四點抵達安德魯的公寓，拖著空箱子，自己開門進去，摸找燈光開關。這個死氣沉沉的空間冷颼颼，我身上竄過一陣哆嗦。我把外套跟手套拋到沙發上，衝上階梯到臥房。我想趕在安德魯下班以前離開這裡。

我沒花功夫折疊或分類，就把衣物一逕塞進空箱，先把衣櫃清空，再來是更衣間。我什麼時候累積了這麼多東西？我想到約書亞之家的女人，每人各分三個抽屜、共用一個更衣間，我為自己的貪婪而感到厭惡。我拖了四個箱子到車上，用繩子固定後車廂，開到母親家，把箱子倒在她的前廳，然後回去載另一批。

到了八點，我已經耗盡氣力。我把公寓裡屬於我的每件衣服、化妝品、乳液跟護髮用品都清出來了。我拿著車鑰匙，最後一次在公寓裡閒逛。我在心裡開始記下我帶到這個房子的所有東西，就是我們住進來之後我買來的每樣東西。我是想要用代表我的片段填滿這個公寓，希望可以讓這裡感覺像家嗎？除了平攤房貸跟水電雜費之外，我還買了餐桌、沙發跟雙人座，還有兩台高解析電視。我爬上樓梯，想起我們搬進來頭一週買的臥房組：槭木雪橇式床架、五斗櫃、兩張床頭桌，還有我當時說沒買就活不下去的古董衣櫃。我在浴室裡瞥見自己的 Ralph Lauren 品牌的奢華毛巾，還有我在內曼馬庫斯精品百貨找到的 Missoni 牌浴室踏墊。我搖著頭，關燈走下樓。我踏進廚房打開櫥櫃，看到我的義大利餐具、All-Clad 牌的各式鍋具、Pasquini 牌的濃縮咖啡機。我摀住嘴。

這個地方的一切看來都是我的，這整批東西一定價值好幾萬美金！可是我不能清空安德魯的家，他會大發雷霆。說真的，我現在拿一屋子的家具要幹嘛呢？我在擁有自己的住處以前，還得先找地方存放。萬一我真的「那個」[24]了呢？我有可能搬回來嗎？

我關上廚房櫥櫃。留給他好了，全都可以給他，就當作我求和的禮物好了。

我正在扣外套鈕釦就聽到他用鑰匙開門。靠！我把廚房燈光關掉，踏進走廊，這時屋門打了開來，我聽到女人的聲音。

我溜回廚房，平貼在冰箱旁邊的牆上，心怦怦狂跳，真怕他們會聽到。

「外套給我吧。」安德魯說。

她說了點話，但我聽不清楚。是女人的聲音，不會有錯。我動彈不得地站著，內心交戰，不知如何是好。我為什麼不乾脆讓安德魯知道我在這裡？如果我現在走出去，感覺就好像我在監視他似的。可是，如果他們發現我躲在這裡，我看起來就像是有跟蹤癖的前任女友。

「我喜歡妳到這裡來，」他說，「妳讓整個地方都明亮起來了。」

她發出高亢的咯咯笑，我倒抽一口氣，用力摀嘴，免得哭喊出聲。

我聽到他在酒櫃裡摸索。「來吧，」他說，「我帶妳參觀樓上。」

她再次咯咯笑起來。

我從黑暗的廚房裡，看著安德魯追在梅根後頭跑上樓梯，一手握著格蘭利威威士忌，另一手拿著兩只玻璃杯。

——

隔天下午，我跟搬家貨車在安德魯的家會合。三個穿著 Carhartt 牌工作服、戴著皮手套的魁梧男人向我打招呼。

「小姐，今天要做什麼？」最年長的那位說。

「我要你們把四號裡的東西全部搬光。」

「全部嗎？」

「對，只有客廳那張棕色椅子不用搬，」我打開大樓的門，「床墊也留下來好了。」

我在箱子裡裝滿毛巾、床單、碗盤、烹飪用具跟銀器。大型物件由搬家工人負責處理。我們四個人花了三個鐘頭，趕在安德魯回到家以前就大功告成。我環顧四周，這個我從來就不覺得像家的屋子，終於徹底清空了屬於我的元素。

「這些東西要送去哪？」留著山羊鬍的男人問。

「卡洛大道。約書亞之家。」

十二月十一日早晨，後車廂裝滿禮物、油箱裡加滿油，我出發去參加紐森家一年一度的耶誕早午餐。兩個鐘頭過後，我疲憊想吐，跟著十幾輛車子一起停在路邊，抬頭盯著一棟漂亮的黃色長形平房。院子裡，覆雪的地面插了根勉強看得見的告示牌，上頭寫著又一個祈求平安的家庭。我漾起笑容，很高興有些事情是始終如一的。

積雪的人行道上印著各種大小的腳印，顯示人們來來去去。我打開後車廂時，聽到前門開

---

24 指的是懷孕，布芮特不想說出口，免得觸霉頭。

啟的聲音。有個穿著牛仔褲跟刷毛背心的女人衝到屋外，沿著步道直奔，快到我身邊的時候，腳步一滑，險些跌倒。我抓住她，兩人一起爆出笑聲。

「布芮朵！」她喊道，「真不敢相信妳來了！」

她把我摟進懷裡，使勁抱緊。我雙眼盈滿淚水。

「即使只是為了這個擁抱，」我低語，「跑這麼一趟也值得了。」

她往後跟我拉開一個手臂的距離。「哇，妳比臉書上的照片更漂亮。」

我搖搖頭，仔細端詳眼前的女人。她一頭棕色短髮，大骨架上多了十五磅體重。半透明的肌膚泛著粉紅亮光，鏡片後面的藍眸大眼亮晶晶，眼神欣喜。我把她袖子上的雪花拂掉。

「妳很美。」我說。

「來吧，」她說，「我帶妳進去。」

「等等。我們進去以前，我必須先做這件事。」我抓住她的手臂，直直看著她的眼睛。「我以前那樣對妳，真是很抱歉，凱莉。請原諒我。」

她的臉色泛出粉紅，揮手不當一回事。「妳也太誇張了，沒什麼好原諒的啦。」她抓住我的手肘。「現在來吧，想到要見妳，大家都興奮得要命。」

剛剛煮好的咖啡香氣、笑聲跟閒聊在背景交織而成的嗡嗡聲，把我帶回紐森家以前在亞瑟街上的小平房。凱莉的三個混血孩子圍坐在櫟木桌子旁，拿著針線，串起爆米花跟蔓越莓。我蹲在九歲的泰蘿旁邊。

「我記得有一年跟妳媽咪，還有妳外公外婆一起串爆米花，還北上到蛋港去玩呢。」我轉向凱莉。「妳爺爺奶奶的老木屋，記得嗎？」

她點點頭。「木屋現在是我爸媽的了。為了慶祝妳要過來，我爸整個星期都在整理舊影片。我確定他手上有在蛋港替我們拍的影片。」

「他真的該去拍電影的。老是拿著攝影機不放，有一次還拍我們做日光浴，那時地上還有雪，記得嗎？」

我們哈哈笑，這時史黛拉踏進廚房。她矮小苗條，蓄著金髮平頭，戴著深色鏡框，看來聰明又正經，好像健身教練。可是她一笑，臉龐就跟著柔軟起來。

「嘿，布芮特！妳來了！」

她把咖啡杯用力放在流理台上，衝過來跟我握手。她直直看著我的眼睛，露出燦爛的笑容。

「噢，對了，我叫史黛拉。」

我喜滋滋笑著，覺得凱莉選對了人。我沒握她的手，而是對她敞開雙臂。

「真高興認識妳，史黛拉。」

「我也是。凱莉整個早上都在看窗外。自從收養孩子以來，我從沒看她那麼興奮過。」她對泰蘿眨眨眼，輕聲笑著。「要不要來杯咖啡？」

凱莉挑起眉毛。「還是要血腥瑪莉？我們也有含羞草雞尾酒，還是要喝我媽出名的白蘭地蛋酒？」

我瞥瞥孩子裝熱可可的馬克杯。「你們還有可可嗎？」

「可可？」

我一手搭在肚子上。「我可能小心過頭了。」

凱莉的視線移到我深信因為懷孕而微隆的肚皮。「難道妳——？有可能嗎？」

我笑了。

「搞不好喔，我還不確定，但月經晚了十天，又時時覺得疲倦……還老是反胃……」

她猛地摟住我。「太棒了！」她往後退開看著我。「太棒了，不是嗎？」

「棒透了。」

我拿著熱可可，跟凱莉走進家庭娛樂室，那裡有老有少，和樂融融在閒聊。奇形怪狀的耶誕樹佔據了室內的整個角落，真正的薪柴在巨型粗石壁爐裡燒得劈啪作響。

「我的老天！」紐森先生一見到我就喊，「盛大歡迎貴客臨門。我真的相信一個好萊塢的未來之星剛剛到了！」

他擁抱我，我們轉著圈圈，最後我差點一癱。我淚水朦朧仰望著他。他鬍子斑白，曾經濃密的馬尾現在是一把短短銀髮，但笑容依然燦亮。

「很高興見到你。」我說。

有個可愛女人站在他背後，沙色頭髮依然濃密捲翹。「輪到我了，」她邊說邊往前跨步，把我拉進懷裡。她的擁抱感覺舒適又安全，是我幾個月以來第一次體驗到慈母般的擁抱。

「噢，紐森太太，」我說，嗅到她身上廣藿香精油的氣味，「我很想妳。」

「我也想妳，親愛的，」她低語，「天啊，我們認識妳都快三十年了，叫我們瑪莉跟大衛就可以了。現在我去拿個盤子給妳。大衛做了一級棒的蘑菇鹹派。妳一定要試試我的南瓜麵包布丁，焦糖醬好吃到讓人有罪惡感。」

感覺就像回到老家。我沐浴在這對古怪夫妻的關愛跟矚目中，他們穿著毛紡上衣、踩著勃肯涼鞋。我的心在母親過世跟安德魯的背叛之後就空了，現在開始逐漸填滿。

午後不久，我的喉嚨就因為談笑不斷而發痛。散會之後，我跟凱莉、史黛拉、瑪莉站在廚房裡，一邊閒聊一邊收拾剩菜。凱莉的老爸從隔壁叫我們到他的書房去。

「過來看看我這邊有什麼。」

我們走到鋪滿節松木板的舒適書房，凱莉的孩子圍聚在電視四周，彷彿期待要看迪士尼影片。螢幕上突然浮現的卻是臉上有雀斑的女孩跟她深色眼眸的朋友。我跟凱莉著迷地一連看了兩段影片，笑不攏嘴，猛開自己的玩笑。

大衛走到櫃子那裡，細看排滿光碟的橫架。「我花了大概六個月的時間，把舊 VHS 影帶轉換成光碟。」他選定一張光碟，從架子上拉出來。「這片的內容，是妳不會記得的。」他把光碟滑入插槽，按下播放鍵。螢幕上浮現一個棕髮女人的身影，年輕漂亮，頂著法拉佛西[25]的

---

25 Farrah Fawcett（1947-2009）美國女星。

髮型。她穿著海軍色長外套，肚子那裡扣不攏，正拉著坐在雪橇上的兩個髮色淡金的男孩。我從沙發上跳起來，跪在電視機前面，用手掩住嘴巴。

「媽。」我用低沉的聲音說。我一轉身。「是我母親！是她懷著……我的時候。」

凱莉遞了盒面紙給我，我揩揩眼睛。

「她真美。」我低語。可是近看的時候，就可以發現她秀麗的臉龐上刻著悲傷。

「你從哪裡拿到這個片子？」

「我們還住在博斯沃思大道的時候拍的。」

「博斯沃思？你是說亞瑟街吧。」

「不是，我們很久以前就是朋友了，我們是妳母親的第一批客人。」

我頸背的汗毛直豎。我轉向他。「你們什麼時候認識我母親的？」

「我們在復活節的那個週末搬過來……就是春天……」他看著妻子。

「一九七八年吧。」瑪莉說。

我抓緊喉嚨，急切跟恐懼交錯的感覺讓我癱軟無力。

「強尼．曼斯，」我說，「你們記得他嗎？」

「強尼？噢，當然了！在賈斯丁彈吉他啊。」

「他非常有才華，」瑪莉說，「而且帥得很。那個街區的每個女人都有點暗戀他。」

此地，在這個房間裡，有兩個人認識我父親。

CHAPTER

15

「跟我講講他的事，」我說，幾乎無法呼吸，「拜託，把所有的事情告訴我。」

「我有更好的東西。」大衛邊說邊在光碟圖書館裡搜尋，從櫥櫃裡抽出一只塑膠盒，仔細端詳，一面走向電視。「我以前在賈斯丁當酒保的時候拍過他。我們都很確定這傢伙前途無量。」

他按下播放鍵，我的心狂跳不已。一群年輕面孔擠在昏暗的小酒吧裡。我趕緊往螢幕移去，看著鏡頭聚焦在凳子上的男人。他滿頭濃密黑髮，蓄著落腮鬍加八字鬍。鏡頭拉進，男人的棕眼對上我的視線。我認識那樣的眼睛，就是我每次照鏡時看到的眼睛。一聲嗚咽從胸口湧上，我用力摀住嘴。

「下一條歌是從披頭四的《白色專輯》雙專輯來的，」強尼說，「雖然功勞歸給了藍儂跟麥卡尼，但這首歌其實是保羅一九六八年春天在蘇格蘭寫的。當時黑人跟白人之間越升越高的緊張情勢，啟發他做出這樣的回應。」他撥了個和弦。「在英格蘭，鳥這個字是『女人』的俗稱。」

他彈著開場樂段的音符。他張開嘴巴，天使般的嗓音傳了出來。我發出斷續的啜泣。他唱起斷翅黑鳥渴望飛翔、渴望自由。那隻鳥這輩子都在等待某個時刻的到來。

我想起母親，兩個幼子跟她不愛的丈夫就是她身上的重擔。她一定也曾渴望擁有翅膀。

我想到自己，等待一輩子，就為了這個時刻的到來。就是可以望進一個男人的和善雙眼，心知他就是我父親。

淚水滑下我的臉頰。那首歌結束了。光碟切換到賈斯丁的另一個場景，這次是個女歌手。我沒先問可不可以，就逕自伸手按下倒轉鍵，看了一遍又一遍。我聽著父親的聲音、他說的字字句句。我伸手撫觸他的美麗臉龐跟纖細雙手。

看了四次之後，我默默坐著。看影片的某一刻，瑪莉來到我身邊席地而坐，大衛坐在我的另一側。他把那張光碟放進我的懷裡。

「這個該歸妳吧？」

我用手指撫過光碟，點點頭。「他是我父親。」

「來吧，小鬼頭，我們來玩UNO[26]吧。」史黛拉說。「第一個到廚房的人可以發牌喔。」

等凱莉跟她孩子聽不到之後，瑪莉就握住我的手。「妳知道多久了？」

「最近才知道的，她把日誌留給我。」我的視線從她的臉遊移到大衛的臉。「你們本來就曉得嗎？」

「不，當然不曉得，」大衛說，「妳母親很有格調，不隨便談論私事，可是每個人都知道他迷上她了。」

一聲叫喊溜出我的嘴，既是鬆了口氣，也帶著心碎。瑪莉輕拍我的背，直到我能夠再次呼吸。「他人好嗎？」

「是最棒的。」她說。

大衛點點頭。「強尼是個好好先生。」

我屏住氣息。「他現在在哪？」

「我們最後聽到的消息是住在西岸，」瑪莉說，「可是都十五年前的事了。」

「哪裡？」我問，突然暈頭轉向，「洛杉磯嗎？」

「舊金山住過一陣子，不過後來就不知去向了，可能搬走了。」

「這個線索會有用的，我雇了偵探找他好幾個月，你們不會相信全國上下有多少個強尼．曼斯。」

大衛突然警覺起來。「親愛的，他不叫強尼．曼斯啊。是曼森才對。就是因為那個集體殺人魔[27]，當時才改用曼斯當藝名。曼森這名字在一九七〇年代帶有可怕的污點。」

這些字眼斷斷續續落入我的耳裡。「強尼．曼森？噢，天啊。噢，天啊！謝謝你們！」我先擁抱大衛，再抱瑪莉。「難怪我找不到他。」

---

26 UNO是種紙牌遊戲。

27 Charles Manson（1934-）是犯罪殺人集團「曼森家族」的首腦。

「妳母親可能一直都不知道他的真名。我之所以知道，只是因為那年夏天我在那裡當酒保，負責發薪。」

「如果我沒再見到你們，可能下半輩子都在尋找。」

我的背脊竄上一陣哆嗦。九號目標帶我來找凱莉，而凱莉領著我找到父親。母親知道會發生這種事嗎？一生的情誼以及關於我父親的線索。一石兩鳥。

——

我跟凱莉捧著瑪莉的剩菜，費勁走向我車子的時候，我在手機上輸入布萊德的號碼。「妳介意嗎？」我問凱莉，「只要一下下。」

「當然不介意。」她說，捧著裝滿自製黑莓果醬的紙袋。

「我會把他的聲音用廣播放出來，這樣妳就可以認識他。他人很棒。」

凱莉挑起眉毛。「真的嗎？」

我對她揮揮手，然後聽到了布萊德的聲音。

「我爸是強[28]·曼森，不是曼斯，」我說，「而且住西岸，你一定要跟波隆斯基說。我剛剛看了他的影片，他好帥。」

「妳在哪，布布？我以為妳到威斯康辛去了。」

「我是啊，現在跟凱莉在一起。你在廣播模式，打個招呼吧。」

「嘿，凱莉。」

凱莉笑了。「嗨，布萊德。」

「好了，聽著，凱莉的爸媽以前就住博斯沃思大道，他們認識強尼·曼斯！」我把這天早上的事件濃縮版告訴他。「你能相信嗎？要不是跟凱莉重新聯絡上，我永遠都不會知道。」我轉頭看她。「她在很多方面，都是個禮物。」

「這是個重大的突破。一掛掉電話，我馬上留個訊息給波隆斯基。」

「你想這樣要花多久時間就可以找到他？」

「我也說不準，可是先假設不會在一夕之間就找到。即使有這項新線索，也可能要花幾個月時間。」

我咬著嘴唇。「叫他快點好嗎？」

「我會的。嘿，等妳回家，要不要去看個電影，還是吃頓晚飯？更好的是，乾脆來我這邊吧。我會把晚餐準備好。」

我的心向他飛去。我知道孤單一人的時候，星期天彷彿長到沒有盡頭。

「第三個選項聽起來很棒。噢，我接到動物收容所的訊息了。他們批准我的申請了，下星期想幫我一起挑小狗嗎？」

「好啊。小心開車，布布。」

---

28 Johnny（強尼）可當 John（強／約翰）的暱稱。

我掛掉電話的時候，凱莉對我斜瞥一眼。「你們兩個在交往嗎？」

「沒有，」我說著便把一盒餅乾放在副駕駛座，「只是好朋友。真的很不錯。」

「小心，布芮朵，我覺得這傢伙對妳有意思。」

我搖搖頭，從她那裡接過紙袋。「布萊德有女朋友。」

她對我微笑。「守住他的友誼喔，妳跟他聊天的時候看起來很快樂。」

「我會的，」我說，「的確很快樂。」

——

布萊德的家位於北歐克利，是棟舒適的連棟屋。在漫長的車程之後，能到這樣的地方喘息一下真好。音響播放著伊娃．卡西迪[29]的歌聲，我坐在吧台凳子上看著布萊德削乳酪到凱薩沙拉，他的視線低垂。我講著凱莉跟她那窩小朋友的事，他聽得哈哈笑，我可以看出他笑得相當勉強。最後我從凳子跳下來，從他手中搶走乳酪刨絲器。

「好了，布萊德，怎麼了？你有心事，我看得出來。」

他搓揉頸背，呼出一口氣。「珍娜決定我們應該先分開一陣子。」

我很慚愧地承認，心中有一部份高喊萬歲！我們現在都單身了，誰曉得接下來會發生什麼事。可是望著他，我看出他臉上的痛苦。他顯然還在愛河裡，只是對象不是我。

「好遺憾。」我把他拉進懷裡，他緊緊攀住我。「你知道的，」我靜靜說，「你可以做點大動作，證明自己很真心，也很投入。」

他往後拉開。「比方說求婚嗎？」

「沒錯！如果你想要她，布萊德，就去實現這個願望，就像你跟我說過的。別管你們之間的距離跟年齡——跟她求婚吧！」

他轉身背對我，雙手撐在流理台上。「我問過，她拒絕了。」

「噢，天啊。我好——」

他舉起一手阻止我。「牢騷發夠了。」他用擦碗巾抹抹手，丟到流理台上。「我們該要慶祝才對。」

他大步穿過廚房，走進相連的客廳，從矮桌拿起一只粉紅信封。「我今天下午到辦公室一趟，」他說，對著我搖搖信封，「想說妳可能想要。」

第九項目標**永遠跟凱莉．紐森當朋友**。我衝到他身邊，盯著手寫的信封，急著想聽母親的話。可是布萊德這麼低潮，我沒辦法慶祝。

「今天先不要，」我說，「等你好過一點的時候再說。」

「不行，現在就要打開。」

他撕開封緘讀信的時候，我癱坐在沙發上，緊抓他的手臂。

「『親愛的布芮特，』」

---

29 Eva Cassidy（1963-1996）是美國民謠歌手。

「『親愛的，謝謝妳重燃了跟凱莉之間的友誼，實現了我的願望（也是妳的願望）。我永遠不會忘記，紐森一家搬到麥迪遜時，妳受到多大的打擊。我無能為力地看著妳的心逐漸累積塵埃。也許那時妳就明白，真正的友誼很難能可貴。她來拜訪妳過後，妳們兩人就漸行漸遠，雖然妳從沒跟我說過原因。』」

「『悲哀的是，我並不相信妳還能交到跟凱莉一樣真誠的朋友。一直到我病倒，才領悟到妳真正可以訴說心事的對象有多麼少。除了我跟雪莉之外，我覺得妳並沒有其他真心的朋友。』」

「她沒提到梅根，」我說，「或是安德魯。你想她早就知道他們不是真正的朋友嗎？」

布萊德點點頭。「我猜她早就知道了。」

他繼續回到信上。「『我希望凱莉可以填補這個空白。好好享受跟滋養這份友誼吧，我親愛的女兒。請特別記得替我向凱莉的父母打招呼。我們住博斯沃思大道的時候，大衛跟瑪莉是我第一批客人，也是妳父親的樂迷。』」

我摀住嘴。「她談的是強尼，不是查爾斯。她在這裡給我線索，免得我錯過。」我轉向布萊德。「她幹嘛不直接跟我說啦？何必讓我大費周章像尋寶一樣去找？」

「我承認這點確實很怪。」

「她向來都很直來直往——至少我認為她是。為什麼要來影射暗示這一套？她快把我搞瘋了。」我吸了口氣，鬆開拳頭。「往好處想，我現在終於可以找到他了。」

「先別太興奮，還是要費不少功夫，搞不好要幾個月……或更久。」

「我們會找到他的，布萊德，」我搶走母親的信，對他搖了搖，「她可能在跟我玩遊戲沒錯，可是永遠不會故意讓我大幻滅。」

「希望妳說得沒錯。」他拍拍我的膝蓋。「來吧，晚餐準備好了。」

CHAPTER

16

星期五下午，我正要關掉辦公室的燈，梅根打電話來了。打從在安德魯的公寓看到她，我就不理她的來電跟簡訊。我正要把電話丟回提袋，最後一分鐘卻改變了心意：管他的。

「嘿，辣妹。」她用有了年紀的啦啦隊長聲音說。真難想像我以前竟然會覺得那種聲音很俏皮。「小雪說妳今天要去領養小狗。」

我把鑰匙插進鎖孔，轉到喀答響起。「沒錯。」

「太完美了。我有個客戶要在湖畔道那裡買間公寓，可是那棟大樓不能養寵物。他很難過，可是不得不棄養冠軍。冠軍是他媽的賽犬，是純種的靈堤犬。超有格調的。總之，他說可以送妳養，妳敢相信嗎？他要把他媽的賽犬送妳耶！」

我猛力打開雙門。「謝了，可是我沒興趣。」

「什麼？為什麼？這隻狗很有價值耶。」

我跳著走下樓梯，滑出大門。燦爛陽光伴著突來的十二月冷風，拂過臉龐。「我不想要賽犬，梅根。沒錯，牠們看起來很棒，可是照顧起來太花功夫。美容、訓練跟競賽。單是要應付牠們的需求，就累死人了。」我的謾罵速度越來越快，但似乎慢不下來。「過一陣子，你就會開始痛恨牠們——過份講究的飲食、特殊肥皂、高檔洗毛精。太超過了！最慘的是，牠們完全不尊重你的需求！一切都繞著牠們打轉，牠們很自私，而且——」

「老天，布芮特，冷靜點。我們講的是狗耶。」

「我們是在講狗沒錯，」我倚在車門上，深吐一口氣。「妳怎麼可以，梅根？」

她吸口氣，我想像她吸了口沾有唇印的香菸。「什麼？妳是說安德魯嗎？新聞快報：你們已經分手了。你們還在一起的時候，我向上帝發誓，我從沒偷瞥過他下面的好料。」

「噢，哇，妳算什麼死黨啊！」

「我真不敢相信妳把他的家具都拿走了。他簡直媽的氣到冒煙，然後妳還不回他的電話。他威脅要報警，以入侵住宅的罪名逮捕妳。」

「我聽到那些留言了。我只是拿走本來就屬於我的東西，梅根。他明明曉得。」

「算妳好運，我讓他平靜下來了。我跟他說，他買得起新家具。拜託喔，他是律師耶。」她頓了頓。「他手頭有錢吧，布芮特？我是說，昨天晚上服務生在桌上留下帳單之後，安德魯只是坐在那裡，好像希望我去結帳似的。」她咯咯笑。「當然了，他以為我闊得要命，畢竟我是芝加哥的房仲紅人嘛。」

哈！梅根終於要自食惡果了，安德魯也是。他們既膚淺又自我中心，拜金主義而且——

我制止自己。我有什麼資格評斷別人？我成人時期的大多數時間，也都是個拜金女郎，一身名牌服飾、開 BMW，有昂貴的皮包跟珠寶當配件。我在凱莉最需要我的時候，棄她而去，我不是一樣膚淺又自私嗎？可是她原諒我了，或許我也該把這份善意傳下去。

「梅根姑娘，把妳的目標放高一點吧。妳是個潛力十足的美女，找個愛慕妳的人，找個會對妳——」

她笑了。「噢，布芮特，少他媽的假惺惺了。我瞭解妳很嫉妒，可是快點看開吧。他。就。是。不。愛。妳！」

我突然無法呼吸。把善意傳下去？嗯哼，今天就算了。

「妳說得對，你們兩個還真是絕配。」我爬進車裡。「還有，梅根，別再擔心妳的手臂太短，那是妳最小的毛病。」

說完我就出發去找可愛又忠誠的混種狗了。

——

我開著新二手車，停在怡安中心的時候，布萊德正在路邊等我。

「怎麼了？車子送修了啊？」他往我的臉頰輕啄一下，扣好安全帶。

「不是，拿去換了。」

「妳在開玩笑吧，換成這輛？」

「還換到一些急用的現金，我課輔的家庭大部分連車子都沒有，我還開那樣的車子，感覺就是不對。」

他吹了聲口哨。「這份工作妳真的很投入。」

「對啊，不過我必須懺悔，接下來兩個星期不用上班，我好興奮喔，就要放耶誕假了。」

他哀嘆一聲。「我想要妳那種工作。」

我笑了。「我的運氣還真好。這些孩子真不可思議，可是我替珊奇塔擔心，她這陣子看起來不大健康，懷孕都四個月了，外表卻很難看出有身孕。她到庫克縣的衛生局去，只要誰當班，就給誰看診，可是這只是一般醫生，對腎病沒有特別研究。我跟芝加哥大學醫學中心的陳醫師約診了。她應該是全國最棒的腎病專家之一。」

「那個變態小子有什麼新消息？」

「彼得嗎？」我嘆口氣。「我今天早上才跟他碰面。他絕頂聰明，只是我好像沒辦法打動他的心。」

「妳還繼續跟他的精神醫師聊嗎？」

我微笑。「對啊，能跟他談可是個大獎勵啊。葛瑞特人好好，有智慧又很專業，不過也很好相處。我們會談彼得的事，可是聊到最後，就會討論各自的家人或是夢想。我甚至跟他講過我母親的願望。」

「妳喜歡這個傢伙。」

如果我不是很清楚狀況，不然會以為布萊德在嫉妒。可是那種想法太扯了。「我很崇拜泰勒醫師。他是鰥夫，老婆三年前胰臟癌過世了。」

我遮嘴打了哈欠。

「累了嗎？」布萊德問。

「累斃了。我不知道最近怎麼了。」**只知道我可能懷孕了！**我轉向他。

「有珍娜的消息嗎？」

他瞪著窗外。「沒有。」

我掐掐他的手臂。那女人真蠢。

我們踏進芝加哥動物救援收容所，木屑混雜動物皮屑的氣味迎面襲來。穿著Wrangler牌牛仔褲跟法蘭絨襯衫的銀髮女士，朝我們從容走來，隨著每個步伐甩動手臂。「歡迎來到芝動所，」她說，「我是其中一位志工，吉莉安。今天是什麼風把你們吹來的？」

「我得到領養寵物的核准了，」我告訴她，背景傳來陣陣狗吠，「我今天來找我要養的狗。」

吉莉安用粗短的手指，指著柵欄圍起的區域。「註冊過的狗就在這區。這些是有血統家譜跟證明文件的小狗，通常很快就能送出去。昨天晚上才進來一隻很漂亮的葡萄牙水狗，當然了，牠只會在這邊待一下子。自從歐巴馬選了阿博[30]以來，大家就搶著養這個品種。」

「我比較想找混種狗。」我說。

她挑起眉毛。「是嗎？」她轉身大手一揮。「混種狗很棒。唯一的問題是，妳不知道牠們的家族史，沒辦法從家族基因來評估動物的性情或是生病的機率。」

跟我有點像。「我願意冒這個險。」

我花不到十分鐘就找到牠了。有隻毛茸茸的犬類透過鐵籠，用咖啡豆色的雙眼盯著我，眼神友善中帶有懇求。

「哈囉，小子！」我扯扯布萊德的外套袖子，「見見我要養的狗。」

吉莉安打開籠子。「嘿，魯迪。」

魯迪蹦蹦跳跳到水泥地上，朝我們東嗅西嗅，尾巴搖得跟眼鏡蛇尾似的。牠仰頭瞧瞧布萊德，然後看看我，彷彿在檢查候選父母。

我一把撈起牠，牠在我的懷裡扭動，舔我的臉頰，我歡喜地哈哈笑。

「牠喜歡妳，」布萊德邊說邊搔小狗的耳朵，「牠很可愛。」

「是吧？」吉莉安表示同感，「魯迪一歲半，已經完全長大了。我猜牠混了比熊犬、可卡犬，還加一點貴賓犬的血統。」

儘管如此，最後的成果還挺討人喜歡的。我用鼻子蹭著牠柔軟的狗毛。「怎麼會有人要送走這樣的狗啊？」

「聽到也不用覺得意外。通常是搬家、生了寶寶，或是個性不合。如果我沒記錯，魯迪的主人打算跟不想養寵物的對象結婚。」

30 Bo（2008-）是美國總統歐巴馬家養的寵物狗，品種就是葡萄牙水狗。

我跟魯迪感覺就是很登對：兩個無家可歸的混種生物，都剛剛失去自己所愛之人——或者該說，失去誤以為很愛的對象。

我為了小狗跟牠的各種配備開支票繳錢，布萊德細讀關於這家收容所的傳單。「妳聽，」他說，「芝動所致力於在芝加哥這類的都會地區，終結動物的苦難，堅守不撲殺的社區觀念，以期協助迷途、受虐跟受忽略的陪伴型動物。」

「酷。」我邊說邊快筆填好支票的日期欄。

布萊德輕拍傳單上的照片。「吉莉安，你們真的有馬開放領養？」

我寫到一半舉起筆，對他瞇起眼睛。

「當然有，」吉莉安說，「你想找什麼？」

他聳聳肩。「完全沒概念，跟我說說有什麼選擇吧。」

「是要給你們自己，還是給孩子？」吉莉安問，一面翻動三孔活頁夾裡的資料。

「算了，吉莉安，」我說，「我們沒要養馬。」

「目前只有我們，還沒有孩子，」布萊德跟她說，「暫時是這樣。」

一閃而過的甜美瞬間，我想像有個孩子——我的孩子——騎馬的模樣。可是那是好幾年以後的事。「這件事我們要先談過，」我對他說，「馬我絕對照顧不來。」

「就是她，」吉莉安把活頁夾擺在我們前面，用缺了角的指甲輕彈一張照片。「看看露露女士，十五歲的結紮純種馬。之前是賽馬，但現在有關節炎等等的毛病，所以主人要把她送走。」她一直盯著布萊德不放，直覺感應到只有他有興趣。「露露很適合娛樂或是輕鬆的山徑駕騎。而且她很貼心，年紀也還很小。過來看看她嘛。」

我從支票簿撕下支票遞給她。「謝了，吉莉安，我們會考慮看看的。」

「她目前在瑪蘭格的馬廄那裡，就在佩達客農場上。你們真的應該去看一下。她很特別。」

——

我們順著州街往北行駛，魯迪就在後座，穩穩待在狗籠裡。牠望出窗外，彷彿是個愛管閒事的幼兒，車流的喇叭聲、快步進出商店的群眾、樹梢閃爍不停的耶誕燈飾都讓牠著迷不已。

我回頭瞥牠一眼，把手伸向籠子。

「你還好吧，甜心？」我問，「媽咪在這邊喔。」

布萊德轉過身去。「撐著點，魯迪小子，很快就到家喔。」

我們說起話來就像得意的父母，要把新生兒從醫院帶回家似的。我在車內漾起了笑容。

「關於那匹馬啊。」布萊德說，硬是把我拉回現實。

「嗯，關於那匹馬。我想你應該讓我免除那個目標才對。」

「什麼？」他問。「妳不想要馬？」

「我是都會型女生，布萊德。我愛芝加哥。讓我受不了的是，老媽明明知道這一點。她為什麼要把這麼荒謬的目標留在我的清單上？」

「很好。難道妳要讓露露女士退休之後，淪落到膠水工廠[31]去？」

「停。我是認真的。我真的打聽過馬的食宿問題。餵食、補給、美容，要花好多錢。說真的，每個月的花費加起來都超過大部分人的房貸了。約書亞之家可以用那筆錢來幹嘛，你有概念嗎？」

「妳說得有理，是有點浪費，可是又不會花光妳的錢。布布，妳才剛賣掉車子耶，現在支付得起。」

「不行！那筆錢是要付波隆斯基的。我活儲帳戶裡的錢，就在我眼前漸漸消失了。」

「可是那是暫時的。一等妳拿到遺產——」

「前提是要拿得到遺產！誰曉得會是什麼時候？我不可能在一年之內完成所有目標。」

「好吧。我們只要集中在一個上面就好。妳有可能養那匹馬，對吧？」

「可是我沒空。我找到可以養馬的地方，最近的都要一個小時的車程。」

布萊德望出擋風玻璃。「我想，這件事我們必須信任妳媽的判斷。到目前為止，她還沒讓我們失望過。」

「這個目標不只是跟我有關，還牽涉到動物——我沒時間照顧的動物。我才不要。養狗是一回事，可是馬，唔，可是完全不同的動物啊。」

他點點頭。「好吧。我們先把這項目標放養一陣子吧。給妳時間馴養自己的恐懼。我不想當那個說不[32]的人。」

我對他翻翻白眼，可是能再聽到他的笑聲真好。

「別再耍馬戲了。」我跟他說，無法抗拒他愚蠢的文字遊戲。

「厲害！」他舉手要擊掌，「妳很有常識[33]嘛。」

「你是笨蛋[34]啦。」我說，努力板著臉不笑。

「噢，妳少擺架子啦[35]。」他說著便噗哧大笑。

我搖搖頭。「你很遜耶。」

布萊德把魯迪當新娘似地，捧著越過母親家的門檻。他用空出來的手，把一袋狗糧拖進前廳，我負責打開落地燈、插上耶誕樹的電源。室內瀰漫著松木的氣味，彩燈映射著輕盈飄忽的亮光。

「這地方真美。」他邊說邊把魯迪放下。魯迪刻不容緩，往耶誕樹衝去，嗅嗅樹下的紅色錫箔包裹。

「過來，魯迪，弄東西給你吃。」

---

31 病馬或老馬會被送到工廠，從馬骨頭提煉製作膠水的成分。

32 前後幾句話都在玩文字遊戲，用跟馬有關的用語來逗布芮特。neigh（馬叫聲）跟 nay（「不」的意思）同音。

33 原文是 horse sense，字面意思是「馬的感覺」。

34 原文是 horse's ass，字面意思是「馬屁股」。

35 原文是 get off your high horse，字面意思是「從高高的馬背上下來」。

布萊德用盆子裝水，我把乾糧倒進狗碗。我們在廚房裡走來走去，各司其職，就跟佛雷跟琴吉[36]一樣默契十足。他用毛圈布把手擦乾，我在水槽裡沖洗雙手。我一把水關掉，他就將布遞給我。

「要不要來杯酒？」我問。

「好啊。」

我伸手要拿黑皮諾葡萄酒，注意到布萊德的視線在廚房裡打轉，像個打算購屋的人。「有沒有想過把這地方買下來？」

「這棟房子？我很愛這裡，可是這是母親的房子。」

「更有理由保住它啊。」他靠在中島上。

「對我來說，這棟房子就像妳，如果這樣說得通的話。」

我轉著軟木開瓶器。「真的嗎？」

「真的，優雅世故，又有溫暖柔美的一面。」

彷彿有蜜流過我全身的血脈。「謝謝你。」

「妳應該考慮看看。」

我從櫥櫃裡拿出一只酒杯。「我買得起嗎？我必須向哥哥們買，你知道的。」

「沒錯，妳到時就買得起了。等妳拿到最後那份遺產的時候。」

「可是你忘了，我還得先陷入愛河、懷孕生子。我的人生伴侶可能不會想住我母親的家。」

「他會愛上這地方的，而且這條街過去還有公園，很適合妳的小孩。」

他說這番話的態度很誠懇，我差點就相信他。我把他的酒遞過去。

「老媽有沒有跟你說過，她為什麼要我哥跟我在頭一年先留住這棟房子？」

「沒有，可是我猜她知道妳會需要地方住。」

「嗯，我猜也是。」

「她可能想到這個地方太舒適，妳永遠都不會想離開。」他轉著酒杯。

「那就是她把三十天條款含在裡面的原因，她不希望讓妳舒服過頭。」

「等等……什麼？」

「遺囑裡的那個條款啊，沒人可以連續在這裡住上三十天。記得嗎？」

「不記得，」我實話實說，「你是說我不能待在這裡？我必須另外找地方住？」

「對，都寫在遺囑裡了啊。妳自己也有一份副本吧？」

我抱住腦袋。「我才剛買了條狗，你知道要找個可以養寵物的地方有多難嗎？還有我的那些家具！全送給約書亞之家了。我沒錢可以——」

「嘿，嘿。」他放下酒杯，抓住我的兩邊手腕。「不會有問題的。欸，妳上星期在約書亞之家過了一夜，所以技術上來說，時鐘才剛開始計時。妳有充分的時間可以另覓住處。」

---

36 Fred 跟 Ginger 是知名的銀幕舞蹈拍檔，在 1933-1949 年期間拍了多部電影。

我把手腕抽走。「倒帶一下，你是說因為不是連續的，技術上來說我只來這裡住了六天？」

「沒錯。」

「所以，只要每個月有一兩個晚上不在這裡過夜，比方說去住約書亞之家，就永遠不會超過三十天上限？」

「呃，我想不——」

我綻放勝利的笑容。「那就表示我可以無限期待在這裡了。問題解決嘍！」

他還來不及爭辯，我就舉起水杯。「乾杯！」

「乾杯，」他邊說邊碰杯，「今天晚上妳不喝酒嗎？」

「我這陣子都不碰酒。」

他在杯子快碰到嘴唇之前放下來。「之前妳說最近常常很累，對吧？」

「呃嗯。」

「而且都沒碰酒？」

「我就是這麼說的，愛因斯坦。」

「要命，妳懷孕了。」

我笑了。「我想就是！我買了驗孕棒，可是怕到不敢測，想等節日過後再說。」

「妳怕驗出來是陽性的。」

「才不是！我怕是陰性的，會大受打擊。」我仰頭看他。「單身加懷孕，跟我本來的想像不一樣。我會讓安德魯決定要不要參與這孩子的生活，我不會開口討贍養費。生孩子畢竟是我的夢想，我會自己扶養寶寶——」

「喂喂喂，慢慢來，布布。妳說得好像很確定似的。小心不要，呃，本末倒置[37]了。」

「別再講跟馬有關的蠢雙關語了啦。」

他隔開一個手臂的距離摟著我。「說真的，布芮特。我很瞭解妳。妳興奮過頭了。在妳確定以前，先踩剎車打住吧。」

「太慢了，」我說，「我已經超過興奮的地步。從母親確診罹癌以來，我第一次覺得喜悅。」

我們把飲料帶進客廳，魯迪在火爐前攤開身體躺著。布萊德從後褲袋裡抽出信封之後才在沙發上坐下。第六項目標。

「我們來聽聽妳母親對魯迪有什麼看法吧？」

「拜託。」我坐在隔壁的扶手沙發裡，把雙腳塞在身下。

他輕拍襯衫口袋。「可惡，我忘了帶眼鏡來。」

我從沙發上跳起來，從老媽的寫字桌那裡拿回老花眼鏡。「喏。」我說著便把那副桃紫加紫藍的眼鏡遞給他。

37　原文是 put the cart before the horse，字面意思是「把馬車放在馬前面」。

他對著豔麗的鏡框拉長了臉，但還是戴上去了。看到他掛著俗麗的女性眼鏡，我笑得花枝亂顫。「噢，我的天啊！」我指著他說，「你看起來超爆笑的！」

他抓住我，把我往下拉到沙發上，用鎖頭手勢扣住我。「妳以為這樣很好笑嗎？哼？」他用指關節揉蹭我的頭頂。

「住手！」我邊笑邊說。

最後我們平靜下來，可是經過那陣打鬧，我最後在沙發上倚著他坐，他的左手臂還摟著我的頸背。比較矜持的女人就會趕快挪開。畢竟他跟女友只是暫時分開而已。可是我呢？我待在原地不動。

「好了，」他說，「乖一點。」他用右手搖開那封信，勉強展開那張信紙。

我依偎在他身邊，點點頭。「好，奶奶，請唸吧。」

他嘶唇低吼，但還是唸起信來。

「『恭喜妳養了小狗，親愛的！我真替妳興奮。妳小時候好愛動物，可是到了成人時期的某一刻，卻把那種熱情隱藏起來了。我不確定原因何在，雖然我自己有些臆測。』」

「安德魯有潔癖。她知道。」

「『記得我們住羅傑斯公園的時候，跟我們變成朋友的流浪牧羊犬嗎？妳替牠取了雷洛伊這個名字，求我們讓妳養牠。妳可能不曉得，可是我出面替妳求情過。我求查爾斯讓妳留下雷洛伊，可是他吹毛求疵，說沒辦法忍受家裡有動物，他說太臭了。』」

我從布萊德那裡一把搶走那封信，重讀最後兩句。「也許我真的挑了個跟查爾斯很像的男人交往，巴望得到他的愛。」

他掐掐我的肩膀。「可是妳現在明白了啊。妳永遠不用為了證明自己值得愛，刻意去取悅查爾斯．波林格——或是任何男人。」

我把他的話聽進心裡。「嗯，母親揭開她的秘密，讓我得到釋放，要是她早點告訴我就好了。」

「『好好照顧妳的混種狗——是混種狗對吧？妳到時會放寵物到樓上睡嗎？如果會，我可不可以建議妳先把羽絨被收起來？乾洗可是很花錢的。』」

「『好好跟妳的小狗建立共同的回憶，我親愛的。』」

「『媽。』」

我從布萊德那裡把信拿走，迅速重讀一遍。「她知道我住在她家，她怎麼會知道？」

「我不曉得，也許她把線索都串起來了。」

「把線索串起來？」

「安德魯不想養狗，所以既然妳養了狗，就表示妳沒跟安德魯住。如果沒跟安德魯住，推斷妳會回來這裡，也蠻合理的吧。」

我轉向布萊德。「看吧，她希望我住這裡。那個三十天條款一定是弄錯了。」

我語氣雖然很篤定，但暗地忖度自己是不是自欺欺人。

——

《白色耶誕》片尾的工作人員名單在螢幕上滾動的時候，我跟布萊德窩在沙發上，套著襪子的腳高高跨在眼前的矮桌上。布萊德把最後一口酒乾掉，看了看手錶。「天啊，我該走了。」他站起來，伸伸懶腰。「我跟我媽說，明天要早點出發。再兩天就要過耶誕了，她還等著我回去幫忙裝飾耶誕樹。」

他跟父母會在位於香檳區的殖民地風格磚房裡，蹣跚度過耶誕，假裝沒注意到有個家庭成員不見了，就像我會做的那樣。

「你離開以前，要先拆你的耶誕禮物。」

「噢，妳不需要送我東西啦。」他對我揮揮手。「不過既然都準備了，就來看看吧。現在就去拿。快！快！」

我在樹下找出那只長方盒子。他打開包裹之後，只是怔怔盯著看，最後好不容易才把木船從盒子裡拉出來。

「好美。」

「我想說送這個應該蠻合適的，你是我救生船的領航員。」

「真體貼。」他吻吻我的額頭。「可是妳才是自己的船長，」他柔聲說，「我只是船員之一。」他從沙發上站起來。「等等。」

他隱入外套壁櫥裡，然後拿著小小銀盒，信步走回沙發這邊。

「送妳的。」

盒子裡有個金色護身符——是個迷你降落傘，底下有紅絲絨布襯著。

「這樣妳永遠都可以安全著陸。」

我用手指把玩護身符。「太好了，謝謝你，布萊德。謝謝你過去三個月以來的陪伴。我是說真的。要不是有你，這些事情我沒一個辦得到。」

他搓亂我的頭髮，可是眼神肅穆。「妳當然辦得到，可是我很高興妳讓我陪妳走這一程。」

他無預警地傾身吻我。比我們平日的輕吻更加緩慢慎重。我一時嗆住。我慌亂地站起身來。他喝多了，我們兩個心碎又脆弱，今天晚上可能會誤入歧途。我們走到前廳，我把他的外套從壁櫥拉出來。

「耶誕快樂，」我說，努力裝出隨性的語氣，「答應我，一有我父親的消息，就要打電話給我。」

「我保證。」但他沒接過外套，而是往下凝望著我。他溫柔地伸出手，用指關節撫摩我的臉頰。眼神如此溫柔，我一衝動就吻上他的臉頰。

「我希望你過得快樂。」

「我也希望妳快樂。」他低語，朝我走近一步。我的肚子裡突然起了小騷動，但我盡量不去理會。他愛的是珍娜。他撫平我的頭髮，視線在我臉上游走，彷彿頭一次看見我似的。「過來。」他用低啞的聲音說。

我的心在胸口裡猛跳。別毀掉你們的友誼啊。他很寂寞，他受傷了，他很想念珍娜。

我終止內心的交戰，走進他的懷裡。

他還抱住我，我聽到他的吸氣聲，彷彿要把我每分每吋都吸進去。他抵住我的身子，我感到他的熱氣、堅硬跟力量。我閉上雙眼，蹭著他的胸膛。他散發著松木氣味，我可以感覺他的心貼著胸口跳動。我往他窩得更近，無法忽視自己內在燃起的激情。他的手指穿過我的髮絲，我感覺他的嘴唇掃過我的耳朵跟脖子。噢，天啊，已經好久沒人這樣吻我了。我緩緩朝著他仰起臉。他閉上激情洋溢的雙眼，低頭將唇貼上我的嘴。他的嘴溫暖、濕潤又甜美。

我擠出所有的力氣，動作輕柔地推開。

「不行，布萊德。」我低語，多少希望他不會聽到。我想要這個男人，但現在時機不對。他跟珍娜只是暫時分開，在投入另一段感情以前，必須先將前一段關係理清楚。

他終於從我的髮間鬆開手，退後一步，用手揉過臉龐。他一抬眼，頰上浮現塊塊紅斑，我不確定是激情的燥熱，還是尷尬的結果。

「不行，」我說，「太快了。」

他露出受傷的眼神，給我一抹憂傷的笑容。他用一手將我的頭拉向他的唇，吻了我的額頭。

「幹嘛這麼該死的務實？」他問，語氣嘶啞得很動人。

我雖然面帶微笑，但心卻在痛。「晚安，布萊德。」

我踩著襪子站在水泥門階上，看著他的身影繞過轉角。雖然很艱難，但我知道自己做了對的決定。布萊德還沒準備好要投入新關係。

我走進屋裡關上門。我獨自在安德魯的家時，總是有股陰鬱籠罩著我，今晚我卻感到一絲希望。雖然布萊德可能還沒準備要再愛人，但今晚我內心攪起的激情告訴我，也許我已經準備好了。我轉身去看魯迪，牠在地氈上睡著了。我現在養了狗。明年這個時候，我會有個寶寶。我低頭盯著自己平坦的肚皮，想像自己再過幾個月穿上孕婦裝、浮現妊娠紋的模樣。這個想法讓我欣喜若狂，心差點爆開。

———

耶誕節的早晨到了，魯迪用口鼻猛頂我的胸口。我搔搔牠的腦袋。「耶誕快樂，魯迪小子。」我心裡立刻攤開一份清單，把家族晚餐必須籌備的東西全都條列出來，肚子絞成緊緊的小球。

「該走嘍，魯迪。我們有場派對要辦。」又一陣痙攣，我勉強站起身。痛楚緩和下來，我披上睡袍，可是低頭瞥向皺巴巴的床單時，就看到了。

一片亮紅污漬。

CHAPTER 17

我的腦袋一時不肯接受這個真相。我只是瞪著那片污漬看，接著肋骨彷彿熔合似的，害我無法呼吸。我雙膝跪地，將頭埋進雙手。魯迪在我身邊吠叫，把鼻子擠進我交叉的手臂當中。但我現在無力搭理牠。我整個人都空了。

我悲慟到動彈不得，十分鐘過後，我跳站起來，一把扯下床單。淚水淌下臉龐，我發出響亮難聽的哀嚎。汗滴聚集在髮線那裡。我把床單捲成一團，塞進洗衣籃。籃子靠在臀部上，扯開臥房窗簾。映入眼簾的，是如同諾曼．洛克威爾[38]畫作一般完美的耶誕早晨。可是我無法欣賞這天的美。我的靈魂跟子宮一樣空洞貧瘠。

我在彷彿麻醉的狀態中，過完耶誕節。艾瑪跟崔佛對我剛養的小狗著迷不已，兩個小孩加小狗大大娛樂了哥哥嫂嫂。但我只是茫然地冷眼旁觀，對歡喜、笑聲，甚至是美食都毫無所感。桌上的每種菜餚，凱瑟琳都只拿一口大小的分量，其他人則是狼吞虎嚥。我無動於衷地挑撿食物，要吃不吃的。

失去我的幻影孩子，讓我重新憶起母親的死，再次為她悲慟。我把自己鎖進樓上的浴室，是今天的第三次了。我伏在水槽上，往臉上潑冷水，告訴自己不會有事。

我好想要那個寶寶。我本來很確定懷孕了。母親……她應該在這裡的，可惡。她向來熱愛節慶，應該再多過一次耶誕節。

去年我們如常慶祝，對新年即將來臨的命運一無所知。早知道那是她在世的最後一次耶誕，我一定會送她很特別的東西，能觸動她心的東西。我卻去威廉斯索諾瑪家居用品店買了個帕尼尼[39]烤機送她。即使如此，她的臉龐還是因為喜悅而發亮，彷彿那就是她一心盼望的禮物。那天早晨她把我拉進懷裡並低語，「妳讓我好快樂，親愛的女兒。」

我胸中每滴尚未流下的淚水頓時潰堤。我一面啜泣、一面滑坐到浴室地板上。我今天極需母親的愛。我會跟她說我原本希望給她生個小孫子。她會安慰我，向我保證說會有另一片天的。

「布芮特，」裘德呼喚，一面擂著門板，「嘿，布芮特，妳在裡面嗎？」

我抬起頭，吸口氣。「嗯哼。」

「有妳的電話。」

我從冰冷的磁磚上起身，擤擤鼻子，忖度來電的會是誰。我跟凱莉昨晚才聊過二十分鐘。可能是布萊德，打電話來看看我的狀況，再次為自己的「放蕩」行為致歉。我打開浴室門，吃力地穿過走廊。崔佛在樓梯一半的地方跟我會合，把電話遞給我。

38　Norman Rockwell（1894-1978）是美國二十世紀的重要插畫家。

39　Panini 是熱烤三明治。

「哈囉。」我說，在姪子蹦蹦跳下樓梯之前，輕拍他的腦袋。

「布芮特嗎？」陌生的聲音問道。

「是。」

沉默灌滿了空氣，我納悶電話是不是斷了線。

「哈囉？」我再次問。

他終於開口了，嘶啞的嗓音感情充沛。「我是強・曼森。」

CHAPTER 18

我衝回樓上，進入母親的臥房，隨手關上門，背抵房門席地而坐。

「哈囉，強，」我在終於說得出話時開口，「耶誕快樂。」

他咯咯笑，聲音低沉悅耳。「也祝妳耶誕快樂。」

「你一定覺得很怪吧，」我說，「我自己都還在適應，我兩個月前找到那本日誌。」

「怪是很怪，不過也很酷。我真希望伊莉莎白以前就能聯絡上我，可是我能理解她為什麼沒有。」

你真能理解？我想問。因為我很想知道。可是這個話題留待以後再談就行——等我們手牽手對坐的時候，或是等我們依偎在沙發上，他用手臂攬著我肩膀的時候。

「你住哪？」

「西雅圖。我在這邊開了家小樂器行，叫曼森樂器。我每個月還會辦幾次吉他演奏會。」

我忍不住漾起笑容，想像這個有音樂長才的妙男子，他可是我父親呢。「跟我多說一點，我想知道關於你的一切。」

他輕聲笑著。「我會的，我保證。可是我目前有點趕——」

「抱歉，」我說，「現在是耶誕節，我就不要抓著你講話了，可是我很想見見你。你有可能來芝加哥一趟嗎？我新年假期結束以前都不用上班。」

他嘆口氣。「我很想見妳，可是現在這個時機糟透了。我有個十二歲女兒，前一陣子她媽媽搬回亞斯本，監護權在我手上。」

「我有妹妹？」怪的是，在我所有關於父女的幻想當中，從沒想過有這個可能。「太棒了，她叫什麼名字？」

「佐依，她很棒喔。可是她今天一直在咳嗽，我怕她就快感冒了。現在遠行是不可能的。」

「真可惜。」我突然想到，馬上脫口而出。「要不然我到西雅圖去？這樣佐依就不需要奔波，而且——」

「我很感激妳主動說要來，可是現在時機不對。」他的語調這時嚴峻起來。「還是謹慎為上，我要避免讓佐依接觸人群。」

我馬上領悟到當前的狀況：我父親在找藉口，他不想見我，他不希望容易受影響的年幼女兒知道當年的可恥秘密。我為什麼沒料到會有這種情形？「好吧，那就以後吧，你現在最好去照顧佐依。」

「嗯，最好這樣。不過，布芮特，我很高興認識妳。期待以後能跟妳見面，只是現在不方便，妳能夠理解吧？」

「當然，」我說，「替我跟佐依打個招呼，跟她說我希望她覺得舒服一點了。」

我把電話放在身旁。我終於找到父親了，而且還有個同父異母的妹妹。那麼，為什麼我那種遭人嫌棄的感覺比以往都還強烈？

———

我大步走回客廳，所有人的目光都聚焦在我身上。「那是我爸，」我說，努力裝出爽朗的語調，「強．曼森。」

本來在打盹的雪莉頓時醒來。「他還好嗎？」

「很好啊，人好像很棒。蠻善良的，我確定。」

「他住哪？」裘德問。

我用力坐在壁爐前面，摟住膝蓋。「西雅圖，他還在弄音樂，酷吧？」

「妳打算去找他嗎？」雪莉問。

我盯著魯迪的甜美臉龐，搔搔牠的下巴。「還沒，不過很快吧。」

「邀他來芝加哥嘛，」傑說，「我們都很想見見他。」

「會啦，等他女兒好起來，她現在身體有點不舒服。你們敢相信嗎？我竟然有個妹妹！」

裘德舉起他那杯血腥瑪莉，挑起一邊眉毛。「他有個真正的家庭？」

我的呼吸一嗆。「你說真正的家庭是什麼意思？」

「沒事，我的意思只是……」

「裘德的意思是，」凱瑟琳說，「他有個共同生活的家庭，一個他認識的家庭。」

傑挪到我身邊，席地坐下，一手搭在我的肩上。「妳也是他真正的家人。可是妳要有心理準備，小妹。都三十四年了，妳跟強尼現在才要建立關係，狀況是不同的。他永遠不會邊抱邊搖、哄妳入睡，也不會在妳做惡夢的時候，爬上床陪妳……」

也不會在我有小感冒症狀時擔心我……

裘德點點頭。「我公司有個女的，以前把兒子送給別人領養。他在十九年之後來找她，對她來講是很大的干擾。她身邊已經有兩個幼子，這個陌生人突然想要進入他們的生活，她完全沒辦法對他產生連結感。」他搖搖頭，彷彿想甩開夢魘般的影像。接著他看著我。「不過，妳不會有那種狀況的啦。」

一股濃霧湧入我的胸口。我一直苦苦尋覓的父親不想見我，而且另外有個女兒，他真正鍾愛的女兒。我是傳染源。他怕可能會傷害到他們父女雙人組，母親曾經料到會這樣嗎？這是她從不跟我提起他的原因嗎？

——

到了九點，我拿著鞋子站在前門那裡，目送哥哥嫂嫂離開，疲憊至極又悲傷。裘德跟凱瑟琳是最後離開的，可是裘德站在前廳，似乎有點遲疑。他胡亂撈著車鑰匙，然後遞給凱瑟琳。

「親愛的，先去發車吧，我馬上到。」

她一離開，他就轉向我。「我一直想問，妳打算繼續在老媽的家住多久？」

他的語調讓我脈搏加快。「我……我不確定，我目前沒有其他地方可以去。」

他搓搓下巴。「老媽訂了三十天上限的規定。妳從感恩節就來這裡住了吧？」

我難以置信地盯著他。此刻，母親遺傳給他的每個好 DNA 全都隱而不見，我只看得到查爾斯．波林格的影子。「對，不過她是說連續三十天，我每個星期一都住約書亞之家。」

他的嘴巴沒有笑意，但眼神帶有嘲諷的笑意，讓我覺得自己很蠢。「那又怎樣？妳認為時鐘每個星期都重頭計時？」

我就是那麼想的。可是從他臉上的得意笑容看來，我知道他並不苟同。「你要我怎樣，裘德？我現在靠教師薪水過活，手上沒遺產，家具也都送走了。」

他把手往上一攤。「好啦，好啦，算了。我只是想說，這麼多人裡面，最想按照老媽規定的走，應該就是妳了。妳要待多久都隨妳啦，我都沒差。」他輕吻我的臉頰一下。「今天很棒，謝謝妳，愛妳喔。」

我在他背後使勁甩上門，但巨大的玫瑰木門重到沒辦法自己扣上。我大步走向客廳，一轉身，拿鞋子朝門上猛砸。「你這個大混蛋，裘德！」

魯迪從地氈上起身，朝我衝來。我在牠面前用力坐下。「還有你，」我邊說邊蹭柔軟的狗毛，「就是你啦，我們必須找那種接受亂毛混種狗的公寓，該怎麼辦？」

———

我覺得身心交瘁，什麼都不想做，只想沉入母親的高級床單裡，慢慢飄入夢鄉。但到凌晨三點卻還是清醒無眠地躺在床上，心思從對父親的思緒，跳到無孕的子宮，再跳到哥哥嫂嫂叫我面對的現實。我之前對同父異母妹妹瞬間湧現的愛意，已經消隱無蹤，只剩下一波不安的浪潮，夾雜著嫉妒跟自我厭惡。

我翻身側躺，心思飄向裘德。我在腦海裡把他講的話——他的控訴——重播幾次，最後索性把棉被掀開，走下樓去，在廚房流理台上找到手提電腦。

不到十分鐘，我痛苦地意識到，要找新住處，我那份微薄收入跟毛茸茸朋友會成為重大的障礙。搜索過好幾頁會吃掉我整份月薪的時髦租處之後，我深吸口氣，修改搜尋條件。我一定要有第二間臥房。可是一房的物件房租還是太高。只有一個解決辦法：我必須搬到南區去。討人喜歡的東北區鄰里，我生活一輩子的地方，租金就是太高。我所屬世界的每個人都住在市中心北邊，那又怎樣？

我按下輸入鍵，意識到自己想得沒錯。市中心南邊的租金便宜多了……可是對頭一年領教師薪水的人來說還不夠便宜。不能碰退休基金，也不想當二房東分租給一堆陌生人，唯一的選擇就只有住到艾森豪高速公路南邊——我從沒想過有一天會去住那一帶。

我辦不到！我沒辦法去住陌生地區——罪惡跟墮落充斥的地方。我再次滿頭霧水。母親到底在想什麼？

CHAPTER

19

陽光籠罩在地平線上，我紅著眼睛、模樣邋遢地到約書亞之家接珊奇塔，要去找陳醫師看診。這天早晨冷颼颼的——就是依賴聲響而非視覺來記憶的那種早晨……靴子踩著積雪的嘎吱響、密西根湖面上冰片的裂聲、火爐片刻不停的嗡嗡響。珊奇塔坐在副駕駛座，穿著絲絨跑步裝，外搭假毛草連帽短外套，在熱氣口前方搓著赤裸的雙手。

「根據《美國新聞與世界報導》，」我告訴她，「芝加哥大學醫學中心有全國最棒的腎病學醫療。」

她拉下遮陽板好擋住陽光，往後一靠，把雙手塞在腿下。「我還是不懂妳幹嘛做這種事，妳沒更好的事要忙嗎？」

「我關心妳啊，」她翻翻白眼，但我繼續說，「我知道妳不想聽這種話，我也知道妳還不信任我，可是這就是單純的真相。妳在乎某人的時候，就會想幫忙對方。」

「問題是，我真的不需要妳幫忙。寶寶生下來，我就會好起來。」

「我曉得。」我說，真希望我相信自己的話，但我並不信。她在刺眼的晨光中一臉蠟黃，而且從肚皮看來，增加的體重也不夠。

「妳挑好名字了嗎？」我問，希望能夠讓氣氛輕鬆點。

「呃嗯，」她說，一面用雙手搔腿，「我要用弟弟的名字來叫我的寶寶。」

「妳弟弟一定是個特別的傢伙。」

「本來是，也很聰明。」

「本來是？」我輕聲問。

「他死了。」

「噢，甜心。真遺憾。」我現在學會不要去打探。一談到私事，珊奇塔整個人就會封閉起來。我們默默行駛一分鐘，讓我意外的是，她竟然繼續說下去。

「我那時六年級。我們其他人都去上學了，只剩迪昂提跟奧斯汀在家。他們肚子餓了，迪昂提就爬到流理台上，伸手想拿玉米穀片。」

我手臂上的汗毛豎起，我想叫她別再說了。這一次我不想聽接下來發生的事。

她望出副駕駛座的窗戶。「他不知道爐子的火開著，結果睡衣著火了。奧斯汀拚命想救他，可是根本沒辦法。」

她搖搖頭，目光緊盯地平線。

「從那之後，我可能就一直很氣我媽。縣裡的人說那不是她的錯，可是我很清楚，弟弟在尖叫的時候，她為什麼沒醒來。我放學回家以後，就把所有的東西都沖進馬桶。我們才不要去寄養家庭呢。現在我有時候還是會想，自己當初為什麼要那樣做。」

我的肚子糾結起來。是大麻？古柯鹼？還是安非他命？我沒問。我伸手輕輕搭住她的手臂。「我好遺憾，甜心。迪昂提會透過妳的寶寶活下來。妳這樣真體貼。」

她看著我。「嗯呃，不是迪昂提。我要替他取奧斯汀這個名字。奧斯汀從那天以後整個人就變了。我媽還讓他以為都是他的錯。他變得很安靜，後來鬧出一堆問題，十四歲就輟學了。兩年前他用舅舅的槍自殺。他親眼看過迪昂提死掉，活著對他就變成很困難的事。」

除了護士以及坐在玻璃板後面的開朗接待員之外，我們是第一批來到陳醫師診間的人。珊奇塔填完書面資料之後，就跟我並肩坐在殺過菌的接待區裡。

「珊奇塔．貝爾。」護士從敞開的門口呼喚。

珊奇塔站起來。「妳要來嗎？」

我從雜誌抬起頭來。「沒關係，我可以留在這邊。」

她咬著唇側，但動也不動。

「如果妳希望我跟著進去，也可以，就看妳嘍。」

「那會很好。」

我簡直不敢相信，她竟然要我陪她。我把雜誌丟到一邊，保護似地攬著她的肩，尾隨護士踏進診間。

珊奇塔穿著輕薄的綠色病人袍，坐在診療台上，瘦巴巴的裸腿用布單蓋住，頭髮往後用橡皮筋束起，臉上沒有彩妝，看起來就像等兒科醫師來看診的孩子。我們聽到輕柔的敲門聲，接著陳醫師走了診間。她向珊奇塔自我介紹之後轉向我。「妳是？」

「我是布芮特．波林格，珊奇塔的老師——跟朋友。她母親住在底特律。」

她點點頭，彷彿模糊的答案就夠了。經過徹底的診察、幾次抽血，以及一連串累人問題之後，陳醫師剝下乳膠手套，要珊奇塔穿好衣服。「等一下到辦公室找我，就在走廊對面。」

——

我們面對醫師的辦公桌坐著，她刻不容緩切入重點。「妳的狀況很嚴重，珊奇塔。懷孕又讓狀況更惡化。懷孕帶來的壓迫，讓原本脆弱的腎臟更虛弱。跟我原本懷疑的一樣，腎臟沒辦法正常運作，血鉀就跟著升高。發生這種狀況的時候，妳就有心跳停止的危險。」她翻理桌上的文件，我無法判定她是不自在還是不耐煩。「等我拿回檢驗報告，我想再見妳一次，可是時間才是最關鍵的。我建議妳盡快墮掉胎兒。」

「什麼？不要！」珊奇塔轉身向我，彷彿我背叛她似的。「才不要！」

我用手壓著她的手臂，轉向醫生。「她都到懷孕中期了啊，陳醫師。」

「產婦有生命危險的時候，是可以進行晚期墮胎的。這個案例裡就是。」

珊奇塔勉強站起來，顯然準備把這番對話拋在腦後。「如果她不墮胎，會怎麼樣？」

醫生直直看著我。「她有一半的機會，嬰兒的機率是百分之三十左右。」

醫生沒說存活，她無須多說。

——珊奇塔坐著，目光直直望出車子的擋風玻璃，臉孔跟花崗石一樣鋼硬。「我才不要回去，那個女士想殺死我的寶寶，我不會讓那種事發生。」

「甜心，她不是想殺死妳的寶寶，她只是認為那樣對妳才是最好的。妳有生命危險，妳懂嗎？」

「那妳懂嗎？」她怒目瞪著我，「妳又沒小孩，沒資格教我怎麼做！」

我的心都碎了。那個紅色血漬再次全力朝我襲來。我很勉強才穩住呼吸。「妳說的對，抱歉。」

她瞪著副駕駛座窗外，我們默默行駛好幾英里。快抵達卡洛大道的時候，她終於開口，聲音輕柔到我差點聽不到。「妳一直想要孩子吧？」

她說得好像我已經錯失機會，彷彿一切都已太遲。在她的世界裡，三十四歲聽起來就像七老八十。「對，我以前就想要孩子——現在也是。」

她終於轉向我。「妳很適合當媽媽。」

這是她可以說出的最甜美也最殘忍的話。我伸手掐掐她的手，她沒把手抽走。「等腎病解決了以後，妳也可以當個好媽媽。可是現在……我只是不想失去妳。」

「布芮特小姐，妳還不懂嗎？如果沒有這個寶寶，我的生命就沒意義了。我寧願自己死掉，也不要殺死寶寶。」

這就是我願為你捨身的愛啊。珊奇塔已經找到了這種愛。而正如所有執迷的愛，這份愛可能會奪走她的性命。

我把珊奇塔載回約書亞之家，才早上十點。我本來計畫跟她共度整個早晨，順道吃頓早餐並且採買嬰兒用品，但目前的氣氛一點都不適合慶祝，所以我沒這麼提議。

我退出車道的時候，瞥見深夜搜尋出租公寓的幾張列印資料，就散落在後座上。我把車子停在路邊，翻閱這些資料，要找比爾森區那棟還不錯的磚房。也許我可以開車路過，只是瞧一瞧就好，然後就可以跟給裘德跟布萊德說，我正在努力找房子。

我翻過一頁頁的資料，看到小義大利的六個地方、大學村的四間公寓，可是就是找不到比爾森區的那個漂亮地方。我知道我列印出來了，可是跑哪去了？大腿上的其他紙張就像遭人冷落的孩子，懇求我的注意似的。管他的……反正大概也是白搭。

我想用離工作地點跟約書亞之家更近的想法，替自己打氣，可是效果不彰。這些南區鄰里看起來就是陰沉又讓人沮喪……甚至有危險之虞。我開進小義大利的義裔美國村，那裡有活絡的購物區，還有城裡最棒的幾家餐廳，我的精神為之振奮。住這裡倒是行得通。我暗祝自己好運，按圖索驥找出第一個租址。但不是村裡那種可愛的房子，而是水泥方塊建物，前側窗戶用木板釘死，就像戴了遮罩的眼睛。我的天，這個鬼地方跟克雷格列表[40]上的圖片一點都不像。

我開到盧米斯街，那裡的院落丟滿東西，從舊車輪胎到生鏽的燙衣板應有盡有，出租告示淹沒在這當中，我的火氣逐漸上升，這就是母親的打算嗎？我無法判定自己是受到傷害、冒犯，還是被惹毛了——我的結論是三者皆有。

除夕夜五點，我靠在母親那棟褐石屋的窗座裡，緊抓一包 M&M 巧克力。外頭，隨著城市準備迎接一年一度的大混仗，太陽也逐漸不敵月亮而敗下陣來。魯迪在我腳邊蜷著身子，我在電話上向凱莉報告最新消息。我跟她說起帶珊奇塔去給醫師看診，還有裘德質問我的居住狀況。

「還有，強尼昨天晚上又打來了。跟之前一樣，他只想談佐依的事。她感冒惡化了，他蠻擔心的。我想說，*我懂，你不用擔心，我不會咚咚直接跑到你家門前的*。」

「別急著下定論。等佐依恢復健康，他就能把焦點放在妳身上了。相信我。我知道孩子生病是什麼狀況，他們會變成妳的全世界。」

我正發牢騷說，拜託，只是感冒而已耶，但連忙打住。珊奇塔說得對，我沒孩子，我不懂。

「所以，妳的小朋友都還好嗎？」我問。

「很棒啊。泰蘿星期四晚上才表演完舞蹈，我會把影片傳給妳。她就是後排那個老是跟錯拍的高個兒，我以前也都這樣。」

---

40 Craiglist 是總部在美國的網上大型免費分類廣告網站。

我們咯咯發笑。「妳今天晚上要幹嘛？」她問。

「沒幹嘛。傑跟雪莉要去參加豪華派對。我自願幫忙看小孩，可是雪莉請了臨時保姆。所以我把找得到的梅格萊恩[41]電影都租來了。」我信步走到矮桌上的那疊影片那裡。「有《西雅圖夜未眠》、《電子情書》……想過來嗎？」我調侃著。

「如果妳有《當哈利碰上莎莉》，我一定到。」

「我第一部就是挑這個。」

我們都笑了。「天啊，布芮朵，我真想妳。我們要跟史黛拉的一些同事去參加派對。老實說，我寧可拿我這個晚上跟妳換。有時候我真的很羨慕妳。」

「不用羨慕，」我邊說邊回到窗座，「我的生活沒啥好羨慕的。」喉嚨緊縮起來。「小凱，孤單一人是很沮喪的。我在街上走，看到成雙成對的年輕人——常常還推著娃娃車——就覺得自己好老。萬一我永遠都找不到對象呢？萬一我永遠都沒孩子呢？鄰居的孩子會拔腿跑過我的房子，很怕那個獨居的瘋老太太嗎？」我抓起面紙，輕抹鼻子。「天啊，我會孤獨死在這裡，在母親的褐石屋裡。」

「不會啦，妳又不能在那裡久住，記得吧？妳比較可能在破爛的租屋裡孤獨死掉。」

「噢，還真不賴。」

她呵呵笑。「妳不會有事的啦，布芮朵。妳是三十四歲，又不是九十四歲。而且妳會遇到對象的。」她頓了頓。「其實我還猜妳已經遇到了。」

「真的嗎？」我把面紙塞進口袋。「誰啊？」

「妳母親的律師啊。」

我的心亂跳。「布萊德？不可能啦。」

「妳有沒有考慮過？別騙我。」

我嘆口氣，又抓一把 M&M 巧克力。「好吧，也許有。」我跟她說上一次跟他碰面的情形，還有他半心半意企圖誘惑我的狀況。「他跟珍娜只是暫時分開。他很寂寞，又有點醉了。如果我們搭上線，會毀掉所有事情的。」

「妳跟我說過，他們的關係時斷時續。欸，我是在想，妳不是很納悶妳媽為什麼要雇布萊德，而不是找那個她用很多年的老頭子嗎？」

「嗯？」

「我想她故意替妳跟布萊德牽線。」

我坐起身。「妳認為她希望布萊德跟我在一起？」

「對。」

彷彿一陣陽光穿透風雨交加的天際，我恍然大悟。我不敢相信自己竟然沒早點想通。母親就是因為知道我們會陷入愛河，所以才找布萊德．米達而不是金布雷特先生來處理遺產。她一

---

41 Meg Ryan（1961-）是擅長演繹浪漫喜劇的美國電影女演員。

手替我策劃了全新的關係，對象是她認識且敬重的人。看來那本紅日誌並不是她送我的最後一份禮物！

——

我瞪著電話，第四十七次在心裡演練想要說的話。我的雙手顫抖，內心卻平靜得出奇。我並非單獨一人，母親在這件事上陪著我，我感覺得到。我用手指撥弄那個小小黃金護身符——我的降落傘，想確保自己能夠安穩著陸。我深吸一口氣，敲進號碼。電話響到第三聲，他便接起來聽了。

「是我。」我說。

「嘿，怎麼了？」他的語調昏昏沉沉，我想像他伸個懶腰，要去拿鬧鐘來看時間。我很想調侃他說，我們兩個真是遜斃了，除夕夜竟然都形單影隻，可是現在不是開玩笑的時候。我用力嚥嚥口水。

「你今天晚上想找個伴嗎？」

我的訊息應該沒有誤會的空間。起初他不發一語，我的心一沉。我正準備哈哈一笑，跟他說我是說笑的，這時卻聽到他的聲音，輕柔又溫暖，有如寒夜裡的一杯雪莉酒。「很想。」

——

細緻雪花從空中紛紛飄落，好似篩過的麵粉。我在歐克利街右轉，沿著街燈柔光籠罩的安靜馬路行駛。我奇蹟似地找到停車位，距離他的連棟屋才一個街區。我判定這是個好預兆。我下了車，朝著他的房子越走越近，最後小跑步起來。一切都照該走的方向發展著，我們會一起完成每項計畫，包括我避之唯恐不及的馬。現在，對我來說，連假性懷孕的打擊似乎也沒那麼大了。布萊德會是個優秀的父親，比安德魯好太多。我現在樂得暈陶陶，想到就要開啟我的新年、我的新人生，整個人亢奮難抑。

我抵達門廊，停下腳步。萬一我跟凱莉的直覺都錯了呢？我的心跳在太陽穴怦怦作響，還來不及重新考慮，門就忽地打開，我倆對上目光。他穿著牛仔褲，棉質襯衫沒塞進褲頭，看起來好帥。我真想一把抱住他。但我來不及出手，他就搶先一步。

我們進到屋裡，他一踢把門關上，接著將我抵在牆面。我呼吸急促、昏頭轉向。我扭身脫掉外套，雙臂扣住他的頸背。他用雙手捧住我的臉，親吻我的頸子跟嘴唇。兩人舌頭交纏。

他嚐起來有點波本威士忌的味道，我好想將他一飲而盡。我用手指耙過他濃密柔軟的頭髮——摸起來跟我想像的一樣。他的雙手順著我的身體往下遊走，撩起我的毛衣，手指找到了我的赤裸肌膚。我的身體爆出一陣雞皮疙瘩。

他把我的毛衣往上拉過腦袋，雙手滑到我的胸衣底下，捧住我的胸脯。「噢，天啊，」他貼著我的脖子低聲說，「妳好美。」

我現在渾身發燙，雙手往下伸，盲目摸索他的腰帶扣環。找到了皮帶，把它拉掉，接著扯開他的牛仔褲釦子。

我聽到他的電話鈴聲從別的房間傳來。

他的身子一僵，手指停在我的胸尖上。

本能告訴我，是珍娜打來的。我曉得布萊德也知道。

電話再次響起。

「別理它。」他低語，搓揉我的胸脯，但手指笨拙起來，彷彿失去了節奏——或是興趣。

我把頭埋在他的胸口裡，聽著鈴聲再次響起。最後，他的雙手終於落在身側。

我有種噁心的感覺。我真是笨蛋，我在想什麼啊？我退了開來，叉起雙臂、遮住裸胸。

「去吧，」我說，「接電話吧。」

可是鈴聲現在已經停了。唯一的聲響是火爐的消沉哀吟，還有布萊德的濃重呼吸。他站在我面前揉著自己的頸背，褲子鈕釦解開、襯衫皺成一團。他朝我伸手，眼神流露清楚的悲傷，溫柔目光所訴說的是：他並不想傷害我。那種神情告訴我，他的真心屬於別人。

我努力想把嘴唇彎成笑容，但嘴角卻任性地下垂。「打給她吧。」我低語，然後彎身去撿毛衣。

我衝下前廊階梯，聽到他在呼喚我。我一走到人行道就拔腿狂奔，害怕要是稍微停步，整個世界就會從腳下崩塌而去。

CHAPTER 20

幸好耶誕假期劃上句點，教學工作再度開始。我竟然寧可工作而不是休假——誰料得到我的人生會變得這麼可悲？我把皮製提袋掛上肩膀，過夜行李袋掛在另一肩。「祝你在雪莉阿姨家玩得愉快，魯迪小子。明天見。」

時鐘還沒敲響六點，我就已經上路，不過黎明前的路上已經出現蜿蜒的車流。我在心裡複習漫長一天要做的事。我到底著了什麼魔，竟然上工的第一天，就要跑去約書亞中心值週一晚上的班。不過，老實說，我到收容所去，總比獨自在家裡哀悼錯失的寶寶、誤認的新歡、可能不會扛起父職的父親還好吧。

我打開頭頂燈光，辦公室從沉睡中甦醒。我看到窗櫺上的天竺葵。花謝結籽，葉片易碎泛黃，雖然兩個星期沒人照顧，還是想辦法活下來——就跟我一樣。我打開電腦，還不到七點，那就表示，在忙碌的這天開始之前，我還有兩個美妙的小時可以先做安排。頭一學期的期末考明天開始，珊奇塔到了週末就可以好好放鬆。

電話閃著代表有留言的紅燈。我抓起記事本開始聽留言。頭兩則是轉介過來的新學生。第三則是泰勒醫生在十二月二十三日發的。我聽到他的聲音就坐下來，啃著鉛筆尾端的橡皮擦。

「嘿，我是葛瑞特，萬一妳在放假期間恰好聽了留言，我想順便把手機號碼給妳。號碼是312-555-4928。隨時都可以打給我，我都在。逢年過節可能會很難捱，尤其這是妳喪母之後的第一個耶誕。」他頓了頓。「總之，只是要讓妳知道怎麼聯絡我。如果妳是在新的一年聽這個留言，那麼我很高興妳撐過了節日。恭喜，新年快樂。很快再聊。」

我丟下鉛筆，瞪著電話。泰勒醫師真正關心我，我不只是他病患的老師而已。我再聽一次，只是為了聽聽他的聲音。然後我發現自己面露笑容，是這幾天以來的頭一次。我撥了他的號碼，希望他也習慣早起。

他是。

「新年快樂，葛瑞特。我是布芮特，剛剛接到你的留言。」

「嘿！唔，我只是……我不確定是否……」

他聽起來很難為情。我漾起笑容。「謝謝，我很感激，你假期過得怎樣？」

他告訴我，他跟姊姊以及她們家人一起過耶誕。「我們到賓州我外甥女家去吃晚飯。」

「你外甥女家？」我一時困惑。可是當然了，雖然艾瑪還是小寶寶，但他外甥女已經是成人，搞不好跟我一樣大。「真好。」

「瑪莉莎是我大姊的女兒，很難想像她兩個小孩現在都上高中了。」他停頓片刻。

「妳的節日過得怎樣？」

「我今天才接到你的留言，算你運氣好。要是我早點有你的號碼，就會設成快速撥號了。」

「有那麼糟啊？」

「對，就有那麼糟。」

「我的頭一個病人九點才會到，妳想談一談嗎？」

耶誕節當天月經來潮，還有跟布萊德的那段丟臉插曲，這些細節我就不提了，不過我把自己怎麼過節的縮影告訴他——為母親哀悼、尋找公寓未果、帶珊奇塔給醫師看診。想也知道，他畢竟是個精神科醫師，很懂得傾聽。可是這個專研心理疾病的醫師卻讓我覺得自己很正常，而不是什麼瀕臨失常的變態怪胎，有時候我就是覺得自己有毛病。他甚至還把我逗笑了……直到他問起我有沒有父親的消息。

「其實耶誕節那天他打電話來了，他還有個女兒，」我劈頭就說，「是他認識而且疼愛的人。他不像我這麼急著見面。」這些話一說出口，我馬上就後悔了。我不應該嫉妒妹妹的，她身體不舒服，我應該更能體諒才對。

「你們還沒有見面的計畫？」

「沒有。」我掐著鼻樑。「佐依感冒了。他不想讓她奔波，也不想讓她接觸到我身上可能潛伏的病菌。」

「妳覺得自己被拒絕了。」他的語氣柔軟和善。

「對，」我低語，「我以為他會趕搭第一個班機飛來芝加哥，搞不好他不想讓我進入他們的生活，免得佐依不開心。誰曉得呢？我覺得自己好自私，可是我等了那麼久。我只是想認識他——還有佐依，她是我妹妹。」

「妳當然會想。」

「我覺得……我覺得自己就像是送給父親的一份禮物，但是說到底，是一份他不需要的禮物。我給了他複製品，他熱愛的卻是原作。」我閉緊雙眼。「簡單的事實就是——我嫉妒佐依——我知道自己不應該有這種感覺，可是就是有。」

「講起個人的感受，是沒什麼應不應該的。有什麼感覺，就是什麼感覺。」聽到他的聲音，就像在我熱燙額頭蓋上涼爽毛巾。「妳一定覺得父親保護的是妹妹而不是妳。」

我哽咽起來，用手搧臉。「嗯哼。」我瞥了眼時鐘。「噢天啊，八點半了，我要放你去忙自己的事了。」

「布芮特，妳有這種感覺是正常的。就像每個健康的人，妳也渴望有段關係，可以讓妳覺得受到滋養、保護跟關懷的關係。妳原本抱有很高的期待，希望父親可以滿足這些需求，也許他會。不過那些需求也可以用其他方式滿足。」

「你通常挑在這種時候開贊安諾、煩寧[42]什麼處方藥的嗎？」

他咯咯笑。「不是，妳不需要吃藥。妳只是在生活裡需要更多愛——不管來自父親、來自戀人，或者別種來源，也許甚至來自妳對自己的愛。妳覺得缺乏的，是人類的基本需求。信不信由妳，妳還算幸運——因為妳承認自己有這種需求。外頭有一堆不快樂的人，隱藏自己的需求。尋求愛會讓人變得脆弱易傷，只有健康的人才會准許自己露出脆弱的一面。」

「我現在才不覺得自己很健康，可是既然你是專家，我就相信你說的話。」我瞥瞥月曆，看到九點十五分跟阿米娜有約。「我真的得走了，你也是。不過，謝謝你的這個療程。我在治療結束的時候，會收到一份大帳單嗎？」

他哈哈笑。「也許喔，搞不好哪天要妳請吃中飯。」

我一時措手不及。泰勒醫師對我有意思嗎？姆，我從來沒跟年紀大點的男性約過會，但我不得不承認，跟同齡男性的交往成績也不怎麼精彩。葛瑞特之於我，會不會就像麥克·道格拉斯對上凱瑟琳·麗塔瓊斯？會不會就像史賓塞·屈賽對上凱瑟琳·赫本[43]？我急著想回點高明的話，一派輕鬆卻又含意深遠的那種，暗示自己的大門是敞開的——即使只是開了個小縫。

可是我拖太久了。

「去工作吧，」他說，語氣比平常更一板一眼，「跟彼得下一次上完課的時候，請打給我好嗎？」

「好。好，當然。」

我想拉回午餐的話題，但他已經開始道別，一晃眼就斷了聯繫。

---

42 兩者都是安眠藥。

43 這兩對伴侶都是影星，分別為 Michael Douglas（1944-）跟 Catherine Zeta-Jones（1969-），Spencer Tracy（1900-1967）跟 Katherine Hepburn（1907-2003）。

斷的既是電話，也是情感。

——

整天下來，細細水霧像聖水一樣灑向整座城市，現在溫度逐漸下滑，嚴重打亂了交通。我知道即使是過得最順遂的一天，彼得也有能力一舉摧毀，所以一如既往將他的課程排在末尾。

今天的課程跟以往沒兩樣。他照常不肯跟我做眼神接觸，咬緊牙關咕噥著回答。不過，一個聰明的孩子成天悶在菸霧繚繞的家，我還是忍不住為他難過。上完課的時候，我從提袋裡拿出一疊書。

「我前幾天去逛書店，彼得。想說你可能想找東西唸，你知道，就是讓自己多動動腦。」

我抬頭看他，希望在他臉上看到一絲期待或興奮。可是他只是往下瞪著眼前的桌面。

我從那疊書裡抽出最愛的一本。「我知道你喜歡歷史，這本書講的是沙塵窩事件[44]的孩子。」我伸手去拿另一本。「這本談的是路易斯跟克拉克的遠征歷險[45]。」

我正準備要挑另一本時，他就一把從我手中搶走那些書。

我漾起笑容。「這就對了，拿去吧，都是你的了。」

他抱起一整疊，守護似地抱在胸前。

我雀躍不已，這是頭一次我們在積極正面的氣氛中結束課程。

我緩緩走下前廊階梯時，還在下毛毛雨。我注意到水泥階梯上覆蓋著融冰，於是抓緊鐵欄杆走著。雙腳踏上車道時，聽到背後傳來開門聲。

一轉身就看到彼得冒雨站在前廊上，懷裡揣著新書，盯著我看。我在想他是不是想跟我道謝。我等了片刻，可是他默默無語。他可能覺得很難為情吧。我揮揮手，轉身朝車子走去。「好好享受你的書，彼得。」

響亮的砸落聲把我嚇一大跳，急忙轉身。彼得站著看我，臉上掛著邪惡笑容。嶄新的書本在前廊上摔開，吸起一灘灘的髒水。

我打開辦公室的門鎖，把濕濕的袋子丟到地上，衝到電話那裡。響了第四聲後，他接起來。

「葛瑞特，我是布芮特，有時間講話嗎？」

我再描述彼得對書本的殘忍反應時，聲音還抖個不停。

我聽到他嘆氣。「發生這種事，我真的很遺憾。我明天會打幾通電話。他在家裡的行為越來越惡劣，該要替彼得找別的安置地點了。」

「別的安置地點？」

「這孩子不適合待在家裡。庫克縣有一流的課程可以提供青少年精神患者，叫『新途徑』。學生跟教職員的比例是二比一。學生一天可以得到兩次密集治療。彼得的年紀小了點，可是我

44　Dust Bowl是一九三〇年代在美國跟加拿大大草原上發生的嚴重沙塵暴，劇烈影響了當地的生態與農耕。

45　這趟首次橫越美國，西抵太平洋沿岸的探險考察活動，進行時間為一八〇四年至一八〇六年。

希望他們可以通融一下。」

我鬆口氣，但也覺得失望。也許我可以很快卸下彼得這個重擔，可是我覺得自己好像拋棄了一項任務，彷彿戲演到一半就走出去。誰曉得？也許結局可以補償過去的不愉快。

「搞不好他只是覺得那些書很蠢或者侮辱到他，」我說，「也許我帶禮物給他，好像他是慈善救助的對象，所以冒犯到他。」

「這跟妳沒有關係，布芮特。他不是妳一般遇到的那種孩子。不管妳多麼努力，恐怕都沒辦法贏得他的心。他想傷害你。目前只是造成情緒上的痛苦，但我擔心可能會發生更糟糕的事。」

想起彼得那抹冰冷無情的笑容，我打了個寒顫。

「嚇到妳了吧？」

「我還好。」我望著下方的陰鬱街道，原本打算整個傍晚都待在這裡，直到九點去約書亞之家輪值。可是原本舒適的辦公室突然變得孤絕又不祥。

「記得你之前提過的那頓中飯嗎？」

葛瑞特猶豫一下。「記得。」

我深吸口氣，閉緊眼睛。「你想現在去喝杯咖啡嗎？還是要來杯酒？」

我屏住呼吸，等他回答。他開口的時候，我想我聽到他的語氣帶有笑意。

「一起來杯酒好了。」

不出所料，交通狀況糟透了。我選的不是以前跟安德魯常去的時髦地方，而是沛特里諾，這家四〇年代風格的酒吧餐廳就在市中心附近，我想葛瑞特在那裡會蠻自在的。可是現在都五點四十了，我還在南區，距離劇院區還有幾里遠，六點絕對趕不到。我今天早上寫下他的手機號碼以前，幹嘛先刪掉留言呢？

手機響起的時候，我本來以為他要跟我說，他也困在車陣裡。可是不可能，他沒我的手機號碼。

「我是約書亞之家的瓊・安德生，妳本來九點過來就可以，可是我要妳早點來。」

我很火大，這女人到底怎麼搞的，以為可以對我頤指氣使？「抱歉，我有事。也許可以提早在八點左右就到，但我沒辦法保證。」

「珊奇塔有狀況，她出血了。」

我把手機拋到副駕駛座上，急急迴轉。兩輛車對我大鳴喇叭，可是我不理他們。我滿腦子只有那個榛果色眼眸的女孩，以及她願意以生命去換的寶寶。

「別讓寶寶死掉。」我一次次高聲祈禱，直到抵達收容所為止。

我把車子停在路邊，瓊從白色雪芙蘭裡跳出來。我衝上車道的時候，她快步走來會合。

「我要帶她去庫克縣紀念醫院，」她說，「我留了紙條，上面寫了針對今天晚上的說明。」

我走到車邊，打開後座車門。珊奇塔躺在後座，按摩著肚子。腫脹的臉龐閃著汗光，但一見到我就露出笑容。我掐掐她的手。

「撐著點，甜心。」

「妳明天會回來嗎？我一定要考試。」

儘管吃了這麼多苦頭，她還是決心完成學業。我嚥下堵在喉嚨的硬塊。「不管妳什麼時候準備要考都行，不用擔心，學校的老師都會理解的。」

她懇求的眼神對上我的視線。「請替我的寶寶禱告，布芮特小姐。」

我點點頭，關上車門。車子開走的時候，我又禱告一次。

——

我在辦公室裡找到瓊的紙條，還有兩個住客之間正在醞釀的爭端細節。如果時間許可，她希望我能居中調停。但在進行任何事情以前，我必須先打到沛特里諾，請餐廳呼叫葛瑞特。我在桌上找電話簿的時候，電視房傳來吼叫聲。我從椅子上跳起來，猛力推開辦公室門，一腳踩進戰場。

「妳沒有權利亂碰我的東西！」茱洛妮亞脹紅臉、放聲尖叫，跟坦妮雅的臉才隔幾吋遠，但坦妮雅毫無退卻的意思。

「我跟妳說過，我沒碰妳的抽屜。妳是沒事幹喔。」

「冷靜點，女士們，」我說，可是聲音在顫抖，「馬上停下來。」

就跟我在道格拉斯奇斯的學生一樣，她們理也不理。住客從其他房間趕來看熱鬧。

「我有事要忙好嗎！」茱洛妮亞說，雙手搭在臀上，「我不偷別人的錢！我自己有工作，哪像妳，大屁股整天只會坐著，啥都不幹。」

旁觀者一起發出「噢」的聲音。背景傳來茱蒂法官[46]在電視上嚴厲指責某人的聲音。我盡量模仿她的權威感。

「女士們，停！」

坦妮雅準備走開，接著又後退一步，以雜技演員的靈活度，旋身朝茱洛妮亞的下顎送出一拳。茱洛妮亞一時愣住，抹抹嘴巴。她把手往下放的時候，看到手指沾了血。

「賤人！」她揪住坦妮雅的頭髮死命拉扯。坦妮雅的髮片掉到地毯上。

坦妮雅尖聲大罵髒話，朝她撲去。算我好運，瑪賽蒂從背後抓住坦妮雅。我拉住茱洛妮亞的手臂，使出連我自己都吃驚的力氣，硬是把她拖進辦公室。我腳一踢把門關上，抖著手把門鎖住。茱洛妮亞咒罵著，額頭青筋暴突，可是至少把她制住了。坦妮雅大吼大叫的聲音繼續從門外傳來，但沒有之前那麼火爆。我往桌面一坐，指指床鋪。

「坐。」我說，不順暢地吸口氣。

茱洛妮亞坐在床緣，牙齒刮磨下唇，雙拳緊握。

---

46 Judge Judy 是美國法庭實境電視劇，從實際案例改編而成，從一九九六年開播至今。

「她偷了我的錢，布芮特小姐。我知道是她偷的沒錯。」

「多少？」

「七塊錢。」

「七塊錢？」從暴怒的程度來看，我還以為牽涉到幾百塊錢。我的銳氣再次一挫。對於一無所有的人來說，七塊錢就是一筆財富。「妳為什麼認為是坦妮雅拿的？」

「只有她知道我把切達[47]收在哪裡。」

我茫然看著她。

「意思就是我的鈔票，我的錢。」

「噢，唔，搞不好妳忘記自己花掉了。我常常發生這種事。打開皮夾，以為錢不見了，可是停下來仔細回想，才明白是自己花掉的。」

她偏著頭看我，拉長了臉。「呃呃，我不會發生那種事。」她朝天花板仰起臉，快速眨著眼。「我準備替麥頁娜買新書包，她本來那個都破了。沃爾瑪超市有一個要十四塊錢，錢都存到一半了，結果被那個懶婊子偷走了。」

我為她感到心碎。我想打開自己的皮夾，把身上的錢都給她，但那是違規的作法。「這樣好了，我會替妳找個小保險箱，明天就拿過來，那樣就沒人可以拿走妳的切達了。」

她對我微笑。「太好了。不過那還是沒辦法把我的錢要回來。妳知道我花多久才存到七塊錢嗎？」

不，我不曉得。我生下來運氣就不錯，得以享有愛、金錢跟教育，為何如此，我既無法解釋也找不到理由。我心生歉疚跟感激，謙遜又心碎。

「妳想找的書包是什麼色的？」

「她想要紫色的。」

「在沃爾瑪超市的兒童用品部嗎？」

「對。」

「茱洛妮亞，我想我有那個書包耶。本來是替姪女買的，可是她早就有了，從來沒用過。妳想要嗎？」

「嗯呃。」

她綻放笑靨。「好棒喔，現在麥貢娜都用塑膠袋裝書，她需要書包。」

「好，我明天帶來。」

「還有保險箱也是嗎？」

「對，還有保險箱。」

47　Cheddar（俚語）意指財富或金錢。

我坐在辦公桌前，按摩太陽穴。我終於找到力氣拿出意外報告單開始填寫。日期：一月五日。時間：我瞧瞧時鐘，開始寫下七點十五，接著丟下鉛筆。「糟了！」我把辦公桌抽屜打開，拉出電話簿，以最快速度掃視，終於找到沛特里諾的電話。

「哈囉，」我對領班說，「我今天晚上本來要跟朋友碰面，希望他還在那裡。叫葛瑞特．泰勒醫師，是個男士……」我突然想到，我沒有指認葛瑞特的方法。「他獨自一人。」

「妳是波林格小姐嗎？」

我如釋重負笑了。「對。對，我是。我可以跟他講一下話嗎？」

「抱歉，波林格小姐。泰勒醫師五分鐘前離開了。」

CHAPTER

21

我幾乎每小時就打到醫院一次。到了凌晨三點，瓊小姐要我放心，說珊奇塔不會有事。翌晨，我正忙著把早餐碗放進洗碗機，就聽到她把車開進車道。我從廚房衝出去。車子還沒熄火，我就把車門使勁打開。珊奇塔癱坐在後座，腦袋靠在車窗上。

「哈囉，甜豆。妳今天早上覺得怎樣？」

她雙眼無神，有著暗沉的眼圈。「他們給我藥，讓我停止收縮。」

珊奇塔的手臂搭在我跟瓊的脖子上，我們架著她登上前廊階梯，走進屋裡。我們抵達樓梯的時候，我把珊奇塔整個抱起來，感覺起來比魯迪還輕。我帶她回房間，把她放在床上。

「我一定要考試。」她咕噥。

「我們晚點再來擔心考試，現在先補點眠。」我吻吻她的額頭，將檯燈關掉。「我晚點再來看看妳的狀況。」

我們走到樓梯底階的時候，瓊拉下頭巾，露出用髮罩固定的黑鬈髮。

「我整晚拚命要聯絡她母親，可是她的電話停用了，」她說，「那個可憐女孩孤伶伶的。」

「我可以陪她。」

她脫下靴子，換上實用的黑色平底鞋。「妳沒有其他學生嗎？」

「有，不過可以重排行程。」

她揮手不當一回事。「胡說，我今天會在這裡。妳晚點如果可以，再順道過來就好。」

她轉身朝辦公室走，但半路停下來、背對著我。「珊奇塔昨天晚上講到妳。說妳帶她去看專科醫生。」

我搖搖頭。「那件事我很抱歉，我不曉得陳醫師會建議——」

「她說妳每天都替她居家課輔，超過平常規定的兩次。」

我戒心一起，她在暗示什麼？「我放棄午休那個小時是沒什麼問題。欸，如果這樣做會惹出麻煩——」

「她跟我說，沒人像那樣關心過她。」她拖著腳步走遠。「那個孩子覺得妳超級特別，我只是認為應該讓妳知道。」

我的喉嚨一緊。「我也覺得她超級特別。」我低語，可是瓊小姐已經到了走道的半路。

——

我去找阿米娜的路上，打電話到泰勒醫師的辦公室。就跟之前一樣，直接進入語音信箱，我沒留訊息就掛掉電話，該死。

我機械式地把每天的例行工作草草應付過去，滿腦子都是珊奇塔跟她寶寶的事。一天將盡，我滿心焦慮地趕回約書亞之家，衝上階梯，預料會看到逐漸衰敗的病人，卻見到珊奇塔用枕頭撐著身體，坐在照明充足的房間裡啜飲果汁。坦妮雅跟瑪賽蒂在她的床畔逗留，說著自己當初生產的故事。她一看到我在門口就瞪大雙眼。

「嘿，布芮特小姐，進來啊。」

「嘿，女士們。」我彎腰擁抱珊奇塔。她竟然也回抱我，而不是以往那種僵硬尷尬的反應。

「妳看起來好多了，甜豆。」

「我也覺得好一點，只是必須躺著，醫生就是這樣交代。如果這個寶寶可以等到四月底，三十六週左右再出來，就會很順利。」

「太好了。」我說，努力要相信。

「妳把我的考試卷帶來了嗎？」

我笑了。「別擔心妳的考試，我跟妳老師們談過了，大家都覺得妳該把心力放在健康上。」

「我現在絕對不會放棄。我就快畢業了，妳跟我說過，妳會幫我。」

「好啦，好啦，」我含笑說，「如果妳確定應付得來，明天就讓妳開始考試。」

她咧嘴一笑。「我應付得來，妳等著瞧吧。」

我把她摟在懷裡。「妳真特別，妳知道吧？」

她沒回話，我也不期待她會。她讓我擁抱她，這就夠了。

離開收容所之前，我敲敲茱洛妮亞的房門。

「茱洛妮亞？」我說，推過略微開啟的門，踏入一塵不染的房間，走到那兩張單人床那裡。

我把堅固的小保險箱放在綠色棉被上，也在白雪公主圖樣的被單上，留下要送麥貢娜的紫色新書包。

——

我要跟布萊德在 Bistrot Zinc 碰面吃晚飯，是州街上一家舒適的法國餐廳。從除夕夜的大敗筆以來，我們只在電話上聊過，可是他除了讓我知道他跟珍娜「正在努力解決問題」之外，話題都只集中在我的願望清單上。今晚，我們終於要面對面，我有點忐忑不安。噢，天啊！現在一想到當初那個寂寞魯莽的女生，抱著那麼高的期待，開車穿越整個市區，我不禁畏縮起來。

前往餐廳的路上，我再次撥打葛瑞特的辦公室。*快啊，接電話啊，葛瑞特。*

「葛瑞特．泰勒。」他說。

「葛瑞特，我是布芮特，別掛電話。」

他咯咯笑。「別擔心，我不會掛妳電話的，我今天早上接到妳的訊息了，看到妳今天又撥了七次電話。」

好極了。他剛剛在我的診斷清單裡多添了「強迫症」。「嗯，真抱歉。我只是想解釋發生什麼事。」

「妳解釋過了，我完全能夠理解。那個年輕小姐——珊奇塔狀況怎樣了？」

我嘆了口如釋重負的氣。「好多了，謝謝。我剛剛才離開她身邊。安置彼得的事情有消息了嗎？」

「嗯。我今天下午跟特殊教育的主任談過。新途徑課程的年齡規定還是個問題，恐怕會花點時間。」

「不要緊，我也需要多跟他相處一下。」

我把車停在路邊，我們又多聊五分鐘。最後他問，「嘿，妳在車裡對吧？」

「對。」

「今天的工作都結束了嗎？」

「嗯嗯。」

「要不要現在去喝『那』一杯？」

我漾起笑容，然後頓時想到：原來我有點暗戀葛瑞特．泰勒，我覺得他也對我有意思。

「抱歉，」我說，聽到自己的語氣裡帶著傻笑，「我今天晚上要跟朋友碰面吃飯。」

「噢，好。好吧。那等妳下次上完課再聊吧。」

他這麼突然就結束我們的對話，讓我吃一驚。我猜他對我根本沒什麼意思。我的胸口一緊。我到底能不能找到對象？

我重溫兩人的對話……**要跟朋友碰面**。噢，糟糕！葛瑞特以為我要去約會。我聲音裡的笑意聽起來可能有點嘲弄意味，我要跟他說明清楚！

我抓起電話，焦慮到無法等到下一次通話。也許我們明晚可以碰頭。我該穿什麼？我按著他的電話號碼，在後視鏡裡瞥見自己的模樣。我的眼神狂亂，臉上有種氣急敗壞的瘋狂神情。

我丟下電話，搓揉額頭。老天，我竟然淪落到急著勾引六十幾歲男人的地步？這份該死的清單快把我逼瘋了。我就像導演，為了尋找完美人選來扮演自己劇中的丈夫跟父親，對每個我遇到的男人品頭論足。這不是老媽想要的。

我把電話關掉，拋進袋子裡。

布萊德坐在吧台喝著馬丁尼，身穿粉藍襯衫配喀什米爾黑外套，模樣特別俊美。可是一如往常，頭髮有些凌亂，今天領帶上還沾了芥末色污漬。這番景象撩撥了我的心弦。天啊，我真想他。他看到我便站起身、伸出雙臂。我毫不猶豫走入他的懷裡。

我們這次的擁抱特別激烈，彷彿拚命想把愛跟友情擠回我們這個雙人搭檔裡。「真抱歉。」他對著我的耳朵低語。

「我也很抱歉。」

我脫下外套，找到吧台下方掛包包的鉤子。坐定之後，兩人陷入尷尬的沉默，是前所未有的不安冷場。

「想喝一杯嗎？」他問。

「我先喝水就好，晚餐再點酒。」

布萊德點點頭，啜飲馬丁尼。酒吧那邊的電視轉到CNN，儘管設定為無聲，我還是盯著它看。我毀掉一切了嗎？那段讓人發窘的親熱插曲永遠玷污了我們的友誼嗎？

「珍娜都好嗎？」我打破沉默說。

他拖著馬丁尼裡串橄欖的牙籤，瞪著它看。「不錯，我們好像又回到正軌了。」

這句話彷彿烙印用的熱叉，灼痛我的心。「那很好啊。」

他的眼神就跟無尾熊一樣溫柔。「要是時機不同，我想，妳跟我可能會是很棒的一對。」

我逼自己微笑。「可是大家都說，時機就是一切啊。」

兩人再次陷入沉默。我看得出來，布萊德也察覺我倆關係上的改變。他把弄那根牙籤，把橄欖投進馬丁尼裡，再撈回表面。丟進去、撈回來。丟、撈。我不能夠讓這種事發生。我不願意讓這種事發生！我太愛我們的友誼，不可能因為一個二十分鐘的錯誤，讓它平白溜走。

「欸，布萊德。你要知道，那天晚上我是有點狗急跳牆。」

他往我看來。「狗急跳牆，嗯？」

我往他的手臂一搥。「畢竟是除夕夜嘛，就別跟女生計較吧。」

笑紋擠皺了他的眼尾。「啊，所以我只是妳電話約來的炮友？」

「答對了。」

他露齒一笑。「很好，布布，我早該知道的。」

我的笑容褪去，用手指撫過水杯邊緣。「老實說，布萊德，我本來以為這可能是老媽計畫裡的一部份。你知道的，就是死後替我牽紅線，就像介入我的下半輩子那樣。」

他在凳子上轉過來面對我。「妳媽知道我有對象了，布芮特。她認識我的那晚，也見到珍娜了。她不可能對妳或我做那樣的事。」

感覺彷彿有人對我的肚子猛揍一拳。「那麼為什麼，布萊德？老媽為什麼要雇用你？為什麼堅持由你打開每封信？如果她知道你有對象，為何要確定我們時時保持聯繫？」

他聳聳肩。「我想破腦袋也想不通，除非她真的很喜歡我，而且以為妳也會。」他搓著下巴沉吟，「不，那種想法太扯了。」

「對嘛！」我調侃。「說真的，我本來以為老媽確實想一手主導我們的戀情。要不然，我絕對沒那個膽子……」我覺得臉頰一燙，於是翻翻白眼。「沒那個膽子做出我做了的事。」

「誘惑我嗎？」

我譏笑他。「啊，就我記得的，早一個星期，是你先引誘我的耶，」

他咯咯笑。「就別以牙還牙了啦。況且，畢竟是過節嘛，就別跟男生計較吧。」

就像那樣，我們恢復了原本的關係。

「珍娜再兩個星期就會過來。如果妳願意，我希望妳跟她見個面。」

我露出真心的笑容。「好啊。」

他朝我的肩膀後方望去，把頭一偏。「看來可以就坐了。」

我們走到窗邊的桌子，我隨口聊起彼得、珊奇塔跟其他學生的事。「他們讓她服用特布他林[48]要止住收縮，可是我還是會擔心。」

布萊德看著我，咧嘴笑著。

「怎樣？」

「沒事。沒事。」他搖搖頭。「妳跟去年九月坐在我辦公室的那個女人，真是天差地別。妳真的很喜歡這份的工作吧？」

「對啊，愛死了，你敢相信嗎？」

「雖然妳一路鬼叫牢騷，但伊莉莎白是對的。」

我瞇起眼睛看他，他笑了出來。

「嘿，真相總是會傷人。」

「也許吧，可是要是我沒找到這份居家課輔的工作呢？萬一我被迫要到教室教書呢？我會精神崩潰。說真的，老媽只是運氣好。」

他從口袋拉出粉紅信封，第二十號目標。

「妳教書都快三個月了，這個信封是妳應得的。」他打開封緘。

「『恭喜，親愛的女兒！噢，我真想聽聽妳說新工作的事。我很好奇妳在哪裡教書。我猜不是傳統的派任教職，因為妳對紀律向來不拿手。』」

我倒抽一口氣。

「『不要覺得受到侮辱，親愛的。瑪麗亞任由馮崔普一家[49]的孩子亂跑亂跳，所以我們才

48 Terbutaline 為藥物名稱。

那麼欣賞她。』」

我漾起笑容，想像跟母親依偎在沙發上，共享爆米花，看著我們最愛的電影《真善美》。

「『就像瑪麗亞，妳也很有理想性，這點很棒。妳認為，如果自己秉持善意，別人也會用善意回應。孩子們卻常常挑戰那些看來敏感的人，尤其身邊有同儕旁觀的時候。』」

我想起牧草溪谷跟道格拉斯奇斯小學的孩子，還有彼得。「嗯，是這樣沒錯。」

「『我想像妳教的是一小群孩子，或者是一對一輔導，是不是呢？我真希望我知道！無所謂，我知道妳會很棒。我知道學生會從妳的耐性跟鼓勵得到收穫。親愛的，我真的很以妳為榮。妳以前是個優秀的廣告主管，可是妳是個超級棒的老師。』」

「『我把妳的人生都賭上去了呢。』」

我瞪著最後一行，眼睛在淚水裡浮動。沒錯，她是這麼做了。老媽下了天大的賭注，努力修補一個她認為破碎了的人生。她想確保我能得到幸福，如此而已。我只希望她不會賭輸。

隔週，在開車上班的途中電話鈴鈴響起。看到來電顯示是強尼，現在又怎麼了？他的公主現在還在感冒嗎？我把車停在路邊，意識到西岸現在還不到黎明。我湧起一絲恐懼。

「嘿，布芮特。」他的嗓音粗啞，彷彿筋疲力盡。「只是要通知妳，佐依住院了。」

我的呼吸一嗆。不！佐依只是感冒，不會有人因為感冒跑去住院！我抓緊電話。

「為什麼？出了什麼事？」

「她得了肺炎，這正是我害怕的結果。這可憐的小鬼出生以後就一直有呼吸系統的毛病。」

我羞愧地垂著頭。妹妹生病了，病得很重，而我滿腦子只有自己。我摀住嘴巴。

「噢，強，我真遺憾。她不會有事吧？」

「她是個鬥士，她會撐過去的，一向都是。」

「我能做什麼？可以幫什麼忙？」

「現在除了等待，沒什麼可以做的，可以繼續替她集氣嗎？」

「我一直都有，」我說，「請代替我給她一個擁抱。叫她要堅強，跟她說我在替她禱告。」

「還有，布芮特，如果妳願意，可以繼續寄卡片來嗎？她堅持隨身帶著那些卡片。妳寄來的每張卡片，都放在她在病房床頭桌上。」

我閉上眼睛，本來都開始懷疑他到底有沒有把卡片交給佐依。羞愧跟憂傷的淚水流下我的臉。妹妹病得很重，直到此刻之前，我都不曾信任過她或我父親。

49　音樂劇《真善美》（The Sound of Music）的角色。

CHAPTER 22

二月這個技術上來說最短的月份，卻因為天色陰沉、狂風不斷而狀似永無止盡。除了寄送卡片、氣球跟鮮花，我天天打電話追蹤佐依的狀況。她上星期五出院，結果隔週一又入院。這個可憐女孩似乎一直沒恢復體力，我距離兩千英里遠，覺得無能為力。

以我的規則來算，每一次只要在約書亞之家過夜，就重新計算天數，我在母親家已經連續住了十三天。不過，只要想起裘德說的話，肚子就會一陣翻騰：**這麼多人裡面，最想按照老媽規定的走，應該就是妳了**。他有可能說對了嗎？母親會希望我離開她家嗎？我都失去那麼多了，這樣未免也太殘忍了吧。而母親從來不是個殘忍的人。

我週六早晨開車到比爾森區的路上，他講的話還在我的耳畔縈繞。我會在那個小郊區快快繞一圈，一回到家，就發電郵給裘德跟布萊德，說我找了半天卻毫無所獲。這樣大家都會好過一點。

今天早晨村裡熙熙攘攘。有人告訴我比爾森區有城裡最道地的墨西哥餐廳，我順著商業街道走，三兩下就能看出西語文化的影響力。一個街角上有家墨西哥麵包店，另一個角落上有墨西哥雜貨行，放眼都能看到美麗的墨西哥藝術。這個地方有種美好的民族風，彷彿住滿了追求更好生活的人……像我這樣的人。

我在西十七廣場右轉，緩緩開過坑洞處處的街道。如同比爾森的大部分區域，這條街的房子多是戰前的木造屋舍，年久失修的程度不一。我路過一塊空地，上頭丟滿汽水罐跟酒瓶。我確定自己看夠了。

我嘆口氣。很好。嗯，我可以老實說我嘗試過了。可是我還來不及額手稱慶、一溜煙逃出這裡以前，**出租**告示卻進入眼簾。我緩緩開向告示，瞥見一棟漂亮的紅磚屋……就是六個星期以前在網站上看到的那棟！我真不敢相信還在招租。那只代表一件事：裡面糟糕透頂。可是外表看來蠻討喜的。

我放慢速度，停下車子。五扇窗頂端的裝飾飛檐，漆成了奶油黃，房子四周圍著鑄鐵柵欄。十幾個水泥階梯通向前側雙門，每扇門周圍都擺了插滿塑膠耶誕紅的瓶甕。我漾起笑容。真的假的？用塑膠花？不過，一眼就可看出，屋主不管是誰，都很以這房子為傲。

我在方向盤上敲著手指。當然，這裡看起來雖然不錯，可是我真的想放掉母親那棟美妙的褐石屋，改住這種地方嗎？我在星街上過得舒服自在，安全又穩當，就是母親想要的吧。

我正要從路邊開走，有個年輕女子從左側前門走出來，隨手把門鎖上。我停下車子看著她。她的紅鞋肯定有四寸高。她跳下階梯的時候，我不禁縮縮身子，祈禱她不會扭到腳踝往下摔。她粗壯的身子擠進緊身黑牛仔褲裡，閃亮的金色外套似乎不夠抵擋寒冷的天氣。

她安然無恙地走下樓梯，才走幾步就看到我坐在車裡盯著她看。我還來不及別開視線，她就含笑揮手，姿態如此開放又充滿信任感，我一衝動就順勢回應，捲下副駕駛座的窗戶。

一接近，才看到她夾克左側印著 BJHS 的儀隊—— BJHS 就是班尼妥華瑞茲高中。

「嗨，」我說，「抱歉打擾，這裡還在招租嗎？」

她從嘴裡掏出口香糖，拋進堆高的積雪裡，手臂倚在敞開的車窗上。粗厚的金色圓耳環懸在耳垂上，至少還有另外六枚各種大小跟形狀的耳環。「對，在招租，妳為什麼說『還』啊？」

「我幾個星期以前在克雷格列表上看過。」

她搖搖頭。「不是這裡喔，我們兩個小時以前才把出租告示插起來的。相信我，我媽才不懂怎麼用克雷格列表呢。」

我確定她弄錯了，可是我手臂上的汗毛豎起。「妳媽是房東？」

「對啊，絕對是最棒的一個！」她咧嘴一笑。「至少我是這樣跟她說的。我們上星期才把樓上重新裝潢完，所以以前其實沒出租過。」

我漾起笑容，感染了她的旺盛精力。「這房子很美，要找房客不難啦。」

「妳在找地方住嗎？」

「呃，算吧，可是我有小狗耶。」我趕緊補充。

她雙手交握，緊到我都怕她的橘色指甲會啵地彈落。「我們最愛狗了——只要是沒攻擊性的那種。我們自己就養了約克夏，很可愛喔，恰好可以塞進我的包包，就像派瑞絲・希爾頓[50]的吉娃娃。進來吧。我老媽在家，妳可以跟她見個面。要出租的這套房間超棒的！等著瞧吧。」

她講話快得跟機關槍似的，我花了點時間才能消化。我瞥瞥手錶，還不到中午，反正也沒別的事要做。

「唔，好啊，當然，如果妳確定妳媽不會介意的話。」

「介意？她會很興奮的。不過有件事……她不大講英文。」

布蘭卡跟賽琳娜．瑞茲看起來比較像姊妹而不是母女。我握了握布蘭卡柔軟棕色的手，她領著我登上胡桃木樓梯，到了頂端平台，她打開門鎖走進去，用手大大一揮。

這套小小的公寓讓我想起迷你娃娃屋，可是在這個寒冷的陰天裡，感覺是舒適而不是狹窄。空蕩蕩的沒家具，有個大小適恰的起居室，牆上有個老大理石壁爐，後頭有個一塵不染的小廚房。小廚房旁邊有臥房，大小就跟老媽家可以走進去的更衣間一樣。臥房跟浴室相連，浴室裡貼著粉紅跟黑磁磚，有個台座水槽跟獸爪浴缸。整套公寓可以塞進我母親的客廳，而就像母親的房間，地板也是硬木鋪成的，牆壁頂端有凹面線板。賽琳娜指出每個細節的時候，布蘭卡邊看邊微笑點頭。

「浴室的櫥櫃是我挑的，是 Ikea 的產品，他們家的產品很不錯。」

---

50 Paris Hilton 是美國社交名媛跟藝人，是希爾頓酒店集團繼承人之一。

我打開櫥櫃，往內一瞥，彷彿它的品質可能會影響我的決定。可是這個櫥櫃看起來怎樣，根本無所謂，我心意已定。

「妳喜歡這個頂燈嗎？是我叫我媽不要用黃銅的。」

「我很喜歡。」我說，誇大自己的熱忱。

布蘭卡雙手互握，彷彿聽得懂，然後用西班牙文對女兒說了點話。賽琳娜轉向我。

「她喜歡妳，想知道妳想不想住這邊。」

我笑了。「想，我願意，Sí！Sí！[51]」

我簽訂租約的時候，賽琳娜跟我說她是家人裡第一個在美國出生的。她母親在墨西哥市郊的村落裡成長，十七歲的時候，跟著父母還有三個弟弟妹妹來到美國。

「她還沒進高中，就發現懷了我。我們那時跟我舅舅、阿姨跟外公外婆住在小小的房子裡，就在轉角那邊。外公外婆還住那裡。」

「你們什麼時候搬來這邊的？」我問。

「大概一年前吧。我媽就在一個街區過去的瓜達拉哈拉[52]當廚師，一直跟我說，總有一天我們會有自己的房子。這棟房子一年前法拍的時候，她存的錢竟然付得出頭期款，連她自己都不敢相信。我們花了七個月整修這套房間，可是我們辦到了吧，媽媽？」

她一把摟住母親的肩膀，布蘭卡的臉上散放驕傲的光輝，彷彿聽懂了整段交談。

她們的故事聽起來跟我母親的好像，我正準備跟她們說，可是想想還是作罷。老實說，故事大不相同，我再次意識到自己有多麼幸運而謙卑起來。

週末剩下的時間，我忙著打包衣物，把一箱箱的東西載往比爾森區。週一下午，去年十一月替我清空安德魯公寓的同一批搬家工人，把星街少少幾樣家具裝上貨車，送到我的新套間。我很想拿走母親的鐵床，可是對我的小套間來說太大了。況且，那張床屬於星街。這麼一來，我回老媽家的時候，那張床就會等著我，就像媽以前向來等著我那樣。

他們把我的舊雙人床還有櫻桃木五斗櫃都搬上樓。我指示他們把亞瑟街時代的舊雙人座沙發放在壁爐前面，四周擺了兩三張不成對的小桌。還有從老媽的閣樓拿來的刮舊矮桌，放在沙發前面正好。我在二手商店裡找到的七〇年代赤陶檯燈，現在看來幾乎有點時髦了。

我從厚紙箱拿出從老媽櫥櫃借來的四套碗跟盤子，跟著備用的餐具以及幾個鍋具，一起收進新櫥櫃。我走到浴室，把化妝品跟三組毛巾排進可愛的 Ikea 櫥櫃。

等搬家工人離開，最後一個紙箱都打開整理完畢，我點燃六盞蠟燭，打開一瓶酒。在燭光跟赤陶檯燈的照耀下，房裡散放著琥珀色光線。魯迪在我腳邊，我拿著書在沙發上蜷起身子。手提電腦傳出的音樂，在房間裡迴盪。幾分鐘過後，我就在比爾森的舒服小套間裡沉沉睡著。

---

51 西班牙文的肯定用語，表示「是」或「對」等等。

52 在本文裡，是墨西哥餐廳的名字。

—

三月快到了，我越來越焦慮。距離九月的期限幾乎只剩一半時間，十項目標只完成了五項。我對跟爸爸建立關係這一點還抱著希望，但另外四項目標看起來遙不可及。接下來的六個月半裡，我一定要陷入愛河、生個寶寶、買匹馬、找棟漂亮房子。除了關於馬的那個荒謬目標之外，這些目標都不是我能控制的。

為了分散自己的注意力，我開車到艾文斯頓。雖然週六的氣溫還在零下，燦爛的陽光預告春季將臨。車窗開了個縫，我吸進乾爽的空氣，突然極度思念起母親。她會想念一年當中最愛的季節。她總是說，春天是希望跟愛的季節。

雪莉到門口迎接我，穿著漿挺的白襯衫跟內搭褲。我注意到她的唇上泛著唇蜜的光澤；鬈髮輕柔地落在下巴那裡。

「妳看起來很可愛喔。」我跟她說，一面把睡著的姪女從她懷裡抱過來。

「妳想看真正的可愛嗎？」她問，領著我走進陽光普照的廚房。「等崔佛午睡醒來，我會叫他唱我們學過的歌〈五隻兔兔〉給妳聽，很可愛喔。」她咯咯笑。「當然了，他都把兔兔說成度度。」

雪莉輕鬆看待這個曾經很敏感的發音問題，讓我相當意外。我一受鼓舞，就得寸進尺。「可是他有辦法用中文唱嗎？」

她咧嘴一笑。「不用再談什麼中文或媽咪小圈圈了。」她用水注滿茶壺。「我昨天打電話給以前的主管，我五月要回去工作。」

「噢，雪莉，太棒了！導火線是什麼？」

她從櫥櫃裡拿出兩只杯子。「我想，就是我們照妳提議到紐奧良過了那個週末吧。我跟傑又恢復伴侶的關係，而不只是馬麻跟把拔。我們打包行李要回家的時候，我哭了起來。」她仰頭看我。「除了妳跟傑，我不會對任何人承認這件事。我很愛我的孩子，可是想到要回到無止無盡、整天朗讀《小小探險家朵拉》跟《戴帽子的貓》的日子，我就受不了。我坦承，全職媽媽的新角色讓我很不快樂。妳哥只是說，『回去工作吧』。沒有評斷，也沒讓我有罪惡感。上星期他跟系主任會面，對方准了假。他會把這個學期教完，然後就要請假一年。就看事情怎麼發展嘍。」

「所以，傑要當家庭主夫？」

她聳聳肩。「他打算試試看，妳知道嗎？我想他會得心應手，他比我有耐性多了。」

我們坐在廚房桌邊，啜飲著茶，像從前那樣談笑風生。這時傑走了進來，腳踩跑步鞋，穿著羅尤拉學院運動衫。他因為跑步而紅著臉，一見我就綻放笑容。

「嘿！我最喜歡的妹妹都好嗎？」他把 iPod 用力擱在流理台上，走到水槽那裡。「親愛的，下星期六的事情妳問過布芮特沒？」

「我正要問。」她轉向我。「我們有個提議。傑的系上有個傢伙新到任，賀伯特．莫依爾，從賓大延攬過來的厲害教授。」

傑咕嚕灌了杯水，抹抹嘴。「是研究拜占庭征服保加利亞的世界級專家。」

我瞟了雪莉一眼，表示搞什麼鬼？她含笑聳聳肩。「他在芝加哥還沒交到多少朋友。」

「喔我好震驚喔。」我說。

傑似乎沒注意到我的諷刺。「我們覺得介紹你們兩個認識會蠻好的。妳知道，也許找你們兩個過來吃晚飯。」

跟拜占庭怪咖相親，這件事對我的吸引力，就跟媽咪小圈圈對雪莉一樣。「多謝，不過我想不用了。」

雪莉斜眼朝我一瞥。「怎樣，妳在跟誰交往了嗎？」

我撫平艾瑪的頭髮，想著跟安德魯分手之後的感情生活。跟布萊德之間那場小誤會……就這樣，連一場約會也沒有，真是可悲至極！我在椅子裡挺身坐正，努力想鼓起一絲傲氣。泰勒醫師及時浮上心頭。

「我一直在跟一個男人講電話，是我學生的醫生。我們約了幾次要見面，但到目前為止還沒約成。」

雪莉拉長了臉。「就是妳跟我提過的鰥夫嗎？妳不是當真吧。」

我抬高下巴。「他恰好人很棒。」

傑亂搓我的頭髮。「雷吉斯．菲爾賓[53]也很棒啊。」他掛著笑容滑進我旁邊的椅子裡。「就跟賀伯特見個面嘛，又不會死。況且，時間很關鍵，不是嗎？」

「不用提醒我，」我大吐一口氣，「最後五項目標都快把我折磨死了。陷入愛河跟生小孩，是人生當中最重大的事件耶。不可能決定要做，就砰！馬上發生吧。跟人心有關的事情，哪可能像購物清單上的雞蛋跟起司，打個勾就完成。」

「沒錯，」雪莉說，「所以返回約會市場才會那麼重要啊。這是機率的遊戲，認識越多人，找到真愛的機會越大。」

「噢，這樣說就浪漫了。」我親親艾瑪的腦袋。「所以賀伯特這傢伙是何方神聖？誰會替小孩取賀伯特這種鬼名字啊？」

「顯然是有錢人才會，」傑說，「他父親手上擁有三十項以上的專利。他們家在美國東西岸都有房子，在加勒比海還有一座私人島嶼呢。而且賀伯特是獨生子喔。」

「他對我這種人不會有興趣的啦，我是小小教員，拜託，而且還住比爾森區。」

雪莉不把我的話當一回事。「那只是臨時的，延後拿遺產的事，傑都跟他說了。」

我下巴一掉。「什麼？」我轉向傑。「你幹嘛說啊？」

「妳會想讓他知道你們是同一層次的吧？」

我湧現一種不安感。我以前就是這樣的人嗎？用住哪裡、收入多少來評斷別人嗎？雖然很不想承認，但我想自己以前就是這樣沒錯。你做什麼工作？不就是我剛認識人的時候，會提

53 Regis Philbin（1931-），是美國媒體與演藝界名人主持的節目有《雷基夜談》、《誰想成為百萬富翁》等。

出的頭幾個問題之一嗎？我跟安德魯來往的對象都是生活優渥、健美迷人，這難道是巧合嗎？我一陣哆嗦。難怪母親會強迫我轉換跑道，遠離我往前狂飆的那條膚淺高速道路。我現在的跑道也許速度較慢，沿途風光也沒那麼明媚，但我多年來頭一次覺得走得津津有味。

「如果他跟目前的我交往，會覺得不自在，那我也不想認識他。」

雪莉搖搖頭。「現在換妳在評判別人了，放鬆啦，只是一個晚上。我在想下星期六——」

算我運氣好，手機打斷了進一步的策劃。我瞧瞧來電顯示。

「這通我接一下，是強尼。」

傑從我這邊接走艾瑪，雪莉走去水槽把水壺裝滿。

「哈囉，強，」我對著電話說，「佐依的狀況怎樣？」

「嗨，布芮特，我有好消息，我想出院住院這個循環終於要停了。佐依要回家了，這一次是永久的了。」

「太棒了！」我說著便轉向雪莉，對她比個大拇指。「你一定大大鬆了口氣吧。」

「是啊，我們很希望妳能過來找我們。」

我頓住。「真的嗎？」

「如果可以，這次妳先過來，對我們來說比較輕鬆。我會寄機票錢給妳。」

「不，不，那不是問題。」

「欸，我堅持要出。妳覺得如何？走得開嗎？」

我咬住嘴唇，免得笑容挾持我的整張臉。「我有幾天假可以用。也許三月的某個時候，等佐依安頓好再說？」

「好啊，我們好想見妳。欸，我最好回去找佐依了。她的醫生應該隨時都會拿出院文件回來。妳查查班機，再跟我說妳的決定。」

我掛掉電話，腦袋輕飄飄，彷彿就要暈厥。

「妳還好嗎？」傑問。

我點點頭。「我終於要跟我爸碰面了！還有我妹！」

雪莉衝到我身邊。「噢，布芮特！太好了。」

「讚，」傑說，「現在來跟賀伯特認識一下，來個三連勝吧。」

CHAPTER

23

隔週的星期六，為了今晚跟傑、雪莉還有……賀伯特共進晚餐，我花了四十分鐘時間搭公車加捷運，到上城去買瓶好酒。只要想到這場該死的約會，我的肚子就會顛簸一下。我已經太老了，不適合這種初次約會。即使以前還在約會市場上的時候，盲目約會這種事也是很折騰人的。盲目約會是約會梯子上的最低階，只是教人學習謙恭的一門課——真正看清別人認為你有資格找到什麼樣的對象。

辛辛苦苦跑了趟上城，結局完滿；到了一點，我已經提著二〇〇七年份的阿根廷馬爾貝葡萄酒離開了 Fox & Obel[54]。我抓緊顯眼的棕色紙袋，努力走回捷運車站。

正午時分，車站喧鬧嘈雜。人群把我推著往前走，直到擠在旋轉門那裡。我就在那時看到他。是 Burberry 男！就是在我身上潑了咖啡那位。感恩節早晨看到他牽著黑色拉布拉多沿著密西根湖慢跑之後，就沒再見過他了。他穿過旋轉門，已經要下樓走向車站。

我努力在人潮中穿梭，時間就像匍匐爬行一樣慢。我朝著電梯走去，曲折閃過一群觀光客，伸長脖子想看 Burberry 男。心跳聲在太陽穴怦怦作響。他去哪了？我隨著大批群眾搭著下行的電扶梯。我往左邊跨出一步，匆匆路過步調閒散的乘客。我一直盯著 Burberry 男不放，走到電扶梯的半路時，傳來列車的鏗鏘響。我看著月台左側的烏合之眾活了起來，人們紛紛提起袋子、掛掉電話，往即將進站的列車移去。

他在那裡！站在月台等著登上北行列車，拿著手機貼在耳旁，面帶微笑。我的心稍稍翻了個筋斗，也許我趕得上這班車。誰在乎是不是走相反方向？我終於可以跟這男人見到面了！

「不好意思。」我跟前方的女生說。她正在聽 iPod，聽不到我的聲音。我輕拍她的肩膀；我路過的時候，她咒罵一聲。我在懶散的乘客身邊又是推擠又是閃避。我幾乎快走完電扶梯的時候，列車車門打開，乘客紛湧而出，我一時跟丟 Burberry 男。一陣恐慌在心裡蔓延。可是我又找到他了。他比大多數人都高，一頭深棕色波浪頭髮。有個年紀較大的婦女上車時，他往旁邊讓路。我衝下最後幾階。最後一批乘客上車了。我的腳踩到水泥地了，拔腿順著窄小月台急急奔向 Burberry 男那個車廂。

我聽到鈴響了兩次，廣播宣布，「列車車門即將關閉。」我跑得更快，幾乎卯勁全力。就在我走到車門時，門用力關上。我猛拍壓克力窗戶。

「等等啊！」我高聲說。

列車急駛而去，我發誓，我透過窗戶看到了 Burberry 男。我想他正在看我。沒錯，他在看我！他舉起手揮了揮。

---

54 芝加哥知名的美食超商，已經停止營業。

我揮手回應，心裡納悶，我們是在打招呼還是說再見。

——

我開車到雪莉跟傑家的一路上，滿腦子都在想這個神秘男。萬一我到了，發現穿Burberry外套的美男子正是賀伯特．莫依爾呢？再過一兩個星期，我就要見到父親跟妹妹了——什麼事都可能發生！我笑著自己的愚蠢，可是把車一開進傑跟雪莉的車道時，肚子就糾結起來。我好久沒約會了。我們會聊些什麼？萬一讓他失望呢？

我順著車道走去，心在黑大衣底下狂跳。我為什麼要答應？可是我當然知道答案。我之所以答應見賀伯特，就是因為必須在接下來的六個月陷入愛河、生寶寶。我沮喪地呼出一口氣，按下門鈴。

「有人在家嗎？」我呼喚，一邊打開門。

「進來吧。」傑踏進前廳，把我打量了一番。

「哇！要不是妳是我妹，我會說妳看起來很辣。」

我穿著黑裙搭絲襪，上身是緊身毛衣，腳踩超高跟厚底黑鞋。我親親他的臉頰，低聲說，「這麼大費周章，都是為了叫賀伯特的傢伙。晚餐最好很可口。」

我聽到腳步聲接近。一轉身，就見到天神降臨前廳。

「莫依爾博士，」傑說，「見見我妹，布芮特。」

他伸出手走向我。手臂大的，柔軟又富男人味。我們握手的時候，他清澈的藍眼對上我的視線。所有關於 Burberry 男的思緒頓時煙消雲散。

「哈囉，布芮特。」他露出笑容，稜角分明的五官變得溫暖友善。

「嗨，賀伯特。」我傻傻仰頭盯著他。所以我哥認為我值得擁有這種男人？我真是受寵若驚啊。

———

莫依爾博士的儀態跟他的 Armani 運動外套一樣無懈可擊。我看著他轉著白蘭地酒杯，隨性地用食指跟中指夾住水晶大肚酒杯的杯柱。這個人精緻有如白麵包，不帶一點雜質糠粒。他們聊著古希臘，在我聽來有如馬耳東風，我自顧自啜飲白蘭地，心想他的名字跟俊美外型真不搭軋。

「賀伯特。」我喃喃自語。

三雙眼睛轉而盯著我。

兩杯葡萄酒跟一杯白蘭地下肚之後，我率直發問，「怎麼會取這種名字啊？賀伯特？」我哥坐在對面，不可置信地瞪大眼睛。雪莉假裝在研究白蘭地酒瓶上的標籤。但賀伯特只是笑了。

「跟家族有關，」他說，「我的名字是從爺爺莫依爾來的。我時不時就會嘗試替自己找點綽號，可是賀伯[55]太像植物。伯特，唔，又不適合。要知道，我在學校的死黨是個叫恩斯特·沃克的傢伙。我們在學校又不是那種熱門學生，要是堅持用伯特這個綽號，想想我們要忍受多少關於伯特跟恩尼[56]的笑話。」

我笑了。誰料得到啊？這人竟然俊美又有趣呢。

「你們用全名，那些白癡難道就不會聯想到芝麻街？」傑問。

「並不會。」他朝餐桌傾身，舉起食指，彷彿站在講桌前。「不過，技術上來說，他們是腦殘而不是白癡。要知道，白癡是心智年齡不到三歲的呆子，而腦殘是心智年齡介於七歲到十二歲之間的呆子。」

我們三個盯著他，無言以對。最後，傑笑出來，猛拍他的背。「無不無聊啊，你這個討厭的老學究！」他搖搖頭，伸手拿白蘭第酒瓶。「再來一杯吧？」

——

我們跟傑、雪莉道別時，已經過了午夜。賀伯特陪我走到車子那裡。我倆站在星斗滿佈的天際下，我把雙手插進外套口袋。

「這頓飯真有意思。」我說。

「是啊，我很想再見到妳，下週有空嗎？」

我等著自己的心從胸膛蹦出來，但它仍按照平日的穩定節奏跳動。「我星期三晚上有空。」

「我接妳去吃晚飯好嗎？七點左右？」

「好啊。」

他湊過來，輕吻我臉頰一下，然後替我打開車門。「我星期一打電話跟妳確認。開車注意安全。」

我把車開走，納悶老媽對賀伯特會有什麼看法。她會挑他這種男人來當我未來的先生跟我孩子的父親嗎？我想是吧。就把我跟他湊成堆這點來說，她是否也出了份力？我猜可能是。

我在十字路口左右各看一下，就看到副駕駛座上的東西。是我特別跑到上城買的馬爾貝葡萄酒。我竟然忘了帶進屋裡。除了瞥見我的 Burberry 男——那趟路還真是白跑了。

三個星期流逝的速度，快如季末最後幾堆積雪融化的速度。我跟賀伯特按照計畫在週三共進晚餐，之後通了幾十次電話，又約會六次，約會一次比一次有意思。他有好多人格特質是我真心喜愛的，比方說當我在講好笑的故事，還沒講到笑點以前，他的唇角就會彎成笑容。他希望我是他飄入夢鄉之前最後的說話對象，所以當天的最後一通電話都留給我。

不過，還有其他事情——微小、無關緊要、牽涉到個人癖性——差點讓我倒胃口。比方說，不管他見到什麼人，都會自稱是 Dr. 莫依爾，彷彿服務生或領班真的需要知道他的頭銜似的。當他們誤以為他是醫學博士，而不是擁有歷史博士學位時，他也不開口糾正。

可是，我不是跟梅根、雪莉說過，人生並非十全十美的嗎？說我們只是盡力走過這趟人

55 Herb 有草本植物、藥草的意思。

56 Bert & Ernie 是兩個知名的芝麻街玩偶角色。

生旅程，說我們需要有所妥協？說賀伯特是我退而求其次的對象，這很不公平。就各種客觀的角度來看，他都是上上選的對象。

昨天我們慶祝了芝加哥最愛也最吵鬧的節日——聖派翠克節。我跟安德魯以前都會跟一群朋友，在染成翡翠色的河流旁邊，暢飲綠色啤酒。但這一次，賀伯特卻在燭光之中，用愛爾蘭乳酪鍋招待我，感覺成熟又高貴。飯後，他挑了《曾經。愛是唯一》[57]這部電影來看，是場景設在都柏林的浪漫音樂劇。我躺在沙發上，窩在他的懷裡，為他的體貼感到驚奇。之後，我們站在他的露台上，眺望密西根湖面的月光。一陣微風吹來，他用外套裹住我，把我攬在胸口，指出星座。

「大多數人都說北斗七星是星座，可是其實是星群。北斗七星的星星是更大星座『大熊座』的一部份。」

「啊，」我邊說邊細看星辰遍佈的穹蒼，

「下星期四我就要越過同一片天空，飛到西雅圖去了耶。」

「我會想念妳的，」他邊說邊用臉頰蹭著我的頭髮，「我對妳漸生好感，妳知道吧。」

一陣竊笑從胸口蹦出來，我來不及壓下。

「拜託喔，賀伯特，漸生好感？現在有誰會講漸生好感啊？」

他盯著我看，我想我講得太過火了。可是他露出興味盎然的表情，亮出教人意亂神迷的皓齒笑容。「好啦，愛自作聰明鬼，我這個人的確不怎麼潮。歡迎來到書呆子的約會世界。」

我漾起笑容。「書呆子約會？」

「沒錯，怕妳還沒聽說過，我們書呆子恰好是約會世界最鮮為人知的秘密。我們聰明、成功、從不作弊。哎，只要有人真的喜歡我們，我們就很開心了。」他把視線投向湖泊。「而且我們是最優等的結婚對象。」

四年以來，我沒辦法讓安德魯說出裡頭含有「婚」的那個字眼。眼前這位賀伯特才跟我約會六次，就在暗示這件事。

我朝他貼得更近。「我想我會喜歡書呆子約會的。」我說。我真心這麼想。

明亮的晨光照進我的辦公室窗戶，我哼著歌，一面把今天要用的物品放進提袋。我正在替剛接手的幼稚園生找水彩用品組，電話鈴鈴響起。是葛瑞特。

「很高興在妳離開辦公室以前找到妳，彼得昨晚又爆發暴力行為。歐藤制不住他，還好鄰居聽到了吵鬧聲，趕過去幫忙。我實在不願意多想，彼得可能幹出什麼好事。」

「噢，糟糕！可憐的歐藤。」我揉揉手臂，想像那番恐怖的情景。

「我剛跟新途徑的人講完電話。他們同意撥一個位置給他。他這星期晚點就會開始，可是從今天起就不用再做居家課輔了。」

---

57 Once 是 2006 年上映的浪漫音樂愛情電影。

一陣讓我覺得意外的憂鬱襲來。雖然可能性很小，但我總是希望能有快樂的結局——彼得有所進步，回到原本的學校，成為不需要一天接受兩次心理治療的普通小孩。

「那我就沒機會說再見了。」

「我一定會幫妳跟他說。」

「而且要提醒他很聰明，跟他說我祝他好運。」

「一定會。」他頓了頓，再次開口的時候，語氣很溫柔。「等案子接多了之後，妳就會學到，沒辦法把每個人都救起來。這門功課很難，對妳這樣年輕又滿懷理想的人來說，尤其困難。我剛開始執業的時候也是這樣。」

「我覺得自己好像要拋棄他了，」我說，「如果我有更多時間，也許……」

「不，」他語氣堅定地說，「抱歉，布芮特，我不會讓妳質疑自己的。妳已經竭盡所能幫忙彼得，都超過應做的了。妳幫我很大的忙，跟妳共事很有樂趣。」

「我也喜歡跟你共事。」我話不成聲。我逐漸愛上並信任這男人，知道即將失去跟他之間的聯繫，我竟然激動到說不出話，連自己都很震驚。我清清喉嚨。「我想感謝你一路陪在我身邊，不只是彼得的事，還有我這陣子以來經歷過的所有事情。」

「我很榮幸。」他猶豫片刻，開口時，語氣輕快了些。「妳還欠我一杯，這點妳瞭解吧？」

這個問題讓我一時措手不及。我們上次提到要喝一杯，是好幾個星期以前的事了。一月時，我還像熱鍋螞蟻急著想找男人陷入愛河，我已經走過了那段淒涼的日子。現在我有交往的對象，對方可說是芝加哥條件最優的單身漢。不過，我心裡有一部分還是對泰勒醫師很好奇。我揉揉太陽穴。

「呣，對，當然記得。」

「都還好嗎？」葛瑞特問，「妳好像變猶豫的。」

我吁了長長一口氣。管他的，反正之前就已經跟這男人無話不談了，現在索性跟他從實招來吧。「我很想跟你碰面喝一杯，只是我最近才開始跟某個人交往……」

「沒問題。」葛瑞特說。他的態度好大方，害我現在覺得自己很傻。搞不好他沒有任何浪漫的意圖，我自行推斷他有，他一定覺得我很自以為是。「我祝妳一切順利，布芮特。」

「嗯，唔，謝謝。」

「欸，那我就不吵妳了。保持聯繫嘍。」

「好，保持聯繫。」我說，心知我們並不會。

跟泰勒醫師最後一次對話之後，我掛掉電話。有如書本的最終章，真是五味雜陳。我不會再得到葛瑞特的幫忙，更別想跟他談情說愛。我內心深處意識到，也許這是最好的結果。我現在有賀伯特，還有一個我即將會面的新家庭。也許泰勒醫師真的只是我母親主導的大戲裡的一個角色。在我需要他的關鍵時刻登場，又遵照劇本的意思鞠躬下台。

我找到剛剛在尋覓的水彩組，抓起外套，把燈光熄掉，關上門後隨手鎖好。

CHAPTER

24

我從七五七班機的窗戶，看到西雅圖的城景逐漸成形。那天下午陰雲密佈，可是機身一旦開始下降，華盛頓湖的狹長水域就浮顯出來。鋸子似的窄長土地，四周繞著一道道藍水，美不勝收。我搜尋城景，一瞥見太空針塔，差點叫喊出聲。飛機降落，房子構成的迷你街區漸漸現形。我著迷似地盯著直看，知道下面某處，某個水泥跟木頭構成的小小街區之一，住著某個男人跟他女兒，就是我父親跟我同父異母的妹妹。

我跟著其他旅客信步走到行李領取處，那裡已經有好幾群人等著接機。我搜尋那些臉龐。有些人面露不耐，舉高手寫人名的告示牌；其他人似乎相當興奮，踮著腳尖時上時下，想從乘客群裡認出人來。我四周的人一個接一個，似乎都找到了朋友跟親戚。但我孤伶伶站著，頻頻冒汗、頭暈欲吐。

我的視線掃過群眾，尋找帶著十二歲女孩的黑髮男人。**強尼跟佐依，你們在哪裡？**佐依有沒有可能又病倒了？我從皮包抽出手機、檢查簡訊的時候，聽到有人叫我的名字。

「布芮特？」

我連忙轉身，面前站著一位高挑的灰髮男人，一臉光潔，幾乎有點出身預備中學[58]的味道。

他的視線對上我的目光。他一露出笑容，我就看到錄影帶裡的男人，就是他三十四年前的模樣。我藏住顫抖的下巴，點點頭。

他彷彿一時也說不出話，只是朝我張開手臂。我走向他，閉上眼睛，吸進他皮革外套的氣味。我把頭靠在涼爽的皮革上，他前前後後搖著我。我頭一次嚐到父親懷抱的滋味。

「妳真美。」他說，終於往後抽身，隔著一臂之遙抓著我。「妳跟妳母親簡直一個模子出來的。」

「可是我現在知道，身高是遺傳你。」

「眼睛也是。」他用雙手捧著我的臉，直直盯著。「天啊，我真高興妳找到我。」

我的靈魂充滿喜悅。「我也很高興。」

他把我隨身行李甩過肩頭，另一隻手臂繞住我的肩膀。「我們先去拿妳的行李，再去學校接佐依。她興奮到無法克制。」

我們開車前往佐依的私立學校——法蘭克林L·尼爾森中心，一路上聊個不停。電話上他沒提過的問題，現在都問了。我笑得合不攏嘴。父親真的對我有興趣；更棒的是，我們之間有種自在跟熟悉感，是我從來不敢奢望的。可是他把車轉進綠樹夾道的學校入口時，我心裡那個

---

58 裝扮整潔低調，往往是高價服飾。

醜陋的嫉妒怪獸突然活起來。雖然要見佐依讓我很興奮，但我想跟強尼相處更久。兩人獨處。等她爬進車子裡，我就會再度成為局外人，這種角色我已經很厭倦了。

尼爾森中心是不規則蔓延的單層建築，景觀設計很美觀，照料得很完善。這裡的學費一定很貴。

「再十分鐘才下課，不過佐依希望同學可以見見她的新姐姐。妳不介意吧？」

「不，當然不介意。」

他撐開一扇鋼製雙門，穿過去就是寬闊的入口大廳。有個穿海軍藍制服的小女孩坐在木凳上搖晃雙腿。她看到我的時候，馬上跳站起身，但是猶豫起來。強穿過門口的時候，她發出一聲歡呼。

「把拔！」她的圓臉充滿歡喜，腳步笨拙地朝著我們全力衝來，然後用圓滾滾的手臂牢牢扣住我的臀部。我擁抱她，不過她的身高只到我的胸口。強咧嘴笑著旁觀。

「好了，佐依，」他邊說邊輕拍她的頭頂，「最好讓妳姊姊呼吸一下。」

她終於將手臂鬆開。「妳是我姊姊。」她宣布。

我在她身旁蹲下，望進她平滑雪白的臉龐。我怎麼可以憎恨這個天使？她頂著一頭閃亮的深色頭髮，就跟我們爸爸還有我一樣。但眼眸不像我們是棕色，而是綠色，周圍有額外幾層肌膚覆蓋著。

「是啊，我是。妳跟我，我們是姊妹喔。」

她衝著我笑，彈珠般的閃亮海綠色眼睛瞇成了半月型，粉紅厚舌頭從嚴重咬合不全的齒間露出來。我立刻愛上我妹這個小女生……這個有唐氏症的女孩。

我跟強各自牽住她的一手，任她拉著我們穿過走廊往教室去。強沿路指出校內的部分特殊設備。有條走廊設計成市街，鋪磚街道的兩側盡是店面，每個十字路口都設有交通燈號跟平交道號誌。

「這個區域教小朋友怎麼安全過馬路、怎麼跟店員互動、買東西怎麼算錢等等的。」

我們終於走到佐依的教室，迎面就是一團忙亂的景象。佐依那位眼神明亮的老師辛蒂小姐，還有她的助理寇培可先生，正忙著協助八個心智障礙的學生準備下課。寇培可先生替倚著助步器的男孩拉上外套拉鍊。「哈維，外套拉鍊別拉下來喔，聽到沒？今天外面很冷。」

「誰掉了圍巾？」辛蒂小姐從衣帽間裡呼喚，手舉一條蛇似的羊毛紅圍巾。

「看，」佐依用乾啞的嗓音宣布，「這是我姐。」語畢，臉上迸出歡喜，搓著雙掌，彷彿在生火。她緊抓我的手，領著我參觀教室，指出牆上的圖畫，帶我去看魚缸，跟我說她朋友的名字。我這輩子從沒受人這麼崇拜過。

我們離開之前，強開車載我們逛逛佔地三十畝的尼爾森園區。佐依指著遊樂場。

「她最喜歡的地方，」強說，一面把手伸到背後掐掐佐依的腿。「還有溫室，小朋友在那裡練習照料植物。」

我們悠閒駛過紅土網球場，還有新鋪不久的柏油跑道。路過一間紅馬廄時，我瞥見木頭告示：馬背騎乘治療課程。

「那是什麼？」

「騎馬中心。小朋友學習怎麼騎馬。原始宗旨是幫助他們改善平衡感跟協調力，不過對提升自信的成效高到讓人驚奇。」

「布魯托！」佐依從後座呼喊。

強對著後視鏡一笑。「嗯，妳很愛布魯托那匹老馬。」他瞥我一眼。「這個課程很花錢。預算刪減之後，校方不得已只好在去年秋天關閉騎馬中心。」

有盞燈泡在我心裡啪嚓點亮。

如同西雅圖旅遊網站所保證的，毛毛雨從我抵達以來就沒停過，不過，我覺得這樣也蠻好的。週五留在強跟佐依的舒適磚造平房，我已經心滿意足。鮮豔地氈鋪在櫟木地板上，牆面盡是木頭書架。每個空間跟角落都可以找到有趣的畫作跟藝術品，全是強以前從巡迴表演時的地方帶回來的。佐依今天得到蹺課的批准，我們三人坐在納瓦霍族地氈上玩瘋狂八[59]，音響播送的音樂讓我聽得入迷，都是些鮮為人知的獨立樂手。

現在傍晚六點，強認為該要料理他出名的帕馬森起司烤茄子了。我跟佐依跟著他進廚房，負責弄沙拉。

「好了，佐依，現在我們要搖晃一下，像這樣。」我搖搖沙拉醬瓶之後遞給她。「換妳了。」

「我弄沙拉醬。」她邊說邊用雙手搖著那個玻璃容器。可是突然間，塑膠蓋鬆脫了。田園沙拉醬爆出來，噴在櫥櫃上，在流理台上滴成一灘灘。

「真是對不起！」我喊道，「我沒先檢查蓋子。」我抓起擦碗巾，急著清理自己弄出來的爛攤子，我卻聽到背後傳來笑聲。

「佐依，過來看看自己的樣子！」

我一轉身就看到強把佐依領到烤爐門，她可以在那裡看到自己的映影。一坨坨的白沙拉醬就黏在她的頭髮上，臉上也噴得到處都是。佐依覺得好笑極了，從臉頰上刮起一團，舔了舔手指。

「好吃好吃。」

強笑了，假裝要吃她的一綹頭髮。她發出歡樂的尖叫。我看著這幅父女圖，跟我自己記憶中的截然不同，努力把它銘刻在心中。

我們終於坐下來用餐，強舉起酒杯。「敬我美麗的女兒們，」他說，「我是個幸運的男人。」

佐依舉起她的那杯牛奶，我們全都舉杯互碰。

晚飯那場輕鬆愉快的對話之後，我們在櫟木桌邊流連忘返，聽強述說離開芝加哥之後的早年生活經歷。他看到佐依在揉眼睛，於是推椅離開桌邊。

---

59 Crazy Eights 是相當熱門的一種牌局。

「幫妳換睡衣吧，瞌睡姑娘。該上床嘍。」

「不要，我要跟我姊姊一起。」

「佐依？」我問，「今天晚上讓我幫妳準備上床好嗎？」

她睜圓眼睛，從椅子上溜下來，一把抓住我的手。我們就快走出廚房的時候，她回頭瞥爸爸一眼。「你留在這裡，我姊姊幫我。」

強咯咯笑。「好啦，愛指揮小姐。」

她領著我走進她有如棉花糖宮殿的房間，裡面有各種色調的薰衣草紫跟粉紅。窗戶周圍是繫帶蕾絲窗簾，小小床鋪就像填充動物盤踞的叢林。

「我好喜歡妳的房間。」我邊說邊擦亮她的床頭檯燈。

她換上紫色叮噹仙子[60]睡衣，我幫她一起刷牙。接著她爬進單人床，輕拍身邊的位子。「妳現在睡覺。」

「我可以唸個故事給妳聽嗎？」

「莉比亞！」她說，「莉比亞！」

我蹲在她的小書區前面，找著標題講利比亞的故事書，可是找也找不到。最後瞥見有本講叫奧莉薇亞的小豬故事。

「是這本嗎？」我舉高書本問道。

她咧嘴一笑。「莉比亞！」我依偎在她身旁，頭跟她靠在同一個枕頭上。她轉向我，吻吻我的臉頰；她散發著薄荷牙膏跟香草洗髮精的氣味。「讀吧。」她指著書發號施令。

故事讀到一半的時候，她的呼吸慢下、雙眼閉上。我非常小心地把手臂從她的頸後抽出來，熄掉床頭檯燈。她的小美人魚夜燈讓房間籠罩在粉紅光暈裡。

「我愛妳，佐依。」我低聲說，彎身吻吻她的臉頰。「妳教會我一門大功課。」

我回到廚房時，餐桌早已清理完畢，洗碗機嗡嗡作響。我將酒杯重新斟滿，走到客廳，強正坐在那裡，吉他像學步兒似地跨在膝頭上，一看到我就漾起笑容。

「坐吧，要拿什麼給妳嗎？要不要再添酒？還是要來杯咖啡？」

我舉起杯子。「什麼都不缺。」我坐在他身旁的椅子上，欣賞吉他上木頭跟象牙鑲飾所發出的深色光澤。「好美喔。」

「謝謝，我很愛這把老Gibson。」他撥了幾個音符，然後低頭摘下皮製揹帶。「人生當中，每當困境來勢洶洶，讓我難以招架，就靠它讓我保持神智清醒。」他以情人般的細膩動作，將樂器放在金屬擱架上。「妳會彈樂器嗎？」

「那種基因恐怕跟我擦身而過了。」

他咯咯笑。「妳小時候是什麼樣子，布芮特？」

---

60 Tinker Bell是《彼得潘》裡面的精靈小仙子。

接下來的兩個鐘頭，我們安坐在椅子裡互提問題，分享故事、傳說或軼事，努力把三十四年之久的拼圖裡，原本缺漏的圖塊填補起來。

「妳一直讓我想起妳母親。」他說。

「這真是無上的恭維，我好想她。」

他的眼神飽含感情，垂頭凝視自己的雙手。「嗯，我也是。」

「你有沒有嘗試跟她保持聯繫？」

他的下顎輕輕抽動，把吉他從擱架拿起來放在膝上，彷彿是護身符似的。他一直垂著目光，撥動吉他絃線，任意彈出憂鬱的音符，最後終於抬頭看我。

「查爾斯．波林格是個難纏的傢伙。」他吁出長長一口氣，彷彿已經憋了三十年。「我本來想娶妳母親。離開她是我這輩子做過最艱難的事。我從來不曾像愛她那樣愛其他女人，從來沒有。」

我搖搖頭。「可是你傷了她的心，強。從她的日誌看來，她原本願意離開查爾斯跟你走，是你自己不想定下來。」

他畏縮一下。「這個說法也不算完全對。妳要知道，妳老爸發現的時候──」

「叫查爾斯就好，」我打斷他說，「他對我來說從來不是個爸爸。」

強看著我點點頭。「查爾斯發現妳母親跟我陷入愛河的時候，大發雷霆。他逼她做出抉擇，看是要選他還是我。結果她直直望著他的眼睛說她愛我。」他綻放笑容，彷彿那份回憶依然甜美。」接著她大步走出廚房。我還來不及跟上去，查爾斯就一把揪住我的手臂。他向我保證，如果伊莉莎白離開，就再也見不到兒子。」

「什麼？他不可以那樣。」

「要記得，那是一九七〇年代的事。當時的風氣不同。他發誓要到法庭上作證，說她是蕩婦、是不適任的母親。那時我抽不少大麻，他威脅把我抹黑成毒蟲男友。法院會站在誰那邊，這點不難猜。我對她來說只是個累贅。」

「天啊，太慘了。」

「要是失去裘德跟傑，會讓她痛不欲生。最後我撒了謊，這樣她就不用做出選擇。我跟她說，我不想要永久的關係。」他搖搖頭，彷彿想驅走惡夢，「那場談話讓我生不如死。可是我很懂妳母親。如果失去兒子，她永遠無法痊癒。

「我們當時站在前廊上，那天下午比煉獄還要燥熱，房子的窗戶全都開著。我很確定查爾斯在聽，可是我不在乎。我跟妳母親說我愛她，說我永遠都會愛她，可是我不是那種想定下來的人。我向上帝發誓，她一眼就看穿我的心意，最後一次吻我道別時，她低聲說，『你知道到哪裡找我。』」

那位穿著海軍藍長大衣的悲傷女人，拉著坐在手推車裡的兒子們，我替她覺得心痛。「她以為你會回來找她。」

強點點頭，先穩住情緒之後才繼續說。「天啊，我的腦海裡還看得到那雙眼睛，就跟愛爾蘭山丘一樣翠綠，露出對我篤信不移的神情。」

我嚥下堵住喉嚨的硬塊。「可是他們後來離了婚，你不能回到她身邊嗎？」

「我後來就找不到她了。我一離開，就很確信自己做了對的事。我拚命不要用各種假設來折磨自己。有好幾年，只有這把老吉他可以給我樂趣。

「十五年後，我認識了佐依的母親，我們在一起八年，不過一直沒結婚就是了。」

「她現在在哪？」

「瑪琳達搬回亞斯本了——她家人就住那邊。她對當母親這件事沒興趣。」

我想知道更多，可是沒追問。我猜她對患唐氏症的孩子沒興趣。

「很遺憾，」我說，「你失去了那麼多。」

他搖搖頭。「我是最不該得到同情的人。就像大家說的，人生很美好。」他伸過來掐掐我的手。「而且只會漸入佳境。」

我衝著他微笑。「我想不通老媽離婚或查爾斯過世之後，幹嘛不跟你聯絡。」

「我猜早期她是等過我，以為會收到信或接到電話，總之就是某種聯繫方式。可是隨著時間過去，那封信遲遲未來，就下結論說我終究是不愛她的。」

一陣哆嗦竄過我的身體。母親過世時，難道以為自己人生摯愛是騙徒？我突然劈頭說出纏繞心頭好幾個星期的問題。

「強，你為什麼不說要做親子血緣鑑定？也許你想做，我可以接受的。」

「不。不，我不想。妳是我的女兒，這點我從沒懷疑過。」

「為什麼不想？其他人都存疑。我可能是查爾斯的女兒，也可能是你的女兒。」

他頓了頓，隨意撥了個和弦。「傑出生之後，查爾斯就做了絕育手術。妳母親跟我變成朋友之後，她就告訴我了。」

我震驚地眨眨眼。「他知道我不是他的小孩？天啊，難怪他不喜歡我。」

「如果他需要進一步的證明，只要看看妳的樣子就知道了。」

「原來我是意外懷孕的結果。我一直不曉得。」

「哎，這一點妳就弄錯了。妳母親發現他做了手術之後，簡直晴天霹靂。她跟我說的。她一直想再生個孩子。其實，她跟我說她一直想要個女兒。」

「真的嗎？」

「沒錯。波隆斯基通知我，說我給了她這個珍貴無價的禮物，妳無法想像我有多麼亢奮。」

我摀住嘴。「她把那本日誌留給我的時候，又把那份禮物回贈給我們。」

他的眼神含笑，朝我伸手。「妳就是那份一直在付出的禮物。」

———

到了星期六，我覺得我即將告別的，是家人而不是初次抵達時所認識的兩位陌生人。在機場大廳裡，我蹲在佐依身邊，將她摟在胸前。她緊緊抱住我，抓著我的毛衣。她往後退開時，往外伸出大拇指。

「我姊姊。」

我們的拇指互壓，這是我們的新儀式。「我愛妳，妹妹。我今晚再打電話給妳，好嗎？」

強把我拉過去，給我大大的熊抱。他健壯的手臂散發出保護意味，在我一直以來的想像裡，父親的擁抱就該是這樣。我深深吸氣，閉上眼睛。他皮夾克的氣味跟辛香的古龍水混融在一起，永遠都會是我爸專屬的味道。最後他終於鬆手，隔著一個手臂的距離抓著我。

「我們什麼時候能再見到妳？」

「來芝加哥吧，」我說，「我希望大家都可以見見你跟佐依。」

「我們會的。」他吻吻我，輕拍我的背。「快走吧，免得錯過班機。」

「等等，我有東西要給你。」我把手伸進袋子，拿出母親的皮日誌。「我想把這個交給你。」

他把日誌捧在手心裡，彷彿是個聖杯似的，我看到他下顎的小小肌肉抽搐著，我給了他臉頰一吻。

「如果你曾經懷疑她對你的愛，等你讀過這個，就不會再有懷疑。伊莉莎白的感情都記錄在這裡，白紙黑字。」

「還有別本日誌嗎？我離開之後，她有沒有繼續寫？」

「沒有。我也在想同樣的事，可是搜遍整間房子，都沒找到別本。我想她的故事就到你這裡為止。」

——

五個小時後，飛機在奧黑爾機場降落。我瞥瞥手錶。十點三十五分，提前二十分鐘。我打開手機，發現有封賀伯特的簡訊。在行李提領處見。

這是我交往過人最好的傢伙了。現在我不用招計程車，也不用自己拖著大包小包回家，而且還可以見到賀伯特。不過，我就是一點都提不起勁。我一定是累了，滿腦子只想回到比爾森區的小公寓，爬上床，打電話給佐依。

他說話算話，我在行李提領處找到他，他就坐在人造皮鋼架休閒椅裡，讀著像是課本的書。他一見到我，表情就鮮活起來。他跳起來，我走進機場裡最迷人的男人懷中。

「歡迎回來，」他對我耳語，「我很想妳。」

我退開，仰頭看他。他真帥，帥極了。「謝謝，我也想你。」

我們手牽手站著，望著輸送帶紛紛吐出行李箱。我們前方有個嬰兒從母親的肩頭往外窺看，圍著繫有鮮綠色雛菊的粉紅頭帶。她睜大藍色眼睛，盯著賀伯特直看，可能在欣賞那張俊臉。賀伯特湊過去，衝著她微笑。

「嗨，小可愛，」他說，「妳真是個漂亮娃娃。」

這個嬰兒已經懂得賣弄風騷，立刻綻放濕答答又帶酒窩的笑容。賀伯特放聲大笑，轉身向我。「還有什麼比嬰兒的笑容更超凡？」

我花了片刻解讀超凡這個詞。我想他的意思是「奇妙」。這一刻，我也覺得他很超凡。我一時衝動就湊過去，吻他的臉頰。「謝謝你。」

他把頭一偏。「謝我什麼?」

「謝謝你來機場接我，謝謝你欣賞嬰兒的笑容。」

他臉一紅，把注意力移向行李轉盤。「聽說妳有一份該完成的願望清單。」

我鬼叫。「我哥真是大嘴巴。」

他咯咯笑。「其中一個目標就是生孩子吧?」

「呃嗯。」我拚命擠出隨性的語調，但胸口咚咚作響，彷彿裡頭有個注射類固醇的鼓手，「你呢?你以後會想要孩子嗎?」

「絕對的，我愛小孩。」

我的行李箱從斜管掉了下來。我往前踏步要拿，但賀伯特抓住我的手臂。「我來就好。」他走到轉盤那裡的時候，嬰兒的眼睛對上我的視線。她細細端詳我，彷彿替我打分數，要評定我能不能當個稱職的媽咪，這倒提醒我，母親伊莉莎白跟自然之母為我設下時間表，然後等著熟悉的恐慌感湧上心頭，但這次卻沒有。

於此同時，賀伯特一把撈起我的行囊，回到我身邊。

「都好了嗎?」他問，「妳需要的，都有了吧?」

我瞥瞥那個嬰兒，彷彿想做個確認。笑容點亮她的臉。我把手伸進賀伯特的肘彎。

「嗯，我想都有了。」

凌晨四點放魯迪出去上廁所之後，我又倒回床上，盡情利用週日的優勢，賴床賴到九點。我的藉口是我有時差，還在過太平洋時間。等我終於起身，把咖啡帶進陽光普照的客廳，填著《論壇報》的字謎，覺得頹廢又開心。魯迪蜷起身子躺在身邊，看著我一格格破解字謎。最後我終於離開沙發，走到更衣間那裡，把睡衣換成運動服。我扣上魯迪的牽繩，牠繞著圈圈打轉，期待我們的出遊。我緊抓著 iPod 跟墨鏡，推開前門，蹦蹦跳跳下樓。

我跟魯迪從悠閒漫步開始。我仰臉迎向陽光，藍天萬里無雲，空氣預告著春天將來，我心裡陣陣驚奇。芝加哥的勁風拍擊著臉頰，但跟二月那種討人厭的臭脾氣強風比起來，三月底的風勢比較和氣、較為寬厚，幾近溫柔。魯迪在我前面拉著，我得扯住他的牽繩，免得讓牠拖著我走。我走到十八街的時候，看了一下手錶，把耳機塞好之後開始拔腿奔跑。

十八街是個熙熙攘攘的商業街，兩側散佈著墨西哥麵包店、餐廳跟雜貨店。我沿著人行道慢跑的時候，才意識到母親要我離開熟稔的舒適生活圈，這個作法是對的。我作夢也沒想到，會把這麼不起眼的樸實地方當成自己的家。我想像母親在天堂，坐在導演椅裡，手持大聲公，對著我生活每個場景的鏡頭發號施令。既然賀伯特已經是我這齣戲裡的角色，我真的可以想像陷入愛河跟生養寶寶的事了——我原本懷疑自己無法完成這兩項目標，更不要說要在幾個月之內實現。

我們一路往哈里遜公園跑去，這時魯迪終於累壞了。我們休息一下之後漫步回家。一路上我的思緒都繞著賀伯特．莫依爾打轉。

他這人很棒。昨晚我們離開機場時，他顯然希望我留在他家過夜，我也很想，可是我跟他說我需要接魯迪回家，說我筋疲力盡、想睡自己的床時，他完全能夠理解。我很確定紳士這個詞就是為賀伯特·莫依爾而設的。另外，他也是我交往過最溺愛我的男人。他幫我開門、替我拉椅子……我發誓要是我主動要求，他還會幫我提皮包。不曾有人像這樣把我捧在掌心上過。

所以我現在自問，為什麼我沒跟他一起過夜。不管有沒有養狗，我想跟安德魯在一起的時候，誰也攔不住我。這跟賀伯特身為情人的能力完全無關。他很棒——殷勤周到的程度遠遠勝過安德魯。賀伯特正是我希望找到的那種男人，也會是母親希望我找到的對象。

不過，我內心還是有一部份抗拒著他的愛。我有時候擔心自己是否有能力擁有「正常的」關係，因為如果我真的對自己百分之百坦白，有時候我覺得賀伯特的關注跟好意讓我窒息。我擔心我覺得正常的、我覺得最自在的，是跟查爾斯·波林格、安德魯·班森那類冷冰冰又疏離的傢伙在一起。可是我不能夠——也不願意——搞砸這段關係。我現在較有智慧，也較為敏銳，而我拒絕讓我的過去毀掉我的未來。賀伯特·莫依爾那樣的傢伙就跟 Louis Vuitton 真品手提包一樣罕見。而且我必須感謝自己的幸運之星，讓我找到貨真價實的好男人。

我的家遠遠就映入眼簾。我解開魯迪的牽繩，我們快步衝向前門。我放在小桌上的手機閃著燈。今天，賀伯特要我幫他挑選高腳凳，他可能急著要出發購物了。我叫出語音留言。

「布芮特，我是瓊·安德生。珊奇塔要生了，我會帶她到庫克縣紀念醫院。她要找妳。」

CHAPTER

25

血液衝向我的腦門。我急忙奔下樓梯，猛敲賽琳娜跟布蘭卡的門，氣喘吁吁問她們能不能照顧魯迪。我趕往醫院的路上，打電話給賀伯特。

「嘿，」他說，「我正要打給妳。一個小時內可以準備好嗎？」

「你就照著自己本來的購物計畫走，別管我。我要去醫院，珊奇塔要生產了。」

「真可惜。有沒有我可以幫忙的地方？」

「禱告吧。她距離預產期還有七週。她跟寶寶都讓我好擔心。」

「當然，有我可以幫忙的地方，就告訴我。」

醫院入口就在眼前聳現，我放慢車速。「謝了，我會盡快打給你。」

我掛掉電話，對賀伯特的同理心感到驚奇。安德魯永遠不會瞭解我為什麼必須陪在珊奇塔身邊。只要我擾亂他的計畫，他都會讓我有罪惡感。賀伯特是個白馬王子，這點無庸置疑。

我一走進小小候診室，瓊小姐就從黑色素料椅起身、朝我衝來。她抓緊我的手臂，我們同步踏進走廊。

「狀況不妙，」她跟我說，眼皮重重蓋住眼睛，「院方正在做緊急剖腹，她的血鉀太高了，他們怕她會心跳停止。」

就跟陳醫師警告我們的一樣。「寶寶的狀況怎樣？」

「狀況很窘迫。」她搖搖頭，用面紙抹抹鼻子。「不應該發生這種情況的。那個姑娘那麼有生命力，而且寶寶都撐這麼久了，不可以現在死掉。」

「她們不會死的，」我說，嘴上說得比心裡有信心，「現在不要失去信心，大家都不會有事的。」

她皺眉怒瞪著我。「你們這些人都以為暴風雨過後就是彩虹，黑人的生活不是這樣的，這個故事不會有幸福的結局，妳現在最好先搞清楚。」

我退後一步，恐懼好似刀刃再次刺中我。

二十分鐘過後，有個醫師走進等候室，摘下臉上的紙面罩。是個年輕棕髮女性，看起來應該在高中橄欖球賽當啦啦隊員，而不是在這裡接生孩子。「珊奇塔．貝爾的家屬？」她問，視線掃過候診室。

我跟瓊從椅子起身快步走去，在候診室中央跟她會合。

「她的狀況怎樣？」我問，心跳如此快速，真怕在聽到消息之前就要昏厥。

「我是歐康納醫師，」她說，「貝爾小姐生了個兩磅四盎司的女嬰。」

「健康嗎？」我勉強啞著嗓子說。

歐康納醫師吸了口氣。「她嚴重營養不良，肺部還沒長全。在她能自己呼吸以前，我已經指示要給她 CPAP[61]，他們已經帶她去 NICU——就是新生兒加護病房。」她搖搖頭。「整體看來，那個小可愛可以說是個奇蹟。」

我搗嘴哭起來。我想跟瓊說，奇蹟真的會發生，但現在不是得意的時候。

「我們可以去看珊奇塔嗎？」

「她要轉到加護病房。等你們上樓，她應該就安頓好了。」

「加護病房？」我的目光緊盯醫師的雙眼。「她最後不會有事吧？」

歐康納醫師露出嘴唇緊繃的笑容。「既然今天都見識過一場奇蹟了，不妨抱著會再有一場的希望。」

我跟瓊搭電梯要到五樓，彷彿花了無止無盡的時間。

「快啊。」我說，一面反覆敲著樓層按鈕。

「有件事該要讓妳知道。」

61 CPAP 全名為 Continuous Positive Airway Pressure，意指連續式正壓呼吸輔助。

瓊語調嚴肅，讓我心一驚，於是轉身向她。在電梯日光燈的照拂下，她臉上的紋路清晰可見，黑眼睛毫不畏怯地盯著我。

「珊奇塔快死了，寶寶也可能會死。」

我轉開身子，假意研究電梯門上方的樓層數字。「也許不會。」我低語。

「今天早上她告訴我，如果她死了，她要妳把寶寶留在身邊。」

我萎靡地靠在牆上，雙手抱頭。「我沒辦法……我不……」我的臉一垮，哭得說不出話。

她搖搖頭，盯著電梯天花板的貼磚。「我警告過她，說妳可能不會想要混血兒。」

一陣電流擊中我。頓時，每根纖維跟神經末梢都同時放電。「那孩子是什麼種族，一點都無關緊要。妳懂嗎？無關緊要！她竟然考慮要讓我扶養她的孩子，這種榮幸根本讓人難以置信。」我深吸一口氣，揉揉喉嚨的結。「可是珊奇塔會活下來。她們兩個都會。」

珊奇塔病床四周的遮簾拉了起來，百葉窗也是，形成一種充滿電線、管子跟閃燈的昏暗小窩。她睡著了，乾裂的嘴巴鬆垮，時嗆時順的呼吸短促不規則。臉龐因為體內積液而繃得很緊，就像險些就要爆開的水泡。她閉著雙眼，但腫脹的眼皮看起來就像用炭筆塗過似的。我握住她癱軟無力的手，將她了無生氣臉上的髮絲往後撥開。

「我們來了，甜豆。妳現在好好休息。」

我的鼻孔裡灌滿了阿摩尼亞的淡淡氣味。是尿毒，也就是累積在血液裡的廢物，我讀過的文章就是這樣寫的。我滿心恐懼。

瓊快步繞著她的病床，把毯子邊邊塞好、將枕頭撫平，可是一忙完手頭的事，就只是怔怔盯著珊奇塔。

「回家吧，」我告訴她，「我們沒什麼可以做的，她醒來我就打電話給妳。」

她看看手錶。「我得回收容所，妳先下樓看看女嬰的狀況吧。我陪著珊奇塔等妳回來。」

新生兒加護病房入口的雙門上鎖了，我進不去。門邊有個隔板圍起的接待處，那裡有個草莓色金髮的迷人護士。我走近的時候，她朝我一笑。

「需要幫忙嗎？」

「嗯，我過來是要看……」我突然想到那嬰兒連個名字都還沒有。「我來看珊奇塔．貝爾的寶寶。」

她拉長了臉，彷彿沒聽過珊奇塔．貝爾，接著緩緩點頭。「她的寶寶才剛進來，是吧？就是那個街友寶寶？」

我的五臟六腑糾成一團。這孩子才出生不到一個鐘頭，就已經給貼上標籤。

「珊奇塔的寶寶，有。」

她拿起電話，深色短髮的女人幾乎立刻出現，手裡拿著病歷，紫色刷手服上有迪士尼卡通人物的圖案。「哈囉。我是莫琳．瑪柏。妳是？」她邊翻開病歷邊問。

「我是布芮特．波林格，珊奇塔的老師。」

她細讀病歷表。「啊，對。珊奇塔指定妳當她的後援，我跟妳到裡面會合。」

一陣嗡嗡鈴響，門喀嚓打開。我踏進照明充足的走廊。莫琳護士再次出現，領著我穿過走廊。「新生兒加護病房裡有九間育嬰室，每間都有八個小隔籃。珊奇塔的新生兒就在七號房。」

我尾隨她走進七號房，那裡有對年長的男女，站在那裡凝望嬰兒，我猜是他們的孫子。大房間的周邊排了八個保溫箱或是「小隔籃」，每個保溫箱上方的牆壁幾乎都貼了鮮豔的彩色旗幟，或是用異想天開的字母拼出嬰兒的名字：以賽亞、凱特琳、泰勒。我看到好幾個保溫箱裡都放著家庭照，還有柔軟的手織毯，一眼就能看出不是院方提供的。

莫琳指著單獨放在後方角落的保溫箱，不僅沒人看顧，也沒有任何愛的展示。

「她就在這裡。」

保溫箱前側的床卡上寫著女嬰。我閉上眼睛，這樣還不如寫無名氏嬰兒。

我往塑膠小床裡一瞥。身高大概只有一把尺長的迷你嬰兒躺著在睡，只穿著洋娃娃大小的尿布，戴了頂淡粉紅帽子。胸膛跟肚子上共有三個貼片，透過電線跟幾台監測器相連。透明塑膠貼布固定的靜脈注射針，從她腳上的血管突伸出來。一條輸送白色液體的細管蜿蜒鑽進她的鼻孔。蘋果大小的腦袋上繞著兩條彈性綁帶，固定了掩住口鼻的透明塑膠裝置。

我舉手貼住胸口，轉向莫琳。「她會好起來吧？」

「她應該沒事。妳看到的面罩叫做 CPAP，」莫琳告訴我，「這種東西會提供正壓給呼吸道。她的肺部還沒發展完全，在她能自己呼吸以前，CPAP會協助她呼吸。」她轉向我。「想抱抱她嗎？」

「抱她？噢不。不用，謝謝。我可能會把什麼設備的插頭弄掉。」我清清喉嚨，努力隱藏緊張的笑聲，「我會先讓珊奇塔抱她。」

她斜瞟我一眼。「妳慢慢來，跟這個小女嬰認識一下。我等會兒回來。」

她留我獨自一人，盯著這個皺巴巴的新生兒，簡直就像插太多縫針跟管子的針線包。她的圓臉皺成一團，彷彿遠離媽咪身邊讓她有點氣惱。焦糖色肌膚上還覆滿了細軟毛髮，對她來說，這個皮囊好像大了幾號。她伸伸懶腰，攤展手指，我看到五根小火柴似的指頭。我的喉嚨有種飽漲感。

「小女嬰，」我低語，可是這幾個字聽起來冷冰冰又沒人情味。我想起珊奇塔弟弟那個令人心碎的故事，這男孩太過敏感而無法適應自己誕生的世界。我親親自己的手指，然後貼在可以看到小女嬰睡臉的玻璃上。「奧斯汀，」我低語，「歡迎，美麗的奧斯汀。」

為了一個小男孩的過去以及一個新生寶寶的未來，這已知與未知的原因，我閉上眼哭泣。

我回到珊奇塔的病房時，瓊從躺椅上跳起來。「寶寶的狀況怎樣？」

「很完美，」我說，擠出比實際感受還樂觀的語氣說，「去看看她嘛。」

瓊搖搖頭。「珊奇塔必須選擇一個後援，她選了妳。」

我尋找失望的跡象，或者更糟，不苟同的跡象。可是讓我意外的是，瓊的臉上沒有這兩種神情。我走到珊奇塔床邊。她仰躺睡著，跟我離開她的時候一樣，浮腫的臉龐像是過去那個可愛女孩的醜化版本，「妳的寶寶很美喔，珊奇塔。」

瓊抓起皮包。「妳自己一個人不要緊吧。」

「我沒事的。」

她用手帕揩揩眼睛。「她一醒來就打給我。」

「我會的，我保證。」

她湊過去用臉蹭蹭珊奇塔的臉頰。「我很快回來，小可愛。」她話不成聲，「妳撐住，聽到沒有？」

我轉向窗戶，急忙用手摀住嘴，大口嚥下淚水。接著我感覺瓊來到我身邊，她伸手要碰碰我，但在接觸到以前就縮回去。

「妳保重，」她低語，「寶寶恐怕到時會需要妳。」

———

每隔半小時，就有護士進來檢查珊奇塔的生命跡象，但似乎沒有任何變動。幾個小時過去了，緩慢得有如細沙流穿糖蜜。我把木椅挪到床邊，如此靠近珊奇塔，我都可以看到她吸入的每口淺淺氣息。我的手鑽過病床的金屬護欄，找到她的手。她躺著睡覺的時候，我跟她說起她寶貴的孩子，還有她會成為多棒的母親。

近晚時分，有個年輕女子走進昏暗的病房，身穿白罩衫，幾絡細長金髮從藍色無邊帽垂下來。她在珊奇塔的床頭桌四周摸摸找找，一看到我在病床的另一側，大吃一驚。

「噢，我沒看到妳在，我在找她的選餐表，填好了嗎？」

「她今天晚上不用餐，謝謝。」

她細看珊奇塔了無生氣的身體。「妳想她之後還需要選餐表嗎？我是說，我可以每天放一張，或者可以等到……」

血液衝過我的太陽穴。我起身一把搶走女人手中的選餐表。「需要，她需要明天的選餐表，每天都要留一張，妳懂嗎？每一天。」

五點，我衝下樓到育嬰室去檢查奧斯汀的狀況。有人按鈴放我進新生兒加護病房，我直接往七號房走去，洗手更衣。大步直直走到後側角落，發現奧斯汀的保溫箱像日曬機[62]一樣亮起來，我倒抽一口氣。**CPAP** 還蓋著她的口鼻上，現在雙眼就藏在眼罩下方。現在又怎麼了？我的心在胸膛裡狂跳。

我急忙轉身。「莫琳？」可是莫琳在房間對面，忙著跟我稍早看到的那對年長夫婦談話。我看到有個穿著實驗袍的女子正要穿過房間。「不好意思，」我說，跟著她邁出門口，「妳

---

62 用來曬出健康膚色的機器。

能跟我說，奧斯汀——小女嬰——是怎麼回事嗎？她的保溫箱——」

她舉起手，大步走開。「我有急診要處理，妳得跟護士談。」

我快步走回房裡。莫琳護士終於從寵溺的祖父母那裡脫身。「怎麼啦，布芮特？」

「珊奇塔的寶寶怎麼了？燈光把她的小床照得好亮。她還戴了眼罩。」

房間對面的機器嗶嗶作響，有如失控的警鈴。莫琳馬上轉移注意力。「她在做黃疸光照治療[63]。」她穿過房間的時候跟我說。

我回到奧斯汀的小床，還是搞不清楚她怎麼了。我猜是新手祖父的那個年長男人走到我身邊，瞧了瞧奧斯汀。「這小傢伙是妳的孩子嗎？」

「不是，她媽媽是我學生。」

他拉長了臉。「妳學生？那她幾歲？」

「十八。」

他搖搖頭。「真遺憾。」他拖著腳步走回妻子身邊，低聲說了點我聽不到的話。

這寶寶以後都會面臨這種情況嗎？大家會把她當成失誤、當成少女任性妄為的不幸後果？大家會因為她窮困潦倒又居無定所而忽略她？這想法嚇壞了我，我揉揉太陽穴。

有個長相姣好、深色肌膚的紅髮護士來到隔壁的保溫箱，身上的名牌寫著拉多娜護士。「打攪一下。」我說，這次語帶照護者的威嚴。

她抬起頭。「有什麼要幫忙的嗎？」

「珊奇塔・貝爾的寶寶，」我邊說邊指著保溫箱，「為什麼在日曬機裡？」

拉多娜護士咧嘴一笑，露出大齒縫的友善笑容。

「她有高膽紅素血症，在做黃疸光照治療。」

「高膽……？」我停住，沒辦法重複那個陌生的字眼。我清清喉嚨。「欸，不管是不是什麼高……單紅。我只是想知道奧斯汀怎麼了，請用簡單的英文說。」

我在拉多娜護士的眼中看到了興味，不過她只是點點頭。「好吧。高單紅——」她眨眨眼。「——一般指的就是黃疸，早產兒常有這種症狀。我們會用特殊的藍光來協助他們的小身體去除多餘的膽紅素。那種燈光不會帶來傷害，也不會讓小女嬰不舒服。她的膽紅素值再一兩天就會穩定下來。」

我鬆了一大口氣。「感謝老天。」我看著她。「謝謝妳。」

「別客氣，還有沒有其他問題？」

「沒有，目前沒有。」我正要轉身面對寶寶，可是突然打住。「還有一件事。」我說著便把視線轉回拉多娜身上。

「什麼事？」

「可不可以叫她奧斯汀，不要叫小女嬰？」

---

63 Bili light therapy 是黃疸光照治療。

她露出笑容。「可以。」

——

此刻，傍晚的天際已經一片黝暗。我走到窗邊打給賀伯特。我等他接電話的時候，向外凝望繁忙的市景。外頭的人們為生活奔忙：採買雜貨、牽狗散步、準備晚餐。突然間，日常生活看來就跟奇蹟似的。這些人知道自己有多幸運嗎？陪賀伯特購物一整天，現在感覺起來好輕浮、好貪婪。

「哈囉，」他說，「妳在哪裡？」

「在醫院，珊奇塔在加護病房，有心臟衰竭的狀況。」

「噢，甜心，真是讓人難過的消息。」

「我束手無策，」我邊說邊用面紙壓著鼻子，「她寶寶的情況也很危險。」

「我來接妳吧，弄頓晚餐給妳吃，晚點可以一起看個影片，或者沿湖散個步。明天一早就開車載妳回醫院。」

我搖搖頭。「我不能離開她，她需要我。你能體諒吧？」

「當然，我只是想見見妳罷了。」

「我晚點再打給你。」我正要掛掉電話，聽到他又說話了。

「布芮特？」

「是。」我說。

「我愛妳。」
我目瞪口呆。他挑在這個時刻示愛？我的心思飛馳，想不出怎樣回應才妥當……除了顯而易見的答法之外。
「我也愛你。」我終於開口，卻無法確定自己是不是真的愛。

——

我走回椅子那裡，珊奇塔睜大眼睛、眼神清亮，透過病床護欄的金屬桿子，直直盯著我。我僵住不動。母親過世時，雙眼也是開著。可是接著我看到毯子微微起伏，她在呼吸。感謝老天。我傾身越過護欄。
「恭喜，甜豆。妳生了個漂亮女兒。」
她的視線牢牢扣住我的目光，彷彿乞求多聽一些。
「她的狀況很好，」我說謊，「她完美極了。」
她腫脹的嘴唇發顫，身體抖個不停。她在哭。我把她額頭上的髮絲往後撥開，肌膚摸起來冷如冰。
「妳很冷吧，甜心。」
她的牙齒格格作響，朝我微微點了點頭。我環顧四周卻遍尋不著備用的毯子。這孩子還要受多少折磨？可惡，她媽媽又在哪裡？這孩子疾病纏身的這些年來，有沒有人安慰過她？她曾不曾感受過母親的深情擁抱？我好想把她摟進懷裡，讓她覺得溫暖、安全跟被愛。於是我就這麼做了。

我把護欄降下來，重新調整她雙手和胸膛上的管線。我小心把她推往病床的一側時，她幾乎毫無重量。接著，我非常謹慎地爬上床，躺在她身邊。

我動作輕柔地把她擁進懷裡，彷彿她是水晶做的。我再次聞到了阿摩尼亞的味道，這次更濃了。是尿毒。她的身體快停擺了嗎？老天，拜託，不要！不要是現在。

我用毛毯把她纖弱的身子裹得更緊。她全身發抖，彷彿遭受電擊。我把她緊緊抱在胸前，希望我的體溫能給她溫暖。我臉頰靠在她的頭頂上，搖晃她，在她的耳畔輕聲唱著自己最愛的搖籃曲。

「某個地方……在彩虹之上……」

我希望她沒注意到我聲音裡的顫動，或是我每唱幾個字，就必須停下來把梗在喉嚨的硬塊吞下去。歌唱到一半，她發抖的身體恢復平靜。我不再搖晃，一陣恐慌頓時襲來。可是接著我聽到了聲音，沙啞微弱，幾不可聞。

「寶寶。」

我低頭看著她，視線掃過她抓破皮的一處光禿皮膚，然後勉強擠出笑容。

「等妳看到她就會知道，珊奇塔。她很迷你，比我的手大不了多少，可是意志力很堅強，就跟她媽咪一樣。妳現在就可以看出來。而且她跟妳一樣，手指漂亮修長。」

一滴淚水滑下她腫脹臉龐，我的心都碎了。

我用棉布揩揩她的臉頰。「妳體力好起來以前，護士會把她照顧得很好。」

「好不……起來了。」她低語。

「住口！」我咬著臉頰內側，太過用力而嚐到血味。我不能讓她知道我有多害怕。

「妳一定要跟病魔抗戰到底，珊奇塔！妳寶寶都靠妳了。」

她使勁吃奶的力氣，仰起臉看著我。「妳……收養我的寶寶吧。拜託。」

我用力吞嚥。「我不需要這麼做，妳會好起來。」

她怒瞪著我，絕望讓她眼神狂亂。「拜託！」

一聲啜泣讓我的身體劇烈晃動。我不再對她隱藏情緒。她很清楚自己的命運，也需要知道寶寶的命運。

「我會收養妳的寶寶，」我告訴她，啜泣讓我嗆個不停，「我一定會讓她過個美好的人生。我們每天都會談到妳。」我遮住嘴巴，但擋不住一聲悲鳴。「我會跟她說，妳有多聰明……說妳有多用功。」

「還有多麼……愛她。」

我閉上眼睛點點頭，直到自己終於能再開口。

「我會告訴她，妳對她的愛，勝過對生命的愛。」

CHAPTER 26

珊奇塔的葬禮無法反應她勇氣十足的青春人生。她在女兒出生三日之後，穿著榮譽學生的畢業袍帽，葬在櫟林墓園裡，到場的有約書亞之家的朋友、瓊・安德生、兩位教師、我跟賀伯特。瓊的牧師站在墓地旁邊，對著棺木禱告，對他從未見過的女孩講了段不帶感情的悼詞。禮成，眾人各奔東西，瓊趕回約書雅之家，教師們返回工作崗位。我看著坦妮雅、茱洛妮亞還有其他女人爬上綠草如茵的山丘，走向東六十七街去趕公車。坦妮雅點燃一根菸，長長吸一口便傳給茱洛妮亞。

就這樣，結束了。珊奇塔・貝爾的十八年人生現在只是一場回憶，隨著每天逐漸淡去的回憶。想到這點我就打起哆嗦。

賀伯特朝我看來。「妳還好嗎？親愛的？」

「我得去醫院。」我正要拉安全帶，但他抓住我的手。

「妳在工作跟醫院之間奔波，把自己累壞了。我這個星期幾乎見不到妳。」

「奧斯汀需要我。」

他把我的手拉到唇前吻了吻。

「甜心，奧斯汀的需求都有人照料。今天先喘口氣，讓我帶妳出門吃頓可口的晚餐。」

他說得對。奧斯汀可能不會想我。可是實情是，我會想她。我望進他的眼睛，希望他能理解。「我沒辦法。」

他當然能夠理解。他沒有露出一點喪氣的模樣，就啟動引擎朝醫院駛去。

———

我衝到奧斯汀的保溫箱，以為會看到習以為常的藍光。但她的眼罩已經摘掉，藍光也消失了。她側著腦袋，蜷起身子趴著，雙眼睜開。我蹲下來，往裡頭看她。

「哈囉，小不點，」我說，「妳看起來好漂亮。」

拉多娜護士走到我身邊。

「她的血液指數正常下來了，不用再用黃疸光照嘍！想抱抱她嗎？」

過去兩天，她在進行光療時，我都把手伸進保溫箱裡撫搓她的皮膚，可是一直還沒抱過她。

「啊，當然好，」我說，「如果可以的話。我不想傷到她。」

拉多娜咯咯笑。「妳不會有問題的啦，她比妳想得還有韌性。她現在正需要人類的碰觸。」

打從珊奇塔過世以來，護士都對我特別和善。他們知道我打算領養奧斯汀，現在就把我當成新手媽媽而不是訪客。可是跟我在四周看到的那些雙眼發亮、信心滿滿的新手母親不一樣，我覺得自己既笨拙又毫無準備。珊奇塔把她唯一的孩子託付給我。這個皺巴巴小外星人的福祉就落在我的肩頭上；可是萬一我辜負了她，就像我辜負彼得·麥德森一樣，該怎麼辦？

拉多娜掀起保溫箱的蓋子，捧著奧斯汀，一面調整電線、鼻胃管還有CPAP面罩。她把我放在奧斯汀保溫箱裡的照片——珊奇塔的高中學生證——調了位置，然後抓起毯子。她將奧斯汀緊緊裹成小包袱。「寶寶喜歡被裹得緊緊的。」她跟我說，然後把小娃兒遞給我。

奧斯汀幾乎毫無重量。她出生以來，體重掉了兩盎司，拉多娜告訴我這很正常，但我就是忍不住操心。奧斯汀不像健康的寶寶那樣，沒有多餘的體重可以掉。我把她放進臂彎，她簡直就跟迷途一樣茫然。她皺起額頭，但是CPAP掩住口鼻，悶住了哭聲。

「她在哭耶。」我把整個包袱交給拉多娜，希望她把奧斯汀接回去。可是她並沒有。我挪挪奧斯汀的位置，把她摟得更近，可是令人心碎的無聲嗚咽依然持續。「我哪裡做錯了？」

「她整天都毛毛躁躁的。」拉多娜用食指輕點下巴。「妳知道我怎麼想嗎？」

「呃，我很不會當媽？」

她朝我揮揮手，搖搖頭。「才不是。妳會是個好母親的。我想奧斯汀需要來點袋鼠式。」

「我恰好也這麼想！」我對她搖搖頭。「拜託喔，拉多娜，妳面對的是菜鳥……我不是指奧斯汀。袋鼠式是什麼鬼啊？」

她哈哈笑。「袋鼠式照護是母親跟早產兒之間的肌膚接觸，就像袋鼠寶寶在母親的囊袋裡。這些寶寶需要透過身體接觸來建立感情。可是研究也顯示，母親抱著早產兒貼在胸前，可以讓早產兒的呼吸跟心跳頻率都穩定下來，這麼一來，就可以保存卡路里，寶寶就能增加體重，體溫甚至會更規律。母親的身體可以發揮保溫箱的作用。」

「真的嗎？」

「對。母親的胸脯還會因應嬰兒體溫而調整溫度。寶寶會更滿足，比較不容易缺氧。好處多多唷。要不要試試？」

「可是我不是母親本人……不是親生母親。」

「那就更需要加強感情的聯繫。我會架起屏風，給妳們兩個一點隱私。我去拿屏風的時候，妳先把奧斯汀的包巾解開。除了尿布之外，她身上的東西都要脫掉。要我幫妳拿件病人袍？還是解開襯衫的釦子就好？」

「呣……我想打開襯衫鈕釦就好。妳確定不是親生母親也有用？我很不希望她因為我沒做好袋鼠照護反而感冒了。」

拉多娜笑了。「會有用的。」她把頭一偏，現在一臉正經。「布芮特，記得妳之前要我別叫奧斯汀小女嬰的事情嗎？」

「記得。」

「那妳可不可以別再說自己不是母親？」

我吸口氣，點點頭。「可以。」

——

我躺在休閒椅上，四周環繞著提供隱私的屏風。我解開襯衫釦子、脫掉胸罩。拉多娜把奧斯汀放在我的胸補上，左胸的隆起作為襯墊。她細軟的頭髮搔得我皮膚好癢，我畏縮一下。拉多娜拿毯子蓋住寶寶。「好好享受。」她說完就消失在屏風之後。

*等等啊，我想出聲喊她，袋鼠式我該做多久？可不可以拿本書還是雜誌給我？*我嘆口氣，小心將手探進毯子底下，貼住奧斯汀的背。她的背就跟奶油一樣柔軟。我感覺得到她呼吸的快速起伏，低頭就能看到她柔細的黑髮。她側著臉，不再像之前無聲哭嚎那樣扭曲著。她眨眨眼，讓我知道她醒著。

「哈囉，奧斯汀，」我說，「妳今天在傷心嗎？甜豆？妳媽咪過世了，我好遺憾。我們好愛她，對不對？」

她眨眨眼，彷彿在聽我說話。「現在我就要當妳媽咪了，」我低語，

「我是新手，所以妳別太嚴格喔，好嗎？」奧斯汀直直盯著前方。

「我會犯點錯，這點現在先讓妳知道也好。可是我向妳保證，我會盡全力讓妳過得安全甜美、快樂又安康。」

奧斯汀往我的頸子偎來。我輕聲笑著，用臉頰揉搓她毛茸茸的腦袋。

「妳是我的女兒，我好驕傲。」

她呼吸緩慢下來，雙眼緊閉。我盯著這份不可思議的禮物，湧上來的愛意如此原始又貼近本能，教人難以招架，讓我一時透不過氣來。

不久，拉多娜把頭探進屏風。「探訪時間快結束嘍。」她低聲說。

我瞥瞥牆上的掛鐘。「這麼晚啦？」「妳在這裡都快三個小時嘍。」

「妳在開玩笑吧。」

「並沒有。奧斯汀現在一臉滿足的樣子……妳也是。進行得如何？」

「好……」我親親奧斯汀的頭頂，想找話來形容。「神奇。」

我把奧斯汀放進保溫箱，給她一個晚安吻時，看到珊奇塔的塑膠學生證——瓊只找到這張照片。我把照片靠在奧斯汀的保溫箱內側，就在她視線範圍裡。我在心裡提醒自己，明天要多帶一張過來。

一張我的照片。

——

雖然我的理性知道，任何溫暖的身體都可能產生同樣的效果，但是看著奧斯汀的轉變，還是幾乎有種妙不可言的感覺。碰觸肌膚的袋鼠式照護才進行七天，她就可以從CPAP換成鼻管。我終於可以看到她漂亮的菱角嘴唇，蹭蹭她的時候也不會有擋路的塑膠面罩干擾。出生九天後，她已經恢復之前少掉的體重，還另外多添兩盎司，她越來越不像小外星人了。

現在是下午三點，我衝過醫院停車場，手機貼在耳上。奧斯汀出生以來的每一天，我黎明之前就會醒來，七點以前抵達辦公室，午休時間繼續工作，趕在兩點半完成最後一場居家課輔。這樣就有四個美妙的鐘頭可以跟奧斯汀共處。

「袋鼠式照護真是奇蹟，」我在電話上跟雪莉說，「奧斯汀快要能夠自己呼吸了。她很努力在協調吸吮、吞嚥跟呼吸，就快辦到了，到時他們就會摘掉她身上的靜脈注射跟餵食管。她好可愛喔，小雪。我等不及要讓妳見見她了。妳接到我傳的照片了吧？」

雪莉笑了。「收到了，她真可愛。我的天啊，布芮特，妳說話真的像個媽了。」

我猛力推開醫院大門。「對啊，唔，就希望我的恐懼、不安全感跟神經質，不會毀了這可憐孩子的前途。」

「說得好，就這麼希望吧。」

我們一起笑出來。「聽著，我現在就在醫院這邊。幫我跟小鬼們打招呼，跟傑說哈囉。」

我把手機塞進口袋，朝電梯走去。我面帶笑容，好奇今天有什麼驚喜在等我們。到目前為止，賀伯特一天也沒錯過。既然按規定，他無法來訪，所以把包裹寄到護士站，收件人寫奧斯汀跟我。護士對這件事反應頗為熱烈，連其他幾個新手母親，都擠在四周要看我拆開賀伯特最新獻上的貢品。我想他們比我還期待。拉多娜很喜歡那個手工刻了奧斯汀生日的銀製鑰匙圈。我也很喜歡，可是我最愛的是昨天那張我跟奧斯汀的合照。他把我寄給他的照片印了兩份出來，個別加裝相框。我的銀相框上寫著**母與子**；奧斯汀的粉紅跟白相框上寫著**媽咪跟我**。

可是我今天抵達的時候，五樓似乎已經接到意外的驚奇。我看到前方有個女人，拉多娜、莫琳跟警衛團團圍住她，整群人就擠在新生兒加護病房鎖上的門口。女人一頭黃色長髮，質感有如八月末的乾草，即使穿著厚重的人造皮草外套，也乾癟得幾乎像個骷髏。

「我哪裡都不去，」她說話含糊不清，踩著紅高跟鞋搖搖晃晃，

「我有權利見我的小孫子。」

噢，天啊，那個可憐女人一定喝醉了，她女兒跟孫子還真可憐。拉多娜看到我，連忙用眼神警告我。我慢下腳步、轉過身去，但紛爭的聲音依然尾隨我不放。

「女士，妳現在必須離開，」警衛告訴她，「要不然我要報警了。」

「你不可以叫警察來對付我，我又沒做錯什麼事。我老遠從底特律過來，沒見到她是不會離開的，你聽到沒？」

噢，天啊！我繞過轉角，離開視線範圍，癱軟地靠在牆上。難道是珊奇塔的母親？腳步越靠越近，叫囂聲越來越大。「把你他媽的手拿開啦！混帳東西，你想被告上法庭嗎？」

他們繞過轉角，她近在咫尺，我都嗅得到殘餘的菸味。她的臉就像燕麥片似的幾乎毫無血色，扭成憤怒的咆哮。我看到烏黑爛牙，第一個浮現腦海的想法是*我很清楚，弟弟在尖叫的時候，她為什麼沒醒來。我放學回家以後，就把所有的東西都沖進馬桶裡。*

警衛抓著她的手臂，不理她頻頻拋出的污言穢語，半拖半拉將她帶向電梯。她經過我面前，瞇起眼睛，彷彿想把我看個仔細。我的呼吸一嗆，連忙往後退開。她知道我是誰嗎？知道我就要當奧斯汀的媽了嗎？憑著直覺而來的恐懼，竄遍我全身。

警衛扯著她往前走，但她伸長脖子，用冰冷的灰眸回頭怒瞪著我。

「妳看個屁啊，賤人？」

我的同情心煙消雲散，取而代之的是某種原始反應，就是想保護幼小的母性，我知道，為了換取奧斯汀的生命安全，我願意捨身或奪命。這個想法教我恐懼震驚，又有種奇特的驕傲感。

CHAPTER 27

新生兒病房滿室都是嘁嘁喳喳的閒談聲。拉多娜一見到我就抓住我的手肘，把我帶到私密的角落。

「是珊奇塔的母親嗎？」我問，早已知道答案。

她點點頭，環顧四周，要確定沒人聽得見。「緹雅．羅賓遜。她不曉得是吸毒吸到嗨，還是喝酒喝茫……誰曉得是怎麼回事……幾乎沒辦法正常走路。」

又一波恐慌襲來。

「她來找孫子。」她搖搖頭，彷彿這個想法太誇張。

我抓緊喉嚨，努力壓下湧上的苦澀膽汁。「她可以這樣嗎？她有可能得到寶寶嗎？」

她聳聳肩。「我還看過更奇怪的案例。只要有親戚出面表示願意收養孩子，通常就可以爭取得到。因為這樣州政府就少一個案例要操心。」

「不！不要是她。我不會讓那種事發生的。我要收養奧斯汀。我跟妳說過，那是珊奇塔最後的心願。」

她拉長了臉。「欸，我覺得很棒啊，可是決定權不在妳手上。妳跟醫院的社工柯絲婷．施欽談過沒？」

「沒有。」我說，頓時覺得自己很傻。我為什麼會假設，收養這個無家無母的孩子會是件輕而易舉的事？「我跟社會局女職員就像在玩電話捉迷藏似的，老是聯絡不上。我也一直想跟院內的社工聯繫，但我都在忙奧斯汀的事。」

「我現在打給柯絲婷。如果她有空，也許妳今天就可以跟她談。」

她隱入護士站後方，不久便拿著一張便利貼回來。「她正要去開會，不過明天四點可以見妳。她在二樓二一四室。」她把便利貼遞給我。「我替妳寫下來了。」

我頭暈目眩地瞪著那張有黏性的紙條。

「妳可能得好好奮戰一番。羅賓遜小姐很堅持這孩子是她的。」

「為什麼？」我問，「當初她連自己的女兒都不想扶養。」

拉多娜小小哼了一聲。「用膝蓋想也知道，她想拿死亡給付。奧斯汀接下來十八年，每個月可以領取美金一千塊左右的社會安全生活補助。」

我心中湧起黑暗原始的恐懼。這女人不顧一切要搶走我的寶寶，動機老套惡毒。她是奧斯汀的外婆；我只是珊奇塔的老師，是她認識才不過五個月的人。

——

接下來的兩個小時，我都在隱私屏風後面，讓奧斯汀貼在我的胸補上，隨著賀伯特今天送來的禮物一起歌唱——他把適合新手母親聽的歌曲，下載到 iPod 裡，比方說《我希望你跳個舞》、《你讓我覺得像個真女人》。我相當感動。他一定花了好幾個鐘頭編排這些歌曲。可是我當得成新手母親嗎？我的胸口一緊。我向下瞥著奧斯汀，努力跟著艾莉森．克勞絲[64]唱。

「妳說中了我的心坎，真是不可思議。」

小小拳頭從毛毯裡探出來，她打了哈欠，再次閉上雙眼。我含淚笑著，輕拍她的背。突然間，有隻手搭在我的背上，讓我大吃一驚。「妳有訪客喔，布芮特。他在接待區那裡等。」

看到我哥就在新生兒加護病房外面，我很意外。他一身西裝領帶，顯然從公司直接過來。

「裘德，」我說，「你來這裡幹嘛？」

「最近幾個星期很難聯絡到妳。」他湊過來，輕吻我的臉頰。「聽說妳手上多了個小朋友，凱瑟琳對妳寄來的照片瘋得要命。」

「剛剛發生恐怖的事，珊奇塔的媽今天出現了，她以為可以把我的寶寶帶走。」一回想當時的恐怖情景，我又要歇斯底里起來。「不可以讓這種事發生！我絕對不准她這麼做。」

他把頭一偏，因為擔憂而皺起額頭。「那妳又打算怎樣阻止她？」

「我要領養她。」

「來吧，我們喝杯咖啡。」他上下打量我一眼。「更好的是去吃頓晚飯。妳最後一次吃東西是什麼時候的事？」

「我又不餓。」

他搖搖頭。「我們走吧。妳先吃點東西，再把來龍去脈跟我說。」他拉著我的手臂，可是我掙脫了。

「不行！我不能丟下她。那個女人可能會回來把她帶走。」

他盯著我，警覺地瞪大眼睛。「妳也振作點，看起來憔悴得不成人樣，這兩個星期到底有沒有睡覺啊？寶寶哪裡都不會去。」他指指接待處的凱西護士。「我們一下子就回來。」

「叫拉多娜別讓奧斯汀離開視線。」我喊道，傑德一面將我拉往電梯。

我們坐在醫院自助餐廳後側的模壓塑膠雅座，裘德從橘色托盤拿起一碟義大利麵，放在我面前。「吃吧，」他跟我說，「邊吃邊跟我說妳打算怎麼處理珊奇塔的寶寶。」

我不喜歡他說珊奇塔的寶寶的語氣，彷彿奧斯汀的命運依然搖擺未定。我把餐巾紙圈拿下來，找到裡面的叉子跟餐刀。義大利麵讓我的胃翻攪不已，但我還是用叉子捲滿麵條、送進嘴裡。我使勁渾身力氣才有辦法咀嚼跟吞嚥。我用紙巾擦擦嘴，放下叉子。

「她是我的寶寶，我要領養她。」

他聽我述說珊奇塔跟她的遺願，還有羅賓遜小姐以及稍早的場面。「明天我要跟社工見面。我要救這孩子，她需要我，而且我向珊奇塔承諾過。」

他啜飲咖啡一面瞅著我，然後放下杯子搖搖頭。「老媽的這些目標，真把妳害慘了吧？」

---

64 Alison Krauss 是美國鄉村歌手。

「什麼意思？」

「妳不需要這個寶寶，妳總會生孩子的。可能要再等一陣子，妳只要耐住性子。」

我搖搖頭。「我想要這個孩子，裘德。跟老媽的目標無關。我需要這個寶寶，她也需要我。」

他好像沒聽到我的話。「欸，現在妳手頭上的現金應該剩沒多少吧，我很願意借妳——」

我驚恐地盯著他看。「你以為我做這件事，是為了拿我那份遺產？」我仰頭望著天花板。「老天，裘德！你一定以為我跟珊奇塔的母親一樣貪心！」我把餐盤推開，往前傾身。「我一點都不在乎那份遺產。我願意為了這個寶寶放棄每一分錢。你聽懂沒？每、毛、錢！」

他往後一靠，彷彿被我嚇到了。「好啦，所以錢不是問題所在。我還是認為妳太沒遠見了。母親起了個頭，結果換妳執迷不悟。那個孩子跟我們長得不像，布芮特。她是哪個族裔的？西語裔？還是中東血統？」

這一刻，我眼前看到的不是我哥，而是他父親查爾斯・波林格，搖著腦袋，納悶我為何挑泰若・瓊斯一起去參加學校舞會。我的血壓迅速飆高。「她母親是混血兒。她以前住底特律公共住宅，後來窮哈哈又無家可歸。我不知道寶寶的父親是哪個種族的，因為那是一夜情。好了！你的好奇心滿足了沒？」

他掐著鼻樑。「老天，這種基因組合還真要命。賀伯特對這件事有什麼想法？」

我湊過去。「去你的，裘德。我愛這個寶寶。我超愛這個寶寶的。她現在已經跟我有感情了。你應該看看我抱著她，她朝我貼過來的樣子。順便跟你說一聲，賀伯特百分之百支持，雖然我不知道這樣有什麼差別。」

他眨了幾次眼睛。「妳是說真的嗎？這男人愛上妳了。他一定在往長期想了。」

我不以為然揮揮手。「這樣未免太早了，你不覺得嗎？他才認識我兩個月耶。」

「我們上星期到傑的家，他就把我拉到一邊，我不確定為什麼，可能想說我是妳大哥，就像代理父親什麼的。總之，他告訴我他希望跟妳有個未來，只差沒說要向妳求婚。」

我拉長了臉。「唔，那也是由我決定，不是你、賀伯特或其他人可以決定的。」

「他這傢伙很棒，布芮特，妳可別搞砸。要是搞砸了，妳會後悔的，記住我的話。」

我直直望進他的雙眼。「記住我的話，我不會的。」我把餐巾丟到桌上，站起身來，留他自己去猜——我的意思是不會搞砸跟賀伯特的關係，還是說搞砸了我也不會後悔。

那天傍晚我回到家，發現前廊有個包裹，上頭有威斯康辛州的地址，是凱莉寄來的。真貼心。我捧著它上樓到公寓去，用奶油刀把貼合處割開。我發現裡面有好幾種絨毛動物玩偶、精裝書、棉質嬰兒連身裝、圍兜、毛毯跟針織嬰兒鞋。我把每一件舉在眼前，這些衣物目前都大到可以把奧斯汀整個吞沒，我想像等她長得夠大時，穿起這些衣物的模樣。可是接著卻想起那個滿口爛牙的粗俗女人，還有她想怎麼摧毀我孩子的人生。我拿起電話撥給凱莉。

「我剛剛打開妳送來的美妙包裹，」我努力裝出爽朗的語調說，「妳好體貼喔。」

「這是我們的榮幸。當初領養孩子的時候，珊蜜才一個月大。我們根本不曉得自己需要什麼。妳到時一定會很愛那條嬰兒揹巾，等著瞧吧。還有——」

「珊奇塔的母親想帶走奧斯汀。」

電話線的另一端陷入片刻沉默。「噢，布芮特，我好遺憾。」

「如果那女人不是那麼糟糕的人，我本來還會同情她。」我跟她說起迪昂提跟奧斯汀的故事。「迪昂提死掉的時候，她自己吸毒吸到恍神，還把錯怪在奧斯汀身上。」我雙眼噙淚。「我好怕，凱莉。萬一我得不到奧斯汀呢？她的生活會陷入煉獄。」

「禱告吧，」她跟我說，「只要禱告就好。」

我照做了。有如我當初禱告母親能活下來，有如我之前禱告珊奇塔能恢復健康。

———

柯絲婷·施欽的辦公室相當樸素，照片妝點著牆壁，笑容滿面的孩子跟家人、坐在輪椅上仰頭笑著的老人家、朝著鏡頭開心揮手的截肢者。這個愛管閒事、雙眼洞悉一切的社工，顯然也有溫暖的一面，雖然到目前為止我還沒親眼見識過。

「謝謝妳過來一趟，」她說著便隨手關上門，「坐吧。」

我跟布萊德並肩坐進雙人沙發，柯絲婷坐在我們對面的木椅上，腿上擱著塑膠帶夾寫字板。我向她描述跟珊奇塔之間的關係，還有她希望我留住寶寶的遺願，她一面做著筆記。

她掀起目前正在寫的這張紙，掃視她事前做的筆記。「從珊奇塔的病歷看來，她在剖腹產之後陷入昏迷。死亡前的十三個鐘頭裡，除了妳之外，沒人通報說她曾經恢復意識。」

我頓時覺得自己受到審問。「我只知道，她生下孩子的那天晚上醒來過。」

她記下這點。「久到可以跟妳說，她希望妳留下寶寶？」

我的脈搏加快。「對，沒錯。」

她挑起雙眉寫筆記。「有人看到嗎？」

「在醫院沒有。可是那天早上來醫院的路上，她跟瓊小姐說過，就是收容中心主任。」我把頭別開。「但我懷疑她會願意到法庭替我辯護。」我緊緊交握濕黏的雙手。「珊奇塔當時跟我說了話。我知道聽起來很誇張，不過是真的，她求我收養她的寶寶。」

她把筆放下，終於抬起頭來。「病人恢復意識的時間久到可以道別，或是表達遺願，這也不是首例。」

「所以妳相信我嘍？」

「我個人相信什麼，都無關緊要。重要的是法庭相信什麼。」她站起來走到辦公桌邊。「羅賓遜太太今天早上來找過我，說話前後連貫，不吵不鬧。」

我倒抽一口氣。「她說了什麼？」

「我不方便告訴妳。可是要注意的是，幾乎每個兒童監護的案例，法庭都傾向判給家人。我不確定妳是不是想打這場硬戰。」

布萊德清清喉嚨。「我查過緹雅・羅賓遜的背景。她因為精神病史得到傷殘補助金，因為酒癮跟毒癮反覆進出戒勒中心。目前住在底特律犯罪最猖獗的公共住宅區。珊奇塔有三個同母異父的弟弟，父親都不同人——」

柯絲婷沒讓他說完。「米達先生，恕我直言，這女人恰好是寶寶的外婆，州政府只對她有沒有被判過重罪有興趣。她是犯過幾項輕罪，但不是重罪犯。」

「火災喪生的那個小男孩迪昂提，又要怎麼說？」我問，「哪種母親會在孩子尖叫求助的時候呼呼大睡？」

「那件事我替妳查過了，當初並沒有正式提告。縣警局的紀錄指出，她只是進了淋浴間一下。悲哀的是，意外往往發生在眨眼之間。」

「才怪，她明明吸毒吸到嗨了，是珊奇塔跟我說的。」

「那只算是『傳聞證據』。」柯絲婷跟布萊德異口同聲說。

我瞪著布萊德，彷彿把他當叛徒似的。可是他當然說得沒錯。我的陳述在法庭上站不住腳。

「可是還有其他事情，」我說，「毒癮、精神疾病，難道都不算數嗎？」

「目前她沒驗出毒品反應。欸，如果我們把孩子從患有憂鬱症或有毒癮前科的父母身邊帶走，那麼有半個城市的孩子都要安置到寄養家庭了。只要有可能，州政府的目標就是要把孩子留在家人身邊。就這樣。」

布萊德搖搖頭。「那種作法不對。」

柯絲婷聳聳肩。「如果以誰的房子最好，或是誰最快樂來當安置的基準，那我們會變成哪種社會？」

我的心思飛馳。我不能讓這孩子到羅賓遜小姐的身邊去，不行就是不行！我向珊奇塔承諾過。我太愛這個寶寶了。

「珊奇塔根本不想讓這女人接近她寶寶，」我說，「如果非得要家族成員不可，我們找別人嘛，找沒有一堆問題的親戚。」

「這個想法不錯，可是沒有其他人站出來。珊奇塔沒有姊妹，所以外婆是所有親戚裡關係最近的。在這個案例裡，外婆只有三十六歲，所以由她來撫養嬰孩，也不是很難想像的事。」

三十六？我在走廊上看到的女人明明就像五十歲！我一抬頭就看到施欽小姐同情的笑容。我就要輸了，我就要讓珊奇塔失望了。

「我可以怎麼做？」

她的嘴唇繃成細線。「要聽真話嗎？我建議妳開始盡力克制自己的情緒。我大有理由相信這個案子簡單直接，羅賓遜小姐會拿到孫女的監護權。」

我掩面哭出來。我感覺布萊德的手搭在我的背上，輕拍著我，就跟我拍奧斯汀那樣。

「妳不會有事的，布布，」他低語，「以後還會有別的寶寶。」

我哭得淅哩嘩啦，無力告訴他，我不是為自己而哭。沒錯，我可能會有別的寶寶，可是奧斯汀只會有一個母親。

CHAPTER 28

隔週的每個下午，我上完最後一堂居家課輔之後就趕到醫院去。我不在乎那個社工說什麼，我要把握跟這寶寶相處的最後每一分鐘。每一次我摸摸她有如絲綢的黑色鬈髮，或是揉搓她佈滿細毛的皮膚，我就祈禱這些溫柔的時刻，將會深植於她的記憶，陪伴她一輩子。

拉多娜護士悄悄走到休閒椅這裡，彎身從我懷中接走寶寶。「柯絲婷．施欽剛剛打電話來，希望妳在五點以前打給她。」

我的心飛揚起來，搞不好羅賓遜太太改變主意了！或者法庭已經拒絕給她權監護。

我衝過走廊，到了窗戶前方的板凳，那裡可以俯瞰市區，是醫院裡手機唯一收訊正常的地方。奧斯汀是我的了，我感覺得到。可是我之前還不是誤以為自己懷孕了，更不要說還誤認布萊德是我夢想中的男人。

「柯絲婷，」我抓緊電話說，「我是布芮特．波林格，怎麼了呢？我現在在醫院，可以下樓到妳辦公室──」

「不用，沒必要，我剛剛接到監護權聽證會的消息，預計明天早上八點召開。由賈西亞法官在庫克縣法院列席。」

我吁了一口氣。「狀況沒變？」

「沒變。緹雅．羅賓遜明天會回城裡。她明天如果拿著孫女的監護權走出法院，也沒什麼好大驚小怪的。」

我摀住嘴，免得尖叫，淚水湧上雙眼。

「抱歉，布芮特，只是想先讓妳知道一下，以免妳還是堅持要爭監護權。」

我勉強道了謝，掛掉電話。有個年長病患推著點滴吊架，顫巍巍穿過走廊。

「病情預後不佳嗎？」他經過我面前，看到淌下我臉頰的淚水時問。

我點點頭，說不出**無力回天**這個字眼。

——

我回到新生兒病房，瓊．安德生坐在接待區的沙發上，懷裡揣著亮粉紅包裹。她看到我的時候嚇了一跳。

「哎，哎，」她邊說邊站起來，「看看是誰來了。」她把粉紅禮物用力塞給我。「約書亞之家的女人們送的。」

我接下禮物，但說不出話來。

她瞇起眼睛。「妳還好嗎？」

「珊奇塔的母親要帶走寶寶。」

她拉長了臉。「可是珊奇塔要妳把寶寶留下來啊，她跟我說過。」

「明天早上賈西亞法官要舉行聽證。那女人瘋了，瓊。我好擔心奧斯汀。妳明天可以過來嗎？珊奇塔跟妳講過的話，妳可不可以跟法官說？」

她哼了哼。「要我白費時間？」她發出殘忍的輕笑聲。「珊奇塔跟我講過什麼都無所謂，都算是傳聞證據。我們手上一點實體證據也沒有，而且就是因為沒證據，外婆會贏過學校老師，不管合不合理。」

我瞅著她。「那我們一定要說服賈西亞法官，由我來領養她，才是真正為她著想。我們會告訴他，珊奇塔不想讓孩子住在底特律，而且……」我看到瓊搖頭，於是越說越小聲。

「妳以為每個人都照規矩辦事？妳以為如果笑得美美的、跟法官說真相，他就會按照妳的眼光來看事情？」她瞇細眼睛，重重呼吸。「並不會，我怕真相這次是沒辦法給妳出路的。」

我立刻掉下眼淚。

「看著我。」她抓住我的手臂，緊到發痛的地步。「妳這輩子可能老是靠那種假慈悲眼淚來發揮妙效，不過這次是沒辦法幫妳搶到寶寶的，聽到沒？如果妳想要那個孩子，就要替她挺身奮戰。要出狠招才行，知道吧？」

我吸吸鼻子，抹抹眼睛。「我會的，我當然會。」

我也想出狠招[65]啊，但手上的配備只有塑膠棒跟碰碰球[66]。

庫克縣的法庭漆成厚紙板的色調，老舊空間瀰漫著霉味，看起來寂寞又淒涼，正如我內心

的感受。六排松木長椅，中間由走道隔開，面對法官席跟證人席。證人席右側平日保留給陪審團坐的椅子，今天一片空蕩。這是法院自行審理的案子，由賈西亞法官獨自裁決。

布萊德複習自己的筆記，我瞥瞥我們右邊的桌子。緹雅．羅賓遜跟法院指派的律師克羅福特先生交頭接耳、低聲密議。我回頭看著背後空蕩蕩的排排長椅。沒人在乎這場審判，連瓊小姐也不在意。

八點整，賈西亞法官準時入席並宣布開庭。我們得知羅賓遜太太今天並不會出面作證。我不是律師，但連我都知道，讓那女人站上證人席太冒險。況且，這是個直截了當的案子，她作證也沒什麼好處可拿。

我突然被叫到證人席上，宣誓過後，布萊德要我報上姓名，並且陳述我跟珊奇塔．貝爾的關係。我深吸一口氣，逼自己相信一切就靠這次作證的結果，逼自己相信這案子還有轉寰餘地。

「我是布芮特．波林格，」我邊說邊努力穩住呼吸，「珊奇塔．貝爾過世之前，我跟她共事了五個月時間。我是她居家課輔老師，也是她朋友。」

「妳認為自己跟珊奇塔的關係親密嗎？」布萊德問。

「對，我很愛她。」

---

65 Play hardball 原文的字面意思是「玩硬球」。

66 Nerf ball 用聚氨酯材料做的彈性球。

「珊奇塔有沒有跟妳提過她母親的事？」

緹雅．羅賓遜就坐在跟我相隔不到十二呎的地方，我小心不去看她。

「有，她跟我說她母親搬到底特律，但她不肯跟著去，說她不希望讓寶寶過那種生活。」

布萊德一手搭在證人席的邊緣上，一副自在的模樣，彷彿我倆在 P. J. Clarke 餐廳閒聊。

「妳可以告訴我在醫院的事發經過嗎？」

「好，」我說，感覺汗水滴下頸背，「珊奇塔手術過後，傍晚六點左右，當時只有我跟她在場。她突然醒來，我走到她床邊，就在那時，她跟我說，她要我收養寶寶。」我咬住嘴唇免得顫抖。「我跟她說她不會死，可是她態度很堅持。」我的喉嚨一緊，聲音緊繃。「她知道她快死了，就要我保證一定會收養她的寶寶。」

布萊德把手帕遞給我，我抹抹雙眼，放下手帕的時候，眼睛對上緹雅的視線。她交握雙手坐著，對女兒臨終的遺言毫無情緒反應。

「我打算遵守諾言。」

「謝謝妳，波林格小姐，沒有問題了。」

克羅福特先生還沒走到證人席之前，甜膩的古龍水味提早十秒鐘抵達。他轉向我之前，先把棕色長褲往上一提，肚腩大到比珊奇塔更像有孕在身的樣子。

「波林格小姐，有人聽到珊奇塔告訴妳，她希望妳收養她的寶寶嗎？」

「沒有，當時病房只有我們兩個。可是她之前確實跟別人說過，就是約書亞之家的瓊．安德生。」

他對我搖搖手指。「請回答有或沒有、是或不是。有其他人目睹妳說的這場奇蹟嗎？就是珊奇塔從昏迷中醒來，久到可以交代妳留住她的寶寶？」

他認為我在說謊！我緊盯布萊德的臉龐，但他只是點頭要我繼續。

我逼自己迎上克羅福特先生金屬細框眼鏡後，那雙水水的灰眸。「沒有。」

「珊奇塔知道自己快死了嗎？」

「是。」

他點點頭。「所以她希望把事情全都安排好。」

「是。」

「妳覺得珊奇塔這女孩聰明嗎？」

「是，她腦袋很好。」

「那麼，想當然爾，她把心願寫下來了吧？」

室內的空氣彷彿頓時抽光了。「沒有，就我所知是沒有。」

他搔搔腦袋。「妳不覺得那就太奇怪了嗎？」

「我—我不知道。」

「妳不知道？」他在我面前來回踱步。「知道自己即將死去的聰明女孩，難道不會事先替寶寶的未來擬定計畫？尤其當她的家庭環境有如妳宣稱的那麼不堪。」

「我……我不確定她為什麼沒寫下來。」

「珊奇塔提到的生活……在底特律跟她母親的生活，她沒有提過自己就是在底特律懷孕的？」

「有。」

「所以妳知道她當初不顧母親反對，溜出公寓，沒保護措施就發生性行為？」

我眨眨眼。「不，她從來沒跟我說過，我想她並不是像你說的那樣溜出家門。」

他一臉正義凜然的模樣，鼻子翹得很高，腦袋抬到恰好可以睥睨我的角度。「她有沒有告訴妳，她那天晚上閒蕩到底特律爵士節，跟陌生人發生性行為？她連對方的名字都不記得？」

「不……不是那樣的。她那時很寂寞……而且很沮喪。」

他挑起一邊眉毛。「她有沒有告訴妳，她在當地待了六個星期，最後因為發現懷孕才離開底特律？」

「我不知道她待了六個禮拜。重點是，她離開了。我說過，她希望寶寶脫離那個環境。」

「她自己也想脫離那個環境，是不是？」

「是，她是這麼希望。」

「她有沒有告訴妳，她母親希望她終止懷孕？」

我的腦袋突然警覺起來。「沒有。」

「珊奇塔的腎病很嚴重，為了保命，醫生建議墮胎。」

我一時暈頭轉向。「陳醫師也是這樣告訴她的。」
「她有沒有聽陳醫師的囑咐？」
「沒有，她說她對寶寶的渴望超過生命本身。」
他得意地笑著，讓我想把笑容從他臉上捏下來。「事實是，珊奇塔是個倔強的女生，她不肯相信母親是為她著想。」
「抗議！」布萊德喊道。
「抗議有效。」
克羅福特先生繼續說，「珊奇塔跟母親因為終止懷孕的事起了爭執，當天就離開底特律。」
我呆若木雞，有可能嗎？
克羅福特先生轉向法官席。「這跟羅賓遜的家庭環境毫無關係，庭上。羅賓遜太太只是想拯救女兒的性命。」他垂下頭來。「沒有問題了。」
我的手顫抖得如此厲害，費點勁才能交握起來。他們要把羅賓遜太太形塑成珊奇塔的救星……把珊奇塔描繪成拒絕聽話的野孩子。
「謝謝你，克羅福特先生。」賈西亞法官說。他對我點點頭，表示我可以退席。
「謝謝妳，波林格小姐。」
「你想傳喚下一個證人嗎？」他問布萊德。
「庭上，我想提出休息的要求，」布萊德說，「我的客戶需要稍事喘息。」

賈西亞法官看看錶，然後用力敲槌。「休庭十五分鐘之後續審。」

——

布萊德幾乎用拖的帶我穿過雙門，進入走廊。我的身體變成鉛塊，沒辦法清楚思考。我寶寶被判了無期刑期，我必須救她，但我無能為力。珊奇塔信任我，我卻要背棄她了。布萊德讓我靠在牆上，抓緊我的手臂。

「妳絕對不可以崩潰，布布。我們已經卯盡全力了，現況由不得我們。」

我的呼吸時強時弱，腦袋暈眩。「他把珊奇塔講成不良少女的樣子。」

「是真的嗎？」他問，「她有可能是因為健康問題的爭執，才離開底特律的嗎？」

我兩手一攤。「我不知道，反正也無所謂。現在的重點是奧斯汀。我描述珊奇塔的臨終時刻，那女人一滴眼淚也沒掉。你也知道她對兒子幹了什麼好事。她冷血無情，布萊德！」我抓住他的外套袖子，直直盯著他的臉。「你應該看看她上星期被警衛拖出去的樣子，噁心死了。我們不能這樣對奧斯汀，一定要做什麼才行。」

「我們已經用盡一切心力。」

我哭起來，可是布萊德搖著我。「現在振作起來。妳要哭，以後有的是時間，我們要先把這場審判走完。」

十五分鐘之後，我們拖著腳步走回法庭。我用力坐進布萊德旁邊的椅子裡。我從來不曾覺得自己這麼沒用。我寶寶的人生即將轉入歧途，我卻束手無策。我的腦海浮現葛瑞特說過的話：沒辦法把每個人都救起來。我祈禱，只要救起這個就好。拜託，上帝，這一個就好。

我一面禱告、一面費力調整呼吸，但肺部就是吸不飽氣。我恐慌起來，即將昏厥。我辦不到；我不能再失去一個人，我撐不過去的。

就在法警把後方的雙門關起來時，我聽到她的聲音，腦袋頓時驚醒，急忙轉身。瓊・安德生一身時髦的羊毛套裝，笨重地穿過走道，不過後腦杓的頭髮糾結，腳踩運動鞋而不是平日的厚底高跟。

「瓊？」我大聲說，然後轉向布萊德。

「坐好別動。」他低語。

瓊並未滑進長椅裡，而是直接邁步走向賈西亞法官。她低聲對賈西亞法官說點什麼，他喃喃回了點話。接著她從皮包裡拿出一份文件遞給他。他戴上老花眼鏡細讀，最後終於抬起頭來。

「請雙方律師到法官席前。」

他們四個人咕噥了不知有多久。我聽到克羅福特先生壓過其他人的聲音，賈西亞法官要他降低音量。他們終於各自回到座位，布萊德跟瓊面帶笑容。我警告自己別興奮得太早。

賈西亞法官舉高文件給大家看。「看來，貝爾小姐還是把自己的要求寫下來了。我們手上的聲明經過公證，日期是三月五日，她過世前的幾週。」他清清喉嚨，以單調的語氣高聲唸出，「我，珊奇塔・亞思曼・貝爾在神智清明的狀況下，在此宣布，如果我未出生孩子在我死後存活下來，我希望替他或她做此安排。我衷心希望布芮特・波林格小姐，我最好的朋友也是我的居家課輔老師，單獨擁有我孩子的監護權。」他摘下眼鏡。「署名為珊奇塔・亞思・貝爾。」

他清清喉嚨。

「根據這份公證的請求，在波林格小姐正式完成領養程序之前，我要將暫時監護權判給她。」他用法槌往桌面使勁一敲。「退庭。」

我低頭掩面，啜泣起來。

關於那份公證文件的事，我從沒問過瓊。我不知道她怎麼拿到的，又在何時拿到，都無所謂了。我們替珊奇塔跟她寶寶討回公道，那才是最重要的。布萊德提議我們三人在聽證會之後慶祝一下，可是我沒辦法。我直接到醫院去看我的寶寶。我的寶寶！我繞過轉角，快步穿過走廊。新生兒病房的門一開，我幾乎用跑的衝向七號房。我走進去，心漏跳一拍。賀伯特穿著卡其褲跟海軍藍運動外套，坐在搖椅裡摟著奧斯汀。他低頭對她微笑，看著她睡。我從他背後走上前，吻吻他的脖子。

「你來這裡做什麼啊？」

「恭喜，親愛的，」他說，「我一接到妳的訊息就先趕過來，我知道妳後腳會跟著抵達。」

「可是，誰放你進來的？」

「拉多娜護士。」

當然是她了。病房裡的每個護士本來就都有點愛上這個不可思議、愛送禮物的賀伯特——

現在見到他的廬山真面目，再也回不去了。

「既然妳現在是奧斯汀的監護家長，」賀伯特繼續說，「妳可以找一位後援，妳不介意由我來吧？」

我刻意不去想雪莉、凱莉或布萊德，垂眼瞅著我美麗的女兒。我用雙臂摟住自己。「我真不敢相信，賀伯特，我是個母親了！」

「而且還會是個好母親。」他起身把睡夢中的寶寶遞給我，「坐吧，妳可能想跟這小傢伙正式自我介紹一下。」

奧斯汀對著空氣出一拳，然後貼著我的胸口再次入睡，眼睛半閉，我往她的鼻子送個吻——她的鼻子已經擺脫氧氣管跟餵食管了。「嘿，漂亮姑娘。猜猜怎樣？我要當妳媽咪了耶。而且這一次我說到做到。」她蹙起眉頭，我含淚微笑。「我上輩子做了什麼好事，竟然有扶養妳的福份？」

賀伯特舉起相機，走過來要拍特寫。在這種親密時刻裡，相機感覺很干擾。可是他很興奮；他都這麼滿懷熱忱跟支持了，我夫復何求？

他從自助餐廳帶回三明治跟咖啡，直到探訪時間結束以前，我們都陪在奧斯汀身邊。奇怪的是，確定她是我女兒之後，今晚反倒比較捨得離開。我永遠都不會失去她了。我們走到電梯的時候，賀伯特突然停住腳步，手指一彈。「忘了拿大衣，馬上回來。」

他回來的時候——手臂上披著卡其色 Burberry 大衣。

我倒抽一口氣。「那件大衣！」我邊說邊瞪著它，彷彿是魔術師的斗篷。

他一臉難為情。「對，嗯，今天早上有點冷。」

我邊笑邊搖頭。他不是安德魯那棟大樓的男人，也不是我在捷運車廂看到或在慢跑步道上巧遇的男人。可是也許，只是也許，他就是我的 Burberry 男。

———

四月那天傍晚氣候暖和，空氣中飄著一絲紫丁香的甜美味道。東邊，月亮就跟指甲屑一般細長，低低掛在暗藍灰的天際。賀伯特陪我走到車邊，Burberry 大衣披在肩上。

「如果她繼續健康成長，再兩個星期就可以回家了。我有好多事情要準備。我已經跟工作單位請好假，學校再幾週就要放假，伊芙答應替我代班。我要把臥房準備好，還有地氈跟幾件嬰兒家具。我目前考慮到的有嬰兒搖籃、換尿布的檯子，我們的小臥房大概也只能容納這些。」

我笑了。「我本來以為——」

他轉向我，用食指搭住我的唇。「停。我已經聽妳說太多妳該做什麼了。我們是伴侶，就讓我幫妳吧。」

「好吧，謝謝。」

「不用謝我，是我自己想做的。」他握住我的雙臂，對上我的視線。「我愛妳，妳明白嗎？」

我仰頭看他。「明白。」

「如果妳這陣子表現出來的感情是真的，妳也愛我吧。」

我後退一步。「呃—喔。」

「我們溫習一下妳該完成的那份願望清單。」

我搖搖頭要轉開身子，但他湊得更近。「欸，那份清單嚇不倒我的，不用擔心。我想幫忙，妳應該把那些目標都當作完成了，妳懂吧？」

我還來不及回答，他就握住我的雙手。「我知道我們才認識不久，可是既然妳現在有了孩子，加上我完完全全、神魂顛倒愛上了妳，我想我們應該考慮婚事了。」

我倒抽一口氣。「你是說……你想要……？」

他咯咯笑，指指停車場。「別擔心，親愛的。我正式求婚的時候，絕對不會挑這種不夠格的地方當背景。我只是想先鋪個路。我希望妳好好想過，開始把我們兩人當成一對——在人生路途上的某個時刻即將成為——永遠的一對。」他咧嘴一笑。「而且我希望那個路程是高速公路，而不是迂迴曲折的鄉間小道。」

我張嘴要說話，但無言以對。

他伸手摸摸我的臉頰。「我知道我要說的聽起來很扯，可是從我認識妳的那刻開始，就是在傑家吃飯的頭一個晚上，我就知道妳有一天會成為我的老婆。」

「是嗎？」我的思緒馬上轉向母親。這個男人會愛上我，就某方面來說，她是不是也摻了一腳？

「是啊。」他含笑親吻我的鼻尖。

「可是我最不想要的就是給妳壓力。只要答應我妳會考慮看看，好嗎？」

他濃密的頭髮亂糟糟，雙眼好似閃爍的藍寶石。露出笑容的時候，宛如一朵盛放的百合。這男人是我能找到最接近完美的一個。他聰明善良，有抱負又懂得愛人。天啊，他甚至會拉小提琴！而且不知為了什麼瘋狂的緣故，竟然愛著我。最棒的是，他愛我女兒。

「好，」我說，「我當然會考慮看看。」

CHAPTER 29

烏雲將細細的水霧噴進了溫煦的五月空氣。我撐著紅傘，抓著魯迪的牽繩，快跑衝下前廊階梯。就像雙親仳離的孩子，過去六個星期，我可憐的小狗在我的公寓跟賽琳娜、布蘭卡的家來來去去。我運氣不錯，善良的鄰居跟我一樣愛這隻傻呼呼的混種狗。可是這週末她們要到春田市去參加儀隊競賽，所以我跟魯迪上了車，要到布萊德家去。

「這是我最後一次拋下你，魯迪小子，」我們北行前往巴克鎮時，我告訴牠，「明天我們的寶寶就要回家了。」

我到了布萊德的連棟屋時，咖啡跟溫熱的罌粟籽鬆糕已經備好在等我。我坐在他的廚房桌邊，在一碗草莓下面看到兩只粉紅信封。從賈西亞法官做出裁決以來，我就一直在期待一號目標的信封，可是一看到十七號目標陷入愛河的第二份信封時，我的脈搏加快。

布萊德在我對面坐下。「妳現在想看信，還是等早餐吃完再說？」

「現在，拜託，」我躲在咖啡杯後面說，「可是今天只要一號目標的信封就好。」

他咯咯笑。「妳說過你們現在已經談到婚事了，那就表示妳陷入愛河了吧？」

我從碗裡拿起草莓，細細端詳。「我只是希望分散一下，反正剩下的目標又不多。」

他瞟我一眼。

我把第一份信封塞給他。「快嘛，打開啊。」

他等了一下，才用手指把封緘處拆開。他還沒意識到忘了眼鏡，我就到邊桌替他拿過來。他衝著我微笑。

「我們真是好搭檔，嗯？」

「是最棒的，」我說，感覺心弦微微一動。如果時機不同，我們是不是會走在一起？天啊，我這人也太差勁了，竟然還在想東想西。我都算是跟賀伯特訂婚了！

「『親愛的布芮特，有人曾經問米開朗基羅怎麼有辦法創造出大衛這座讓人稱奇的雕像。』他回答，『大衛像不是我創造的。他一直都在，就在那塊大理巨石裡。我只是把多餘的石頭鑿掉，把他找出來。』」

「『就跟米開朗基羅一樣，我希望過去幾個月來，我已經幫妳找到自己——希望我已經把那層剛硬的外殼鑿掉，讓真正的妳浮現出來。妳是母親了，親愛的！我相信妳內在裡一直有個想要呵護關懷他人的女性，我很高興自己出了點力，幫忙將她找出來。』」

「『我相信扛起母職會是妳人生中極為關鍵的事件。妳會發現母職會輪流帶來滿足、挫折、驚奇跟不知所措，會是妳所扮演過的角色裡，最神奇、最有挑戰，也是最關鍵的一個。』」

「『有人曾經告訴我，**身為母親，我們的職責不是扶養孩子，而是扶養成人。**』我有信心妳孩子會在妳的精心雕琢下，成為堂堂正正的成人。偶爾花點時間想像這樣的世界：不是教孩子堅強，而是教他們溫柔。」

「『現在擦乾眼淚微笑吧。妳孩子真有福氣。如果我去的地方有天堂，如果他們把我一副翅膀交託給我，我保證會守護著她，確保她的安全。』」

「『我對妳的愛超過筆墨所能形容。』」

「『媽筆。』」

布萊德拿走我那張淚水濕透的餐巾紙，換張新的來。我啜泣的時候，他就把手搭在我背上。

「我真希望奧斯汀可以認識她。」

「她會的。」布萊德說。他說得沒錯，她會認識我母親跟她的生母，我一定會做到。

我擤擤鼻子，仰頭看他。「她知道我會有個女兒。你注意到了嗎？」我把信從他手中抽走，找出那一行。「這裡，」我邊指邊說，

「『我保證會守護著她，確保她的安全。』她怎麼會知道？」

他端詳那封信。「我想是無心的啦。她不是故意要指明性別的。」

我搖搖頭。「不，她就是知道。她曉得我會有個女嬰。而且我相信幫忙我得到奧斯汀—伊莉莎白的是她。她軟化了瓊的心。」

「隨妳怎麼說都行。」他把信擱到一邊，伸手拿咖啡杯。

「妳想她會滿意妳跟賀伯特的關係嗎？」

不知為何，我的心跳時快時慢。「絕對會。」魯迪走到我身邊，我搔搔牠的下巴。「賀伯

特就是我母親會希望我交往的那種傢伙。你為什麼這麼問？」

他聳聳肩。「噢，我只是……我……」他搖搖頭。「欸，莫依爾博士我只見過一次，妳對他的認識比我深。」

「沒錯，我是認識他更深，他人很棒。」

「噢，我不懷疑他人很棒，只是……」他越說越小聲。

「欸，布萊德，有話要說，就直說。」

他看著我的眼睛。「我只是在想，『人很棒』夠不夠。」

天啊，他看出來了，看出我那片美麗如鏡的心池裡的小小漣漪。是我一直刻意忽略，巴望時間可以撫平的漣漪。我從沒跟人說過——連雪莉或凱莉都沒有。因為不久之後那個漣漪就會散去，一旦如此，我就不希望有人質疑我對他的愛。我可以——而且我也願意——愛上賀伯特。

「你在暗示什麼？」我問，盡量維持隨性的口氣。

他把那碗草莓推到一邊，湊了過來。「妳快樂嗎？布布？我是說欣喜若狂、心花怒放的那種快樂法？」我走到水槽沖洗杯子。不只是賀伯特，我也想到生活中的每件美好事物：奧斯汀、工作、新朋友跟家人……

我轉向他並露出笑容。「快樂到超過你的想像。」

他端詳我片刻，最後兩手一攤。「好吧，就這麼決定了。抱歉我還有所存疑。賀伯特就是妳要的。」

——

翌晨，五月六日星期天，奧斯汀重達四磅十二盎司，穿著凱瑟琳舅媽送的粉紅全套服裝，回到家裡。賀伯特鼓動三寸不爛舌，堅持要我帶寶寶搬回星街，但我就是不肯。比爾森區就是我們目前的家，況且，要是突然搬走，會傷到賽琳娜跟布蘭卡的心。過去一個月，她們津津樂道談論奧斯汀的照片，還買小布鞋跟絨毛動物娃娃送她。我絕不可能現在拋下她們一走了之。

從穿過醫院走廊到坐上車子，賀伯特一路快門按不停。我們咯咯笑著，努力要把她的迷你身子固定在安全座椅裡。她陷進塑膠綁帶裡，一臉迷失，我在她四周塞進毯子，免得她身子東倒西歪。

「妳確定這個座椅的尺碼對嗎？」賀伯特問。

「對啊，給醫院檢查過了。信不信由你，這就是她的尺碼沒錯。」

他一臉懷疑，但還是把車門關起來，然後衝到我這側要讓我坐她旁邊。他拉長安全帶，伸手越過我的身體替我扣上，把我也當成小孩似的。

「賀伯特，拜託，你可以寵壞寶寶，不要寵壞我。」

「恕不同意，我的兩個女孩，我打算都寵。」

我把安全帶鬆開，突然覺得侷促又受限。他對奧斯汀的關懷感動了我，可是他對我的一片赤誠，有時還是讓我難以招架。我伸手要關車門，但賀伯特已經替我關上。我覺得自己的血壓竄升，於是默默責怪自己；有問題的是我自己，不是他。

我摟著寶寶走進小公寓時，深深感受到母親的存在，讓我幾乎想要出聲喚她。她一定會很喜歡這一刻、這個寶寶、這樣的我。她會用親吻來迎接我，然後湊過來仔細瞧瞧嬰兒，一等我可以放手，就把寶寶抱過去。

我轉身看到賀伯特高高舉著醫院的提袋。他不應該在這裡。這個場景屬於老媽、奧斯汀跟我。他干擾了我們特別的一刻。

「這個要放哪邊？」

但他並不知情，他提著那只粉紅底色、咖啡圓點的袋子，看起來好可愛。我對他微笑。

「拜託放在流理台上就好，我晚點再拿。」

他一眨眼就回來，搓著雙手。「要不要吃點午餐？我三兩下就可以煎出蛋包……除非妳想要別——」

「不用！」我不高興地說，罪惡感隨之襲來。我這人怎麼這麼冷淡又不知感恩？我碰碰他的手臂。「我是說……好啊，吃個蛋包也好，謝謝。」

我記得《親密關係》這部電影裡有句台詞：「不要崇拜我，除非是我靠自己掙來的。」那種傲然獨立的感觸總是能引發我的共鳴。可是為什麼？我再次納悶，那個養大我的男人是不是在我心中留下太深的傷疤，害得我在成年之後無法接納真心的深情。我當初迫不及待想「掙得」查爾斯的——還有安德魯的贊同——結果不僅犧牲真正的自我，最後還功敗垂成。跟賀伯特就不同了。我終於可以做自己，而且他仰慕我——真正的我。我這輩子頭一次踏進了健康的關係，正如我母親所希望的。

賀伯特從廚房牆壁探進頭來，一手拿著蛋盒，另一手拿著奶油條。他對我咧齒笑著，笑容跟著小學生一樣甜美自然。我走上前去，用雙手捧住他的臉，熱烈地盯著他的雙眼看，結果他臉紅起來。接著我湊過去吻上他的嘴，這個吻深長又迫切。我的精神、靈魂以及血脈中流竄的每滴血，都高聲呼喊著：愛他吧！

我使盡渾身解數，哀求我的心乖乖追隨。

——

春天的水仙逐漸凋謝，隨之而來的是遍地的雛菊。夏天的腳步放慢，我盡享跟奧斯汀共處的每一刻。我把高跟鞋跟裙子換成夾腳拖搭背心洋裝，而原本三英里遠的跑步，變成推著娃娃車的懶洋洋漫步。我運氣不賴，女兒天性開朗，而且除了偶爾幾陣噴嚏之外，健康得很。我對她朗讀、唱歌跟說話，她睜大眼睛、凝神傾聽，我發誓我在她好奇的小臉上看見珊奇塔的影子。我已經開始替奧斯汀寫日誌，指出她倆之間的相似之處，並且把我對這勇敢美麗女子的記憶，鉅細靡遺記錄下來；這女人賜給她——還有我——生命。

為了慶祝奧斯汀滿三個月大，我用揹帶將女兒貼在胸口，輕鬆自在地穿過熟悉的走廊，前往新生兒病房。拉多娜遠遠看到我們，從辦公桌後方的椅子跳起來。

「布芮特！」她用力摟住我，往揹帶裡一瞧。「噢，我的天，奧斯汀—伊莉莎白！我們好想妳啊！」

我吻吻寶寶的額頭。「我們也很想念你們大家。」我把奧斯汀從揹帶裡抱出來交給拉多娜。

「哈囉，甜派，」她說，把寶寶舉在身前。奧斯汀蹬蹬雙腳，嘴巴一陣嘰哩咕嚕。「看看妳長多大了！」

「八磅又一盎司。」我咧嘴笑說，「我們剛才從麥克格魯醫師檢查完過來，說她健康百分之百。」

拉多娜親親她的額頭。「太棒了。」

我遞出一盤餅乾跟卡片，卡片蓋了奧斯汀的紫色腳印。「我們替妳們做了點好東西，謝謝妳們過去幾週把我們照顧得這麼好。」

「噢，布芮特，謝謝妳，放在櫃臺上就好，不到下班時間，就會被掃個精光。」我把餅乾放在護士站的時候，感覺她投在我身上的目光。「當母親很適合妳。」

「真的嗎？妳喜歡我的黑眼圈喔？」我笑了。「老實說，拉多娜，我這輩子從沒這麼累過，或者從沒這麼感激過。」我往下一瞥這個我稱作孩子的奇蹟。她看到我的時候，綻開樂不可支的笑靨，好似一道強烈陽光將我曬融。「我每天都在禱告中感謝珊奇塔。奧斯汀是我這輩子最棒的經歷，」我滿懷感情地說，「最棒的。」

拉多娜對我眨眨眼。「太好了。好了，過來坐下吧。莫琳跟凱西才剛去休息。她們會想看看寶寶的。」

「我們沒辦法多待耶。」我瞥瞥她辦公桌後方的時鐘。「我們今天晚餐要到約書亞之家值班，可是下次還會回來。」

「唔，妳離開之前，一定要跟我報告現況。妳跟莫依爾醫生訂婚沒？」她淘氣地挑起眉毛。

「妳也知道，這邊每個護士都有點暗戀『胡』伯特。」

「是『賀』伯特喔，」我糾正她，「他一直催說要在八月七號我母親生日那天舉行小型婚禮，可是對我來說太快了。目前我只想把心力放在這個小不點上。」

「這招好。」拉多娜說。

我往下盯著女兒。「當然總有一天會舉行的。賀伯特跟奧斯汀處得很好，妳應該看看他們一起的模樣。」

她含笑輕拍我的手。「噢，布芮特，我好高興妳諸事順遂。寶寶……還有那個帥男友。神仙教母對妳真的很照顧。」

我想到母親跟珊奇塔，還有她們在我美夢上所扮演的角色。但那只是其中一部份……

「沒錯，我運氣好得不可思議。可是神仙教母的能耐也是有限。我想我們每個人都握有實現自己願望的力量，我們只是需要找到勇氣。」

她漾起笑容。「唔，妳辦到了，姑娘。太好了！」

一陣不安的感覺襲來。母親會同意拉多娜的看法嗎？還是說我正要放棄她叫我永遠不該退而求其次的事？關係都走都到這個階段了，我有勇氣把模範白馬王子拋開，巴望能找到跟我天造地設的那位嗎？或者說，那跟勇氣真的有關嗎？搞不好是愚蠢或是不成熟。勇氣跟傲慢之間的界限在哪？想得到適合自己的，以及期待得到超過自己應得的，兩者界限又在哪？

——

花了三十分鐘時間收攏用品，做最後一次尿布更換，再把娃兒放進推車之後，我們終於出了門。我在成為母親之前，平日都把時間花到哪裡去了？

跟七月一般的大熱天不同，今天烏雲密佈，微風把我裸露的手臂搔得癢癢的。接近艾菲賓娜咖啡館的時候，我看到布萊德坐在桌邊的遮陽傘下方。他站起來，用一杯牛奶咖啡跟擁抱迎接我。

「我的大姑娘都好嗎？」他問，把奧斯汀從推車裡抱起來。

「跟布萊德叔叔說妳有多棒，奧斯汀。跟他說妳怎樣對媽咪微笑。」

「妳是快樂的小姑娘嗎？」他柔聲哄著奧斯汀，朝她蹭了蹭。他用閒空的手從口袋掏出一只信封，是十七號目標。

「陷入愛河。」我咕噥。

「恭喜，布布。距離九月的期限還有兩個月，妳走對了路，該進一步了，可以買馬跟房子。妳說過賀伯特願意加入，對吧？」

「嗯呃。」

布萊德朝我湊來。「有什麼問題嗎？」

「沒啦，沒事。」我把昏昏欲睡的女兒從他懷裡接過來，塞進推車裡，「快啊，打開吧。」

他的視線牢牢盯著我。「這次是怎麼回事？我拿出信封的時候，妳老是一副等不及的樣子。上回我想開信的時候，妳還不肯讓我開。怎麼回事？」

「沒事啦，開就對了。」

他把頭一偏，表示不買帳，但他還是打開信封了。他攤開折起的粉紅信紙，面朝下地放在桌上，直直盯著我的雙眼。

「最後一次機會，布布，」他邊說邊抓住我的手臂，「如果妳不愛賀伯特，現在就告訴我。」

我的心跳時快時慢。我回盯著他，最後再也受不了。四個月以來的懷疑跟挫折浮上檯面。我把雙肘撐在桌上，垂頭掩面。「我太不正常了，布萊德。以前我以為自己很愛安德魯，他卻是我認識過最自我中心的男人。可是不知為何，我卻沒辦法對賀伯特這個願意為我赴湯蹈火的好男人，付出深刻的感情。」我雙手揪住頭髮。「我有什麼毛病啊，布萊德？難道我還在找那種我必須拚命討好的對象，像查爾斯那樣的人嗎？」

他搓亂我的頭髮。「愛是變幻無常的。如果我們可以選擇陷入愛河的對象，妳想我會選遠在兩千英里之外的女人嗎？」

「可是賀伯特人這麼好，又愛我，還愛我的寶寶，而且想娶我。萬一我失去他呢？萬一我再也找不到像他那樣愛我的人呢？我會永遠孤獨一人，奧斯汀就沒有父親了。」

「不會發生那種事。」

「你又不曉得。」

「我曉得。如果妳沒辦法完成那項目標，妳母親就不會把它留在妳的清單裡。她知道妳會找到對象的。」

我發牢騷。「現在你說起話來跟我一樣扯了。」

「我是認真的。這些事件有些是她操作出來的，我有這種想法已經不只一次了。」

「唔，如果是的話，搞不好她也策劃了我跟賀伯特的關係。也許是她把他帶領到芝加哥這裡，進入我哥教書的系所，好讓我們兩個認識並陷入愛河。」

「我感覺不到。」

「為什麼沒有？」

他給我一抹虛弱的笑容。「因為妳沒愛上他。」

我把臉別開。「可是我應該要愛上他的。如果我再努力一點，再多給一點時間，也許……」

「愛並不是耐力測試。」

「可是賀伯特認為我們注定要在一起——而且也許是。」我嘆口氣，揉揉太陽穴。「要是老媽可以給我一個徵兆就好了。要是她可以發出巨大明顯的訊號，告訴我他是不是我的真命天子，就好了。」

他盯著桌上那張折起的信紙。「要看信了嗎？」

一看到信，我的心突突猛跳。「我不知道，這樣公平嗎？」

「我想我們可以快快偷瞥一眼。誰曉得？搞不好可以幫妳釐清自己的感受。」

我吐了口氣，我不知道自己之前在憋氣。「好吧，唸吧。」

布萊德展開信紙，清清喉嚨。

「『親愛的布芮特，』」

「『抱歉，親愛的。這男人不適合妳。妳並未陷入愛河。繼續努力吧，我親愛的。』」

我的下巴一掉，如釋重負地喘口氣。「噢，感謝老天！」我把頭用力往後一仰，哈哈大笑。「她把徵兆給我了，布萊德！我母親都說話了。我自由了！」

我感覺到布萊德的目光。他早就沒在讀信了，正把信折起來，放回信封。他的眼鏡到哪去了？沒戴眼鏡怎麼能唸母親的訊息？我的臉一沉。

「噢，天啊，剛剛是你自己亂編的。」我要把信從他那裡搶走，可是他把信舉得老高。

「現在也無所謂了，妳已經得到答案了。」

「可是他很愛奧斯汀，而且他以為我們就要共組家庭。他會崩潰的。」

「難道妳寧可等到他單膝跪地、獻上鑽石戒指的時候才說實話嗎？」

我的肚子翻攪，我掐掐鼻樑。「不，當然不。」我花了片刻才抬起目光，對上他的眼睛。

「我就是得傷賀伯特的心嗎？」

「沒人說愛情很容易，小鬼。」他把粉紅色信封塞進襯衫口袋。「這封就等下一次再看吧，」他邊說邊拍口袋，「我有種感覺，等待是值得的。」

——

賀伯特七點要來。等待期間，我肚子糾成一團。我餵完奧斯汀，電話鈴鈴響起。我跳起來，希望是賀伯特打來取消，卻聽到凱瑟琳平靜的聲音。她跟裘德到聖巴特島度假一週，一定是收假回來了。我按下電話的廣播功能，把奧斯汀撐在肩膀上。

「歡迎回來，」我邊說邊拍奧斯汀的背，「玩得怎樣？」

「無懈可擊，」她說，「度假村提供全包式服務，我跟妳提過吧？」

「對，我想──」

「跟妳說，布芮特，我們從沒被寵成這樣過。裡面有三家五星餐廳供我們自由選擇，每一家都棒極了。要不是因為有最先進的健身設備，我老早就胖十磅了！」她笑著。「我們都還沒意識到自己有什麼需求，就有人提早半小時幫我們一一滿足。」

「聽起來很棒。」我爽朗地說，可是我個人專屬全包服務的影像──賀伯特旅館──卻撲襲而來，問我需不需要什麼，納悶有什麼可以幫我做。

「是很棒沒錯。事實上，是我們去過最棒的度假村之一，而且我們待的地方都有很精彩的景觀。妳跟賀伯特應該找個時間去。妳要是沒愛上這個地方，就是腦袋有問題。」

我的肚子一陣痙攣。我跟賀伯特分手，就是腦袋有問題！任何正常人都可以愛上他。

突然間，我的心思飛回了將近十三年前，我跟母親當時在巴亞爾塔港[67]。她帶我到那個墨西哥港城，慶祝我從西北大學畢業。那是我們頭一次住全包式服務的度假村。就跟凱瑟琳體驗到的一樣，巴亞爾塔港的帕拉迪姆度假村簡直就是天堂的縮影。那裡有提供全套服務的水療設施、三座無邊際泳池；美饌佳餚跟插小雨傘的飲料多到享用不完。可是到了第三天，我已經急著想逃離。我不愛這種處處人工鑿斧的天堂，我覺得自己真不知好歹。母親為了這趟旅程肯定所費不貲；要是她知道自己養了這種不知感恩的女兒，一定會大受打擊。

可是那天下午，泳池隨侍第十次問我們想不想再來一杯、要不要來條乾毛巾、或噴點涼水時，母親搖搖頭。她向來都有超人的洞察力，我敢發誓她看透了我的心思。

「謝謝，佛南多，可是我們不需要任何東西，你不用再來檢查我們的狀況了。」她露出大方的笑容，直到他越走越遠，聽不到我們講話為止，接著她轉向我。「抱歉，親愛的，可是我在這座天堂都快抓狂了。」

直到今天，我都不確定她是實話實說，還是為了我的緣故才說自己快瘋了。不管怎樣，我笑得差點從躺椅摔下來。

我們跑步回到自己房間，咯咯笑著換上無袖洋裝跟涼鞋。我們搭著搖搖晃晃的老公車到舊城區——舊巴亞爾塔，跟市場上的攤販討價還價。後來，無意間逛到一家小酒館，現場正好有街頭樂手，一身縫滿銀飾的套裝、頭戴墨西哥帽，在灰塵滿佈的木頭講台上表演。我跟母親坐在吧台喝啤酒，一面跟著樂團以及當地顧客在每次間奏的時候吶喊。那是我們這趟旅程裡最美妙的一夜。

67 Puerto Vallarta 是墨西哥位於太平洋沿岸的觀光城市。

門鈴響起，我的心漏跳一拍。「抱歉，凱瑟琳，賀伯特來了。很高興你們回來了，幫我跟裘德打聲招呼。」

我摟著奧斯汀走到門口，凱瑟琳的那通電話挑起美麗的回憶，讓我心存感激。是不是有兩種類型的人，一種人很愛全包式度假村，另一種人覺得全包式度假村讓人窒息？也許，只是也許，覺得無時無刻的溺愛會帶來壓迫感的人，並非忘恩負義的傻瓜。

——

等到奧斯汀睡著，我就躡手躡腳回到客廳，看到賀伯特在沙發上啜飲白葡萄酒，一面細讀我的一本小說。我胸口一緊。他抬頭看到我就露出笑容。

「任務完成了嗎？」

我交叉手指以求好運。「目前為止一切順利。」

我在他身邊坐下，看看他在讀什麼。我有那麼多精彩的書，他竟然挑了詹姆士．喬伊斯的《尤里西斯》，可以說是英國文學裡最難讀的作品。「我在羅尤拉學院的時候，學校規定非讀不可，」我說，「天啊，我好討厭——」

「我好多年前讀過，」他打岔，「很想再讀一遍，可以借我嗎？」

「你留著吧。」我說。

我把書從他手中抽走，放在矮桌上。他似乎把這當成提示，傾身吻我。我深切渴望這一回我的呼吸會嗆住，心裡會有小鹿亂撞，所以任由他吻我。

但我呼吸既未嗆住，心裡也沒有小鹿亂撞。

我往後抽身，就像撕開ＯＫ繃一樣，一口氣把話說完。「賀伯特，我不能跟你交往下去。」

他低頭看著我。「什麼？」

淚水在我雙眼裡湧起，我摀住顫抖的嘴。「真抱歉，我也不知道自己到底怎麼了。你是很棒的男人，是我交往過最棒的人。可是……」

「妳不愛我。」這是陳述，不是提問。

「我不確定，」我輕聲說，「我不能等著看結果，我不能拿你的幸福或我的幸福來冒險。」

「妳並沒有冒……」他話說到一半就打住，咬唇仰頭盯著天花板。

我轉過身子，緊閉雙眼。我到底在搞什麼鬼？這男人愛我。我現在應該跳起來大笑，跟他說這全是笑話一場。但我緊緊黏在沙發上，嘴巴閉得死緊。

最後他勉強站起來，往下瞪著我，我可以看到他的表情從哀傷轉為憤怒。他頓時強勢起來……我從沒見過他這麼強勢。

「妳到底在找什麼？布芮特？像妳前任男友那種混蛋嗎？真的假的？那就是妳想要的？」

我的心跳加速。天啊，說到底，賀伯特還是很有種。我從沒聽他罵過髒話……我還蠻喜歡的。搞不好我太輕率了……也許這段關係可以成功，如果……

不，我已經下了決定，覆水已難收。

「我……我不曉得。」我怎能告訴他，我正在找某種非常特別的東西，只要一出現，我就不用納悶自己是否真的找到了。

「這件事妳必須好好考慮，布芮特，因為妳就要鑄下大錯了。妳內心深處很清楚這點。我不會永遠都單身的。妳必須早點把事情想清楚，免得太遲了。」

他講的話把我肺裡的空氣都抽光了。萬一他真的就是真命天子，而我太慢才發現怎麼辦？我瞠目結舌看著他越過房間，從衣櫃裡拖出 Burberry 大衣。他一手搭在門把上，轉身盯著我淚水濕透的臉。

「我真的愛過妳，布芮特，也愛過奧斯汀。替我給她一個告別的擁抱，可以吧？」語畢，他踏出門口，隨手將門關上。

我哭起來。我到底幹了什麼好事？我剛剛放夢想中的男人——我美麗的 Burberry 男——走了嗎？我在前側窗戶旁邊的椅子裡蜷起身子，往外盯著灰濛濛的天際，彷彿想從外頭那片陰暗深淵找出答案。母親是否正在守護我？她想跟我說什麼？我在那裡一直坐到凌晨兩點，質疑自己的決定，等著聽到母親的話語：「會有另一片天的，我親愛的。」

我一直沒聽到。

CHAPTER 30

賀伯特原本提議八月七號舉行婚禮。我後來籌備的不是婚禮，而是母親的六十三歲冥誕生日派對。週五早晨，佐依跟強抵達奧黑爾機場，這個抵達的場景跟當初在西雅圖大不相同。幾個月以來，我們幾乎天天通話，我們在機場以對待家人的方式互相招呼：親吻、淚水跟壓碎身骨的擁抱。開車前往布萊德辦公室的路上，我跟強聊個不停，佐依坐在後座，跟奧斯汀──伊莉莎白嘰嘰呱呱講著話。

「妳是我外『森』女。」她握著奧斯汀的手說。

「是外甥女喔。」強糾正她，我們兩人咯咯笑。他滿臉嚴肅轉向我。「如果奧斯汀叫我爺爺或阿公，妳覺得如何？」

我綻放笑容。「很好啊。」

「還有，布芮特，妳可以叫我爸爸，妳知道的。」

我真是福杯滿溢。

──

我爸抓著布萊德的手，我生命中的兩個男人終於見面了。可是比起認識布萊德，佐依對市區景觀更有興趣。她站在落地窗前面，看得入神。我在桃花心木桌旁邊落坐，將近一年前也是坐在這裡，當時苦澀又心痛。我以為自己的人生在那天斷裂了，事實上也是。可是就像斷裂的手腳，曾經斷裂的地方在痊癒之後，現在變得更加健壯。

我爸在我身邊坐下，布萊德走到窗邊，蹲在佐依身旁。

「嘿，佐依，想跟我去搭搭電梯嗎？我帶妳去看更酷的一扇窗。」

她睜大雙眼望向父親，等待批准。

「當然可以，甜心，可是妳能不能等一下？米達先生準備要唸一封布芮特媽媽寫的信。」

布萊德起身搖頭。「這封我就不唸了，你們兩個一起讀就好。我想伊莉莎白也會想這麼做。」他牽著佐依離開辦公室，隨手關上門。

我把信從信封裡抽出來，放在我們眼前的桌上。父親把手搭在我的手上，我們一起默讀這封信。

親愛的布芮特，

三十四年前，我許下諾言——讓我懊悔終生的諾言。我跟查爾斯・波林格說，我永遠不會透露當初怎麼懷了妳的這個秘密。作為交換，他也保證會把妳當成親生孩子扶養。他是否真的實現了協議裡屬於他那方的責任，倒是很有問題。可是，即使到了現在，我也相信自己守住了諾言。

妳在跟查爾斯的關係之中苦苦掙扎，有好多次我都渴望公開真相。我乞求他讓我告訴妳，但他堅持不肯退讓。不管是受到羞愧或愚蠢的影響，我就是覺得自己必須替他保住面子。況且我也不曉得妳父親的下落，我怕公開真相只會讓妳更加確定自己遭到父親排斥的感受。

我希望妳不計前嫌願意原諒我，還有查爾斯。請瞭解，這對他來說也不容易。他在妳身上看到的不是善良跟美麗，而是我曾經不忠於他的時時提醒。可是對我來說，妳是一份贈禮，是喜樂，是暴風雨肆虐之後的彩虹。老天知道我雖然沒資格享福，但我愛的男人有一部份回到我身邊；音樂再次澆灌我的靈魂。

妳要知道，妳父親離開我之後的那幾週，我的世界陷入了寂靜。多年之後，我才明白他代替我履行的作為既俠義又無私。我當時愛他愛到無藥可救，為了跟他在一起，我不計任何代價——即使最後會讓我的靈魂毀敗。可是他讓我免於自掘墳墓，我對這點永懷感激。

雖然我努力過，但就是查不出妳父親的下落。我跟查爾斯離婚之後，曾經雇人去找，但終究徒勞無功。就在寫這封信的時候，不知怎地我就是知道妳一定會找到他。等妳找到的時候，好好慶祝吧。妳父親是個非凡的人。雖然我知道外遇是種自私又懦弱的行為，但直至今日，我依然相信當初對妳父親的感覺就是真愛——純粹真實，強勁有如大草原上的風。

妳常常問我，跟查爾斯離婚之後為什麼不再找對象。我總是含笑告訴妳沒有必要；我已經擁有一生的摯愛，真的。

我美麗的女兒謝謝妳，扮演兩個生命之間的橋樑。妳的精神跟善意，妳性格裡所有的美好，在在來自妳父親。我天天都感謝他——跟妳，謝謝你們讓我知道什麼是愛。

永遠愛妳，

媽

星期六下午，星街熙熙攘攘。母親會很愛這天的，結合了舊愛與新愛，舊雨與新知，還有失去又尋回的家人。凱莉跟她一家子中午抵達，她父母瑪莉跟大衛不久也抵達了。我、凱莉跟史黛拉正在準備十四人份的義式千層麵。瑪莉跟大衛在日照室跟強尼對酌，講起在羅傑斯公園的過往故事，笑語不斷。奧斯汀坐在窗邊的搖籃裡啃著橡皮魚，看著凱莉的孩子跟佐依在後院玩跳房子。

四點半的時候，凱莉決定要作無麵粉的巧克力蛋糕。「如果我時間抓得夠準，上桌的時候會是暖烘烘的。」

「我已經在流口水了，」我說，「攪拌盆在開放架子上。」

「我來排餐具。」史黛拉說。她隱入飯廳，然後朝我呼喚。「亞麻織品收在哪？布芮特？」

「噢，糟糕！」我一拍額頭，「我忘了去乾洗店把亞麻織品拿回來。」

她抬著一疊錦緞花紋餐墊跟餐巾走進廚房。「不要緊，我找到一些了。」

「不行，我們今天必須用手工刺繡的愛爾蘭亞麻織品。媽遇到特別的場合都會用，有什麼日子比她的生日還特別？」我查查時間。「我不到半小時內就回來。」

今日陽光燦爛，超大的鬆軟雲朵懸在蔚藍的天空裡，有如尋常的八月天。雖然天氣預報說今天即將降溫，也會有雷雨，但目前倒是看不出來。我哼著《世界真美好》，一面沿著人行道漫步，狗兒在前面散步，女兒窩在胸口上的抱嬰袋裡。

莫爾乾洗店外頭，有個金髮尤物坐在板凳上，抓緊繫住黑色拉布拉多犬的牽繩。魯迪嗅嗅那隻溫順的狗，然後用額頭碰碰對方的腦袋，希望勾起對方一起玩耍的興趣。

「乖一點，魯迪。」我說，把牠的牽繩繞在板凳的木條上。我對女人微笑，但她手機講個不停，似乎沒注意到。

我走進莫爾乾洗店時，門鈴噹噹響起。快五點了——接近打烊的時間。店裡只有一個客人，頂著波浪黑髮的高佻男人，我就排在他後面。他正在聽櫃臺後方的白髮婦人閒談。我死盯著他的後腦杓：**快點啦！**她說了點什麼，逗得他呵呵笑；他終於把取衣單交給她。她拖著腳步走到機械化吊架，找他的乾洗物件，片刻之後，帶著用透明塑膠袋套住的衣物回來。

「在這裡。」她告訴他，順手把衣物掛在金屬橫桿上。

我先盯著衣物……再盯著男人……接著視線又回到那件衣物。

是 Burberry 大衣。

「看來不錯。」他說。

我突然頭暈目眩。這個人會是 Burberry 男嗎？不可能吧，遇到他的機率會有多大啊？

他遞給她一點現金，然後提起外套。

「謝了，瑪莉林。週末愉快。」

他轉身。那雙有金點的棕眸先落在奧斯汀身上。「嘿，小可愛。」他對她說。她抬頭盯著他片刻，然後燦爛一笑。笑紋像煙火一樣從眼角散射出來，他把目光轉向我。我看著他的表情從滿臉困惑，變成安靜的辨識。

「嘿，」他邊說邊指著我，「妳就是我以前老是遇到的女生。我在妳家公寓大樓外面還把咖啡潑到妳的外套上。我去慢跑的那個早上也看到妳。」他低沉的嗓音裡暗藏柔情，給我一種跟老友團圓的感覺，但我當然對他幾乎一無所知。「我最後一次看到妳，是在芝加哥車站。妳錯過了列車，氣得跳腳……」他搖搖頭，彷彿很難為情。「妳可能不記得了啦。」

我的心猛跳，太陽穴怦怦響。我很想坦承當初想追的是他的列車，可是我只說，「我記得。」

他朝我走近。「妳記得？」

「嗯嗯。」

他臉一放鬆，露出笑容，然後伸出手。「我是葛瑞特，葛瑞特．泰勒。」

我張嘴盯著他看。「你……你是泰勒醫師？那個精神科醫師？」

他把頭一偏。「是啊？」

時間彼此重疊。那個聲音。當然了！葛瑞特．泰勒就是Burberry男！他不是什麼老頭子，而是四十出頭的俊俏男子，鼻子有點歪，下頷有道明顯傷疤——是我見過最完美的臉龐。有十幾隻蜂鳥在我胸口嗡嗡飛翔。我把頭往後一仰，笑了出來，然後握住他伸來的手。

「葛瑞特，是我啦，布芮特‧波林格。」

他瞪大眼睛。「噢，天啊！我真不敢相信，布芮特。我常常想到妳。我想打電話給妳，可是好像……」他縮了回去，沒講完的話懸在半空。

「可是你應該很老才對啊，」我說，「你母親在單間教室的校舍教書耶，你姊姊也都是退休老師……」

他咧嘴一笑。「我跟姊姊差了十九歲。我想我就是所謂的『意外』。」

確實很意外。

「你住附近嗎？」我問。

「就在歌德街那邊。」

「我住星街。」

他笑了。「我們住的地方才隔幾個街區。」

「其實是我母親的房子啦。我冬天搬到比爾森區去了。」

他朝著奧斯汀伸出小指，她緊緊握住。「妳有了小寶寶啊。」他的語氣裡帶點憂傷。

「恭喜嘍。」

「見見奧斯汀—伊莉莎白。」

他撫過她絲綢般的鬈髮，可是微笑時眼神已經失去喜悅。

「她好可愛。」

他看看我。「妳現在很快樂，我看得出來。」

「是啊，樂翻天了。」

「妳的願望清單有些進展了。太好了，布芮特。」他匆促點點頭，抓住我的手臂。「我好高興我們終於有機會見了面，祝福妳跟妳的新家庭幸福快樂。」

他正要往門口走去，他以為我結婚了，我不能讓他離開！萬一我再也見不到他呢？他的手搭在門把上。

「記得珊奇塔嗎？」我幾乎用吼的，「就是有腎病的那個學生？」

他轉過身來。「收容所的那個女生嗎？」

我點點頭。「她春天的時候過世了，這是她的小孩。」

「聽到這件事很遺憾，」他緩緩走向我，「所以，奧斯汀是領養的？」

「對，經過幾個星期的文書作業，上週終於拍板定案。」

他低頭對我微笑。「她是個幸運的寶寶。」

我們盯著對方，直到瑪莉林從櫃臺後方對我們呼喚。「我很不想打斷你們的小團圓，可是我們要打烊了。」

「噢，抱歉。」我連忙走到櫃臺，挖出口袋裡的取衣單。我遞給她之後轉向葛瑞特。

「對了，」我說，希望他沒看出我的心在薄棉T底下狂舞，「如果你今天晚上沒事，我要辦個小派對，來參加的主要是家人跟幾個朋友。我們要慶祝我母親的生日，我很希望你可以過來——北星街十三號。」

他一臉真心失望。「我今天晚上已經有事了。」他的視線閃向窗戶，短短千分之一秒，我的目光尾隨而去。牽著黑色拉布拉多犬的金髮女子已經不再講電話。她站在窗邊，朝店內瞅著我們，可能在納悶有什麼事拖住了男友……或是先生。

「噢，沒問題。」我說著便感覺熱氣湧上臉頰。

「我該走了，」葛瑞特說，「看來我的狗已經坐立不安了。」

要不是我窘迫至極地站在這裡，望著那個跟狗長得一點都不像的女人，要不然如果把湧上心頭的十幾種機智回答說出來，肯定很爆笑。

瑪莉林帶著我的亞麻織品回到櫃臺。「美金十七塊五。」她告訴我。

我胡亂摸索著錢，然後回頭望向葛瑞特。「見到你實在太棒了，」我拚命故作輕鬆地說，「好好保重喔。」

「妳也是。」他稍稍遲疑一下，然後開門走出店家。

——

雲層厚重起來，在天空抹出一道道紫晶色跟灰色的卷雲。我幾乎可以看到雨水聚積在險惡的雲朵裡，蓄勢發動攻擊。我吸進風雨欲來的霉味，趕緊加快步調，希望趕在雲朵爆開之前抵達家門。

回家的一路上我咒罵自己。為什麼，噢為什麼我要張開自己的大嘴巴？他一定以為我是瘋子，明明不怎麼認識他，還邀他來參加親密的家庭生日派對。我怎麼可以這麼笨？葛瑞特那樣的傢伙才不會單身呢。他是個俊俏的醫生——而且人還很好。難怪我們試了幾次都搭不上線。母親可能在我們面前陸續拋下路障，急著把已經有對象的他，跟我隔絕開來。我到底遇不遇得到好對象啊？一個單身的好對象？能愛我又愛奧斯汀的對象。

賀伯特．莫依爾的影像闖了進來，進駐我的腦海。

整棟房子瀰漫著煎炒蒜頭的氣味，談笑聲從廚房飄出來。我解開魯迪的牽繩，努力把我跟葛瑞特．泰勒那場教人發窘的偶遇拋到腦後。這是母親的生日慶祝會，我絕對不准讓任何事情破壞它。

布萊德從客廳衝進來，從我手上接過亞麻織品。「珍娜剛剛打來，她的班機及時抵達，她要過來了。」

「太好了！全員到齊。」我把奧斯汀從前袋抱出來，轉身讓布萊德幫我解開背袋後側。

「佐依剛剛正在跟我說她的馬兒布魯托。」他越過肩膀瞅著我，「根據妳爸的說法，某個匿名人士捐贈了一筆可觀的善款給尼爾森中心，讓他們恢復騎馬治療課程。」他湊過來，在我耳邊低語，「妳這次又賣掉什麼了，布布？另外一支勞力士嗎？」

「其實我從退休戶頭領了點錢出來。為了佐依的騎馬課程，付稅款罰金也值得。」

「唔，恭喜。十四號目標已經入袋——入飼料袋！」他爆出笑聲，我也忍不住漾起笑容。

「你真遜。」

「是才怪，這個故事裡唯一的遜咖，是露露女士。記得露露吧？就是動物收容所的吉莉安當初希望我們拯救的那匹馬？」他搖搖頭，抹掉一滴假想的淚。「可憐的老露露，在我們講話的這個時刻，可能就要到膠水工廠去了。」

「並沒有。露露幾個月前就找到一個好家了。」

「等等，妳真的追蹤了露露女士的動向？」

我聳聳肩。「我的功勞沒那麼大啦。你不曉得，我發現有人領養她的時候，鬆了多大一口氣。」

他笑著舉手跟我擊掌。「我佩服妳，小鬼。又完成一個目標，妳快要達陣了。」

「嗯，只除了最難的那個。」受傷的自尊突然冒出頭來，我搖搖頭。「時間快不夠了，布萊德。我只剩一個月可以陷入愛河。」

「欸，我一直在想這件事。妳很愛奧斯汀，對吧？我的意思是，那難道不算是妳母親講的讓人**心跳暫止、我願為你捨身**的那種愛嗎？」

我盯著我願意為之捨身的寶寶臉龐。如果我說是，就可以得到十七號信封。我會買下母親的房子，所有的目標就能準時達成。我跟奧斯汀就能拿到我們的遺產，未來即將高枕無憂。

我張嘴要跟布萊德說是，但那個十四歲女孩的影像在腦海中閃過，她惆悵的眼神求我不要捨棄她一生的夢想。我聽到母親的話語：愛是妳永遠不該退而求其次的事，於是我打住沒說。

我猛搥布萊德的手臂。「老天，多謝你對我投下信心票，布萊德。」

「不，我只是——」

我露出笑容。「我知道你只是想幫忙。我也很感激。可是我要把這份清單完成，不管要花多久時間。這已經跟遺產再也沒有關係了。我不能讓母親——或是我以前認識的那個女生——失望。」我親親奧斯汀佈滿細軟髮絲的頭頂。

「不管拿不拿得到那幾百萬美金，我們都會好好的。」

——

千層麵烤成金棕色，熱得冒泡。瑪莉在飯桌中央擺了插滿繡球花的銀碗，跟母親的刺繡亞麻織品互相映襯，一派優雅。凱瑟琳點燃蠟燭，我把燈光調暗。房裡有種風雨欲來的薰衣草色調。要是母親在場，她會握緊雙手說，「噢，親愛的，真美妙！」我滿心得意，突然迫切地渴望我失去的那個女性。

一陣雷聲將我從沉思中驚醒，雨水猛力劈打窗戶的聲響隨之傳來。窗外，母親種的櫟樹激烈搖擺。我搓搓手臂上的雞皮疙瘩。

「晚餐準備好了。」我宣布。

我看著我愛的人們圍聚在母親美麗的桃花心木餐桌邊；這些人愛我，也愛她。傑替雪莉拉開椅子，她坐下之後，他吻吻她的頸背。雪莉意識到我目睹了那個小小的深情之舉時，臉紅了起來。我對她眨眼表示贊同。凱莉跟她家人坐在餐桌的一側，她的孩子們爭論誰可以坐佐依身邊。布萊德跟珍娜坐在雪莉旁邊的椅子上，聊著珍娜的飛航狀況。我握著我爸的手，帶領他坐在首位，就在屬於他的地方。瑪莉跟大衛坐在裘德旁邊。我睡夢中的女兒就在他旁邊，窩在凱瑟琳舅媽的胸口。我聽到裘德建議凱瑟琳把奧斯汀放下先用餐，可是她不肯。我跟凱瑟琳對上目光，一同綻放笑容；兩個截然不同的女性，有著共同的愛。

大家終於都就坐了。我在桌首坐定，跟父親面對面。

「我建議大家舉杯致意，」我邊說邊舉起酒杯，「敬伊莉莎白．波林格，我們當中有些人稱之為母親的非凡女性……」我的喉頭一緊，無法言語。

「其他人稱之為朋友。」大衛接話，對我點頭並舉杯。

「有人稱之為愛人。」強說，語調充滿感情。

「有人稱之為老闆。」凱瑟琳追加。我們都笑了出來。

「還有三個人會永遠稱之為祖母。」傑把話說完。

我的視線落在崔佛跟艾瑪身上，然後移向奧斯汀。

「敬伊莉莎白，」我說，「這個了不起的女性，曾經深刻觸及我們每個人的生命。」

我們吭噹碰杯，此時門鈴響起。崔佛從兒童座椅裡跳起來，跟魯迪一起衝往前廳，比賽看誰跑得快。

「不管是誰，跟他講我們在吃飯。」裘德呼喚。

「沒錯，」凱瑟琳，往下盯著懷裡在睡覺的寶寶，「小奧斯汀不希望晚餐時間受到打攪。」

我們互相傳著菜盤，這時崔佛回到桌邊。我往佐依的盤子裡添了點沙拉，瞥瞥我的姪子。

「是誰啊？甜心？」

「什麼博士[68]的，」崔佛說，「我叫他走開。」

「是莫依爾博士嗎？」傑問。

「呃嗯。」崔佛說，埋頭吃起麵包棒。

傑伸長脖子，往大雨傾盆的窗外看。「唔，真沒想到，賀伯特竟然來了！」他從桌邊猛站起來，差點翻倒椅子，接著打住並轉向我。「是妳邀的嗎？」

「不是。」我邊說邊把椅子往後推，將餐巾拋到一旁。「不過我們餐點分量夠多。你坐吧，傑，我去邀他進來就好。」

我走到前門的那二十秒時間，心裡七上八下。天啊，賀伯特回來了，就在我們原本預計舉行婚禮的日子。這是母親送來的徵兆嗎？也許她不喜歡奧斯汀跟我單獨結伴共度人生的想法。她希望我再給他一次機會。也許這次她會確保我倆之間會迸出火花。

我打開門的時候，一陣強風差點讓我無法呼吸。我聽到母親掛在後院的風鈴撞得吭吭作響。我伸長脖子望著空蕩蕩的前廊，頭髮朝著四面八方飛散，我伸手壓住髮絲。他去哪裡了？猛烈的雨水刺痛我的臉，好似一陣陣小電流，我瞇眼望進滂沱大雨。最後，我踩著小步回到屋裡，就在準備關上門的時候，我看到他了。他撐著黑色大傘，正要越過街道。

「賀伯特！」

他轉過身來，穿著Burberry大衣，緊抓一束野花。我急忙摀嘴。我踏出門外，走進狂風暴雨；在傾盆急雨之間，看見他的美麗笑顏。

我一秒鐘也不浪費，快步衝下前廊階梯。雨水淋濕我的絲質襯衫，可是我不在乎。

他笑著朝我跑來。我們會合的時候，他把傘舉高替我遮雨，他把我拉得很近，我看到他不久前刮鬍子劃到的下巴小傷口。

「你來這裡幹嘛？」我問。

葛瑞特・泰勒面帶笑容，將飽受天氣折磨的花束遞給我。「我取消本來的計畫，沒延後也沒改期，就是永遠取消了。」

我的心在歡舞。我把鼻子埋進鮮橙色的罌粟花裡。「你不必那樣啊。」

「要，我一定要。」他往下瞅著我，溫柔地將我一綹濕髮塞到耳後。「我不要讓我們再次錯過見面的機會。我不能多等一天、一小時或一分鐘，才告訴妳我想念妳，這個我在電話上一起歡笑、逐漸熟悉的有趣老師。我現在要趁這個機會告訴妳，我超級暗戀那個我在捷運、公寓大廈跟慢跑步道看到的那個美女。」

68 Dr. 有博士也有醫師的意思。

他含笑用拇指拂過我的臉頰。「妳要知道，我今天遇到妳的時候，妳們兩個合為一體了，所以我今天晚上非來這裡不可。」他的聲音低啞，牢牢盯住我的眼睛。「要是有一天醒來，我發現自己的列車駛出車站，卻把夢想中的女子拋在後頭、獨自站在月台上揮手道別，想到這點我就無法忍受。」

我走進他的懷裡，感覺回到我想念一輩子的地方。「我那時候是想追你，」我貼著他的胸膛低語，「不是想追車子啦。」

他往後一退，用食指挑起我的下巴，然後低頭吻我，吻得又久又慢、可口撩人。「就當妳追到我了吧。」他邊說邊低頭對我微笑。

我一手抓著花束，另一手牽著葛瑞特的手，兩人擠在他的黑傘下，一起登上通往老媽家的階梯。

我準備把門順手關上時，抬頭仰望天空。閃電在昏暗的天際切出一道細長的亮光。如果母親在場，她會輕拍我的手，告訴我會有另一片天。

而我會告訴她，我就愛這一片天：愛它的暴風雨雲跟一切。

跋

我站在五斗櫃的鏡子前面，就在母親以前的臥房裡。房間的模樣現在不同了，四處散落著新生活的痕跡，但還是有她的味道。每次走進房間，對她的回憶就會湧上心頭。好玩的是，地方會變成人，在我需要的時候，這房子跟她的老鐵床依然會把我擁在懷裡、給我安慰。可是跟將近兩年前的那些淒涼時光不同，我現在很少需要安慰。

我扣上珍珠項鍊的搭釦。我聽到女兒尖叫大笑的聲音從走廊過去的育嬰房傳來，那裡是我以前的臥房。我面帶笑容，最後一次檢查自己的臉。突然，我的人生就出現在鏡子的映影裡。我轉身就看到天堂的大門猛地敞開。

「誰抱著我的大女孩啊？」我問奧斯汀。

「是把拔，」她說，穿著荷葉洋裝、繫著圓點頭帶，看起來好可愛。

葛瑞特親親她的臉頰，然後指著我。「看看媽咪漂亮的白洋裝，美不美啊？」她咯咯笑著把臉埋進他的頸間。聰明的寶寶。我也想蹭蹭那個脖子，刮得光潔、曬成古銅色，襯著漿挺的白襯衫跟黑西裝。

他朝我伸手。「今天是大日子，緊不緊張？」

「一點都不，只是興奮。」

「我也是。」他彎下身子，嘴唇掠過我的耳畔。「沒人可以跟我一樣幸福。沒人。」

我爆出一身雞皮疙瘩。我們快走到車子那裡的時候，我才意識到忘了拿典禮節目表。葛瑞特忙著把奧斯汀安頓在嬰兒座椅裡，我衝回家。

家裡現在一片寧靜，沒有奧斯汀的咿咿呀呀，也沒有葛瑞特的開懷暢笑。我在矮桌上找到日誌，就在我原本留置的地方。我轉身就要離開，這時注意到母親的照片。她的雙眼發出閃光，彷彿很滿意我即將要做的事，我也覺得她會很滿意。

「祝我好運，媽。」我低語。我從整疊粉紅節目單裡拿起一份，放在她的照片旁邊。

八月七日星期天

午後一點

剪綵典禮

珊奇塔之家

尤里西斯大道七四九號

芝加哥最新女性親子收容機構

我隨手關上門，衝回車子，我的未來正在那裡等候——讓人心跳暫止、我願為你捨身的那種人生摯愛——我的先生跟我們的小女嬰。

謝詞

我從來不曾感覺「謝謝」這個表達有多麼不足，但在有人創出更好的措辭之前，只好先用這個簡單的老套用語。

感謝我卓越的經紀人 Jenny Bent，感謝她願意冒險接受一位來自中西部的不知名作家，使之美夢成真。我也要讚美 Nicole Steen 妥善打點商務事宜。非常感謝 Carrie Hannigan 跟 Andrea Barzvi，謝謝她們對《The Life List》這本書滿懷信心。我也欠 The Gersh Agency 公司的 Brandy Rivers 以及眾多國外版權與編輯一份大大的人情，感謝他們把這本小說帶向我從未想像過的地方。

我對才高一斗的編輯 Shauna Summers，還有她效率頂尖的助理 Sarah Murphy，以及 Random House Publishing Group 整個團隊深懷感激又佩服不已。他們的專業無以倫比，唯有善意能夠超越。

特別感謝我的頭一位讀者，也是我親愛的母親，她在讀完本書之後，留下反應如此熱烈的語音訊息，足足六個月我都捨不得刪。我衷心感激我父親，他總是以我為榮，對我抱有堅定不移的信念，給我堅持下去的勇氣。感謝我最早也最熱衷的讀者，我阿姨傑琪·莫依爾，謝謝她一流的回饋跟忠告。

尼采說過：「優秀的作家不只是掌控自己的精神，也掌控了朋友的精神。」本書就是我友人們的精神體現，我特別感激在我遠遠尚未成為「作者」之前，主動讀我手稿的友人。感謝我美妙的朋友跟作家同行 Amy Bailey-Olle，她向來懂得要用什麼字眼或措辭才能讓故事更上一層樓。感謝我絕妙的朋友 Sherri Bryans Baker 跟 Cindy Weatherby Tousignaut，她們讓我覺得這本書頗具潛力。感謝我親愛的朋友跟才華過人的作家 Kelly O' Connor McNees，感謝她在這場美妙的寫作旅程上，慷慨給予回饋、指導跟啟發。感謝特別的 Pat Coscia，她的熱忱無人能比。感謝我年歲最長，也最有精神的讀者——高齡九十二的 Lee Vernasco。你帶給我好多啟發！感謝可愛的 Nancy Schertzing，謝謝她提供聰明美麗的女兒來試讀我的作品。感謝 Claire 跟 Catherine，妳們的編輯筆記是我收過最棒的之一，謝謝妳們。

我要向 Salon Meridian 的女孩們致謝，尤其是 Joni、Carleana 跟 Megan，謝謝她們傳閱我的手稿，讓我覺得自己像個作家。感謝 Michelle Burnett，謝謝她告訴 Bill 說，她下班得趕回家繼續讀我的故事。我好愛！感謝了不起的 Erin Brown，她的編輯服務是我做過最棒的投資。感謝我這輩子遇過的非凡寫作老師 Linda Peckham 跟 Dennis Hinrichsen，如果沒有他們，我沒辦法寫就這本小說。感謝我的寫作小組、Lee Reeves 跟 Steve Rall，他們的才份遠遠超越我；還要朝天堂眨個眼，向我們過世的成員 Ed Noonan 致意，他也會很喜歡這一刻的。特別感謝 Maureen Dillon 跟 Kathy Marble，她們耐性十足地教導我如何照顧新生兒，分享新生兒加護病房的狀況。

我最感激我美妙的丈夫 Bill。你以我為榮，給我的愛與支持讓我幸福無比。這趟旅程如果沒有你，就沒有任何意義。

我要向諸神、天使與聖者致上謙卑的謝意，謝謝祢們回應我的禱告，也要感謝任何對我作品表達過興趣的每一個人。要不是因為怕有所遺漏，我實在很想把你們的名字都列在此處。有哪些人，你們自己很清楚，我愛你們。我親愛的讀者，謝謝你讓我進入你的生活，不管是一天、一週或一個月。能夠跟你分享我的話語跟世界，是我的榮幸。

最後，這本書屬於每個把「夢想」當成動詞而非名詞的女孩與女人。

The Life List

生命清單

作　　者　羅莉．奈爾森．史皮曼
　　　　　Lori Nelson Spielman
譯　　者　謝靜雯 Mia Hsieh
發 行 人　林隆奮 Frank Lin
社　　長　蘇國林 Green Su

出版團隊
總 編 輯　葉怡慧 Carol Yeh
企劃編輯　陳柚均 Eugenia Chen
封面設計　朱陳毅 Bert Design
　　　　　江孟達工作室
版面構成　譚思敏 Emma Tan

行銷統籌
業務處長　吳宗庭 Tim Wu
業務主任　蘇倍生 Benson Su
業務專員　鍾依娟 Irina Chung
業務秘書　陳曉琪 Angel Chen．莊皓雯 Gia Chuang
行銷企劃　朱韻淑 Vina Ju

發行公司　精誠資訊股份有限公司
　　　　　悅知文化
　　　　　105台北市松山區復興北路99號12樓
訂購專線　(02) 2719-8811
訂購傳真　(02) 2719-7980
專屬網址　http：//www.delightpress.com.tw
悅知客服　cs@delightpress.com.tw
ISBN：978-986-510-063-6
建議售價　新台幣360元
二版三刷　2020年09月

本書若有缺頁、破損或裝訂錯誤，
請寄回更換
Printed in Taiwan

國家圖書館出版品預行編目資料

生命清單 / Lori Nelson Spielma 著；謝靜雯譯.
-- 二版. -- 臺北市：精誠資訊, 2020.03 印刷
面；　公分
譯自：The life list
ISBN 978-986-510-063-6（平裝）

874.57　　　　109002967